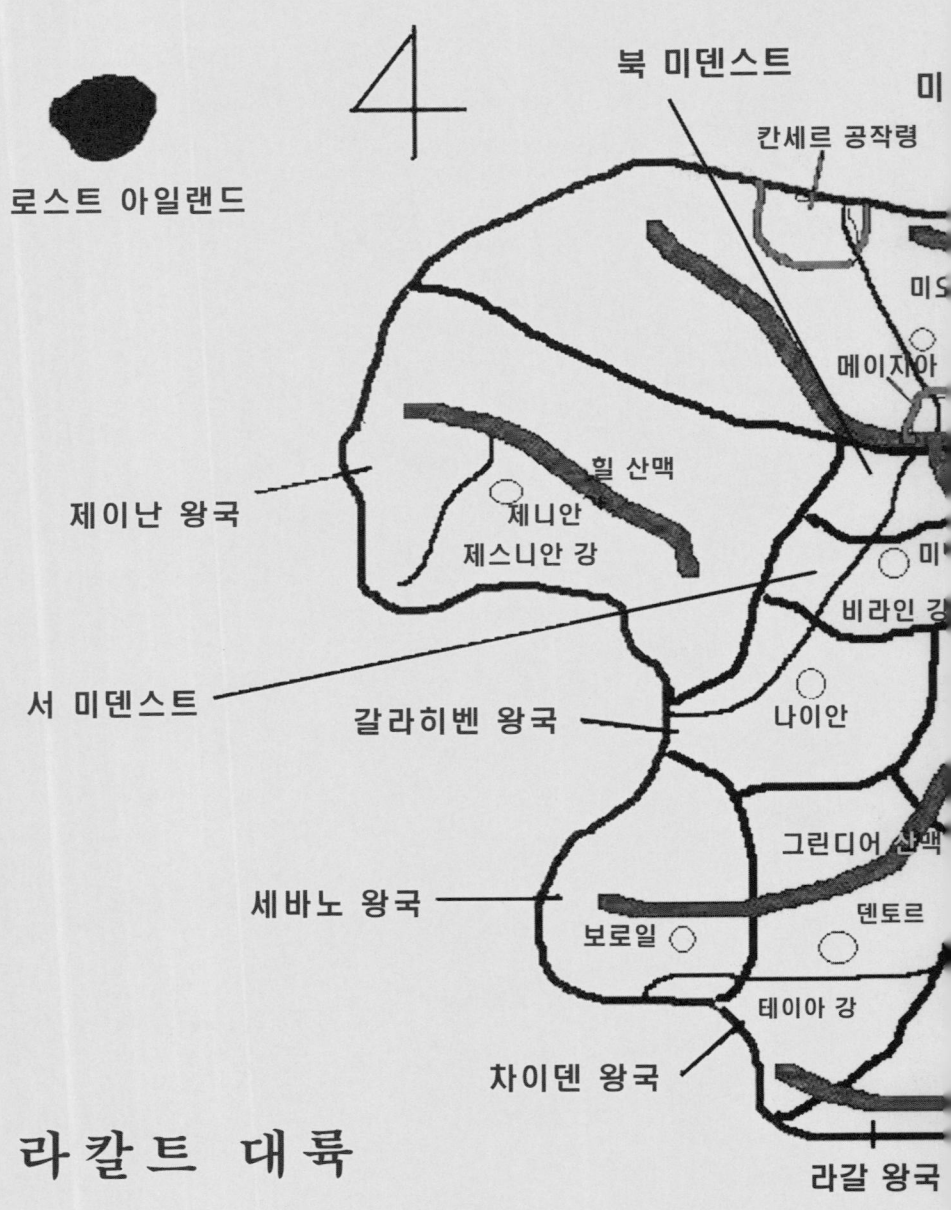

로스트 아일랜드

4

북 미덴스트

칸세르 공작령

미

미ㅇ

메이지아

제이난 왕국

힐 산맥

제니안
제스니안 강

미

비라인 강

서 미덴스트

갈라히벤 왕국

나이안

그린디어 산맥

세바노 왕국

덴토르

보로일

테이아 강

차이덴 왕국

라칼트 대륙

라갈 왕국

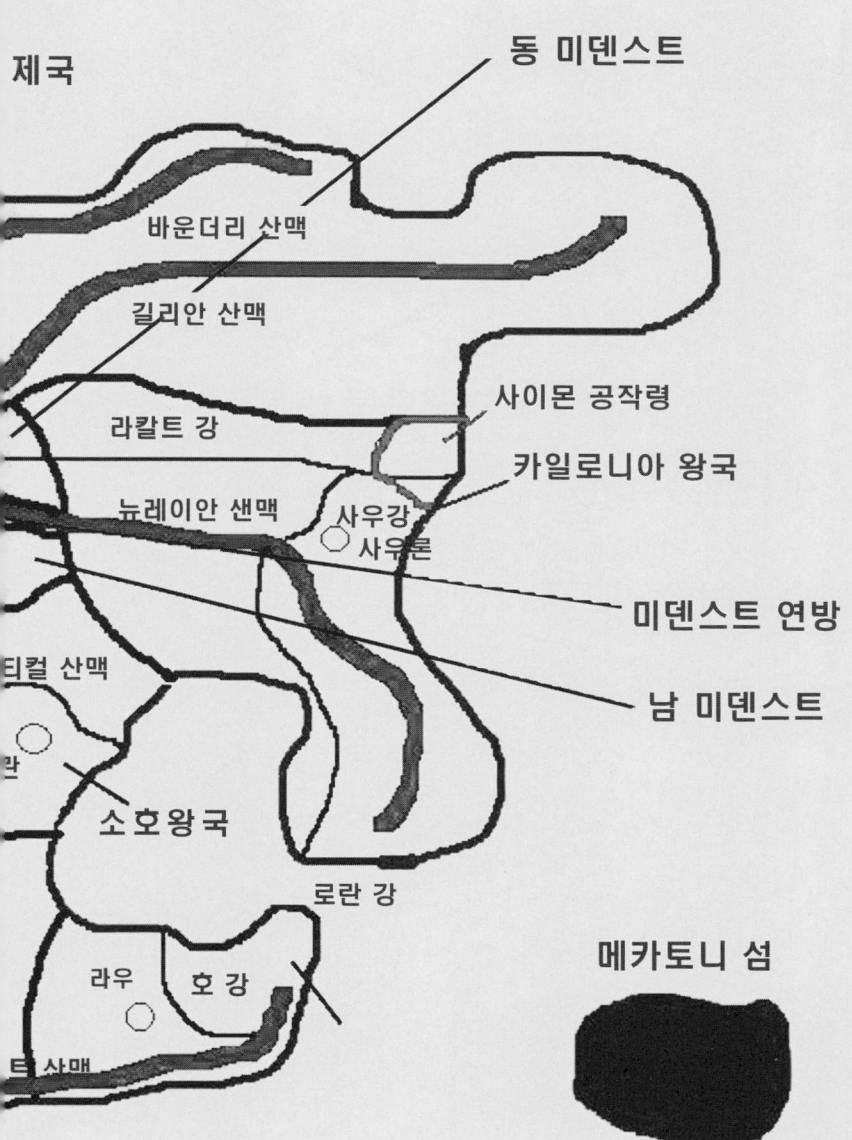

제국

동 미덴스트

바운더리 산맥

길리안 산맥

사이몬 공작령

카일로니아 왕국

라칼트 강

뉴레이안 샌맥

사우강
사우론

미덴스트 연방

남 미덴스트

티컬 산맥

소호왕국

라우   호 강

로란 강

메카토니 섬

ᅵ 산맥

GUARDIAN SWORD

휘파람 소리

가디언 소드

FANTASY FRONTIER SPIRIT

신가 판타지 장편 소설

가디언 소드 6

신가 판타지 장편 소설

초판 1쇄 찍은 날 § 2006년 9월 11일
초판 1쇄 펴낸 날 § 2006년 9월 16일

지은이 § 신가
펴낸이 § 서경석

편집장 § 문혜영
편집책임 § 김민정
편집 § 서지현 · 심재영

펴낸곳 § 도서출판 청어람
등록번호 § 제1081-1-89호
등록일자 § 1999. 5. 31
어람번호 § 제1-0748호

주소 § 경기도 부천시 원미구 심곡1동 350-1 남성B/D 3F (우) 420-011
전화 § 032-656-4452 팩스 § 032-656-4453
http://www.chungeoram.com
E-mail § eoram99@chollian.net

ISBN 89-251-0299-4 04810
ISBN 89-251-0047-9 (SET)

GUARDIAN SWORD

휘파람 소리

가디언 소드

FANTASY FRONTIERS

신마 판타지 장편 소설

6

완결

푸른 휘파람 소리

도서출판 청어람

Contents

Chapter 1

아… 악마다

눈앞에 익숙한 풍경이 펼쳐졌다. 길게 이어진 길과 좌우로 높게 솟아 있는 절벽. 갈라히벤에서 버티컬 산맥에 들어갈 때와 똑같았다.

"그러니까 이 풍경이 결계 안이라서 그렇다는 거죠?"

마부석과 연결된 창을 열며 포르시아가 이니안에게 물었다.

"네, 그렇습니다. 갈라히벤에서 들어갔던 것만큼만 가면 결계를 벗어 나게 됩니다. 그리고 나가는 것은 들어오는 것과는 다르게 아주 쉽습니다."

이니안이 고개를 끄덕이며 대답했다.

익숙한 풍경이 펼쳐지자 기사들과 병사들은 어리둥절한 얼굴로 주변을 둘러보았다. 대체 버티컬 산맥의 어디에 이런 곳이 있는 것일까? 드워프의 마을에 들어갔다가 나온 신기한 경험을 했지만 그들은 아직 결계의 존재를 알지 못했다. 굳이 이니안이 그들에게까지 알리지 않은 것이다.

포르시아의 부위에 있었던 몇몇만이 결계의 존재를 알고 있을 뿐이다.

"이곳을 벗어나면 버티컬 산맥의 입구 부근입니다. 그리고는 곧 소호 왕국이지요. 동부의 어디쯤으로 가고 싶으신 겁니까?"

이니안은 포르시아가 대륙 동부에 가보고 싶어한다는 것만 알 뿐, 정확히 어디로 가고 싶어하는지는 몰랐다. 그녀는 그저 대륙 동부라고만 말하며 고집을 피웠기 때문이다.

"저기, 산맥을 하나 더 넘어야 할 것 같은데요."

몸을 돌려 자신을 바라보고 있는 이니안의 시선에 포르시아는 슬쩍 고개를 돌리며 뺨을 긁적였다.

그런 포르시아의 행동에 이니안의 머리에 떠오르는 생각이 있었다. 잠시 잊고 있었지만 처음 포르시아가 동부에 가고 싶다고 했을 때 분명 뉴레이안 산맥도 넘어야 한다고 했었던 것이다.

"설마……."

이니안은 제발 자신의 예상이 빗나가길 바라는 눈으로 포르시아를 바라보았다.

"으음, 카일로이나의 왕도 사우론이에요."

여전히 이니안과 눈을 맞추지 못한 채 포르시아가 작은 소리로 말했다.

"공녀님!"

포르시아의 말에 다프네가 소리쳤다. 버티컬 산맥은 어떻게 이니안 덕에 편하게 넘어왔다지만 뉴레이안 산맥까지 넘어야 한다면 곤란했다.

"하지만 난 분명 처음에 뉴레이안 산맥도 넘어야 한다고 말했어요."

눈을 마주치지는 못했지만 포르시아는 당차게 말했다. 그녀의 말에 곰곰이 생각해 보니 다프네는 과연 그런 말을 들은 기억이 있었다.

당시에는 버티컬 산맥을 넘는 것만 생각하는 바람에 간과했지만 말이다.

"저기, 세이버 경."

포르시아는 다프네의 매서운 눈빛을 피하기 위해 이니안을 불렀다. 하지만 이니안에게서는 아무런 반응이 없었다. 그저 멍하니 앞만 바라보고 있었다. 그 와중에 눈가가 살짝 떨리는 것으로 보아 무언가 심적인 동요가 있는 듯했다.

"세이버 경."

포르시아는 조금 전보다 조금 더 큰 소리로 이니안을 불렀다. 하지만 여전히 이니안은 반응이 없었다.

결국 포르시아는 마부석과 연결된 삼중창을 모두 열고 손을 뻗어 이니안을 흔들었다.

"세이버 경."

"아! 네, 공녀님."

이니안은 그제야 반응을 보였다. 마치 깜빡 졸았다가 정신을 차린 사람과도 같은 얼굴이다.

"무슨 일이지요? 그렇게 불러도 알아차리지 못하다가 제가 흔들어서야 겨우 돌아보다니요."

"아무것도 아닙니다."

이니안은 태연한 척 대답했다. 하지만 이미 그런 모습을 보이고 그런 말을 한다고 그 말을 믿을 사람은 아무도 없었다.

포르시아는 물론이고 다프네에 심지어 캐서린까지 의심의 눈초리를 이니안에게 보냈다. 하지만 이니안은 입을 다물고 있을 뿐이다.

이니안은 카일로니아의 왕도 사우론이라는 말에 잠시 정신이 나가 있었다. 자신이 떠나온 집이 있는 곳이다. 아버지가 있고 어머니가 있으며 형이 있고 얼마 전 만났던 누나들이 있는 곳이다.

자신이 지켜야 할 의무가 있는 사람이 그곳으로 가고 싶다는 말을 하는 바람에 이니안은 잠시 정신을 놓은 것이다.

너무나 오랫동안 기억 속에서 지웠던 도시.

카일로아나의 왕도, 사우론.

"꼭 가고 싶으신 겁니까?"

"그래요. 그것 때문에 버티컬 산맥을 넘자고도 했던 건데요."

이니안의 물음에 포르시아는 당차게 고개를 끄덕인다. 그 물음은 포르시아가 이니안의 알 수 없는 행동에 대해 가졌던 의구심까지 날려 버렸다.

"덧붙여 뉴레이안 산맥도 넘어야 합니다만."

이니안의 말에 포르시아는 다시 한 번 당찬 끄덕임을 보여주었다.

"물론이에요. 처음부터 그럴 작정이었어요. 버티컬 산맥은 세이버 경덕에 편하게 넘어왔지만 뉴레이안 산맥까지 그럴 수는 없겠지요. 이미 각오하고 있는 일이에요."

"공녀님, 너무 위험합니다."

포르시아의 말에 다프네가 안절부절못하는 얼굴로 그녀를 말렸다. 하지만 포르시아는 다프네의 말에도 전혀 동요가 없었다.

'정리를 해야 하는가?'

포르시아의 그런 당찬 얼굴은 이니안에게 한 가지 결심을 하게끔 강요하고 있었다.

카일로니아의 왕도 사우론, 그리고 그곳에 자리한 사이몬 공작 가. 당연하게도 이니안의 얼굴은 사우론에 제법 알려져 있었다. 이제 겨우 4년의 시간이 지났을 뿐이다. 그사이 이니안의 모습은 크게 달라진 것도 없으니 분명 성문에서부터 자신을 알아보는 이들이 있을 것이다.

그래서 일부러 그동안 카일로니아를 피해서 움직였다. 혹시라도 자신을 알아보는 인물이 있을까 봐서 말이다.

그런데 지금 포르시아가 사우론으로 가자고 한다.

지금 이니안에게 중요한 것은 포르시아가 뉴레이안 산맥을 넘는 위험이 아니었다.

사우론에 가게 되었을 때 자신을 알아보게 될 사람들, 그리고 집에 전해질 소식과 부모님. 그러한 사실들이 이니안을 고민하게 만들었다.

"세이버 경?"

잠시의 시간 동안 대체 포르시아는 이니안을 몇 번이나 부르는 것일까?

이니안은 또 자신만의 생각에 빠져 버렸다.

"아, 예. 잠시 생각할 것이 좀 있어서요."

포르시아의 부름에 이니안이 생각을 중단하고 뒤를 돌아보며 답했다.

"으음. 뉴레이안 산맥도 무언가 쉽게 넘을 방법이 있는 건가요?"

버티컬 산맥을 쉽게 넘은 것처럼 뉴레이안 산맥도 쉽게 지나갈 수 있을까 하는 기대가 포르시아의 눈에 가득했다. 이니안은 과거를 알 수 없는 사내였지만 그래서 요술상자 같은 사내이기도 했다. 무언가 곤란한 일이 있을 때면 떡하니 해결책을 내놓아주니 말이다.

"뉴레이안 산맥을 쉽게 넘는 방법은 있습니다만……."

이니안은 지금 다른 생각이 머리를 지배하고 있었기에 포르시아의 물음에 무심코 답했다.

"넷? 쉽게 넘을 방법이 있다고요? 정말이요?"

하지만 그 효과는 엄청났다. 드워프가 마차를 새로 만들어주면서 상당히 커진 마부석 쪽 창밖으로 포르시아가 상체를 내밀며 큰 소리로 물었으니 말이다.

"공녀님!"

갑작스러운 포르시아의 행동에 깜짝 놀란 다프네가 포르시아의 곁에 붙으며 서둘러 안으로 들어오게끔 했다. 하지만 포르시아는 요지부동이었다. 반짝거리는 눈으로 이니안을 바라보며 자신의 물음에 대한 답을 기다리고 있었다.

하지만 이니안은 다시금 사우론에 대한 생각에 빠졌다.

"세이버 경!"

자신의 말을 무시한다고 생각했음인지 포르시아는 조금 골이 난 얼굴로 이니안의 팔을 꼬집었다.

"앗!"

"다른 사람과 이야기할 때는 상대를 쳐다보는 게 예의예요."

이니안이 다시 정신을 차리자 포르시아가 따끔하게 한마디 했다.

물론 지금 이니안과 포르시아의 위치라면 서로 마주 보고 이야기한다는 것은 쉬운 일이 아니다. 마부석에 앉은 호위기사와 마차 안에 타고 있는 공녀이니 말이다. 즉, 지금 포르시아의 말은 완전히 억지인 것이다. 하지만 이니안이 좀 과하게 이야기 도중에 다른 곳에 정신을 팔기는 했다.

"죄송합니다."

포르시아의 말에 이니안은 고개를 숙여 사과했다.

"하지만 공녀님, 지금은 조금 위험해 보이시는군요."

이니안이 빙그레 웃으며 말하자 포르시아는 얼굴이 발개진 채 마차 밖으로 빠져나온 상체를 원래대로 마차 안으로 가져갔다.

"그것보다 조금 전에 한 말 사실이에요?"

"네? 제가 무슨 말을?"

"뉴레이안 산맥도 쉽게 넘을 수 있는 방법이 있다고 했잖아요."

포르시아의 말에 이니안은 그제야 자신이 무심코 한 말을 떠올렸다.

"아! 제가 그랬었군요."

이니안의 이제야 생각났다는 듯한 그 태도에 포르시아는 살짝 눈을 흘겼다. 자신이 뉴레이안 산맥을 넘지 못하게 하려고 일부러 그러고 있는 듯한 느낌이 강하게 들었기 때문이다.

'내가 사우론에 대한 생각 때문에 무심코 말해 버렸군.'

이니안은 자신의 입을 탓했지만 이미 쏟아버린 물이었다.

"설사 세이버 경이 그 길을 가르쳐 주지 않는다고 해도 뉴레이안 산맥을 넘을 거예요. 그러니까 일부러 그렇게 모르겠다는 듯한 얼굴은 하지 말아요."

포르시아가 제법 기분이 상한 듯했다. 그 모습에 이니안은 뒤를 돌아보며 머쓱한 웃음을 지었다.

"아닙니다, 공녀님. 제가 지금 조금 심각하게 생각하고 있는 것이 있어서 계속 무례를 범하는군요. 조금만 기다려 주지 않으시겠습니까? 생각이 정리되는 대로 말씀드리겠습니다."

이니안의 얼굴에는 정말로 진한 고민의 흔적이 남아 있었다. 그 모습에 포르시아는 어쩔 수 없다는 얼굴로 대답했다.

"알았어요. 일단 소호 왕국을 지나서 카일로니아에 들어가야 뉴레이안 산맥이 나오니까요."

"죄송합니다."

포르시아의 허락에 이니안은 고개를 숙이며 대답했다.

그사이 포르시아 일행은 드워프의 결계를 빠져나와 버티컬 산맥의 초입부에 모습을 드러냈다.

"응? 이게 무슨 일이지?"

그러자 여기저기서 놀람에 찬 병사들의 음성이 터져 나왔다. 그도 그럴 것이 갑자기 숲이 드러나면서 여태껏 걸어온 바위산 사이에 난 길이 완전히 사라져 버린 것이다. 뒤를 돌아봐도 울창한 산맥의 숲이 자리하고 있을 뿐이었다.

"우리가 나온 길은 대체 어디에 있는 거야?"

병사들의 동요에도 이니안은 별다른 조치를 취하지 않았다. 어차피 시간이 지나면 곧 가라앉을 소란이었기 때문이다.

드워프의 결계를 빠져나오자 이니안은 마차 옆으로 따라 걷고 있는 케이로스의 등으로 자리를 옮겼다.

"응?"

그때 케라우가 주위를 둘러보았다.

"너도 느꼈어?"

이니안이 케라우를 보며 물었다. 그도 결계를 빠져 숲에 나오자마자 급하게 움직이는 사람의 기척이 느껴진 것이다.

"그래, 누군가가 정말 빠른 속도로 숲을 빠져나가는데."

케라우의 대답에 이니안은 고개를 끄덕였다. 하지만 크게 대수롭게 생각하지 않았다.

아무것도 없는 숲에서 갑자기 일단의 무리들이 나타났기에 놀라서 도망치는 사람이라고 생각했던 것이다.

"근처의 나무꾼이나 약초꾼이겠지."

이니안의 말에 케라우도 고개를 끄덕인다.

"역시 그렇겠지. 이 정도 산의 초입이라면 그런 이들이 많을 테니까."

두 사람은 그렇게 대수롭지 않게 재빨리 사라진 인기척에 대한 생각을 지웠다. 나무꾼이나 약초꾼치고는 움직이는 속도가 상당히 빨랐다는 사실을 간과한 채.

"이제 숲이 보이네요?"

그때 마차의 창이 열리며 포르시아의 얼굴이 나타났다.

"네, 결계를 빠져나왔습니다."

"정말로 나올 때는 들어갈 때랑 달리 아무 일도 일어나지 않았네요."

"원래 무단으로 침입하는 자를 막기 위한 결계니까 굳이 빠져나가는 이들을 방해할 필요는 없죠."

이니안은 별것 아니라는 듯 대답했다.

"그러면 앞으로 얼마나 가야 하죠?"

"조금만 내려가면 작은 마을이 있습니다. 하루 정도 거리지요. 그리고 이 숲은 한나절 정도면 빠져나갈 수 있습니다."

"그러면 노숙을 한 번은 해야겠군요."

"네. 숲을 빠져나가는 대로 자리를 잡아야 할 겁니다."

과연 이니안의 말대로 숲을 벗어나는 데는 딱 한나절이 걸렸다. 그리고 숲을 벗어나자 서서히 하늘이 어둠에 물들어가고 있었다.

이미 자주 다녀본 곳인 듯 이니안은 익숙하게 노숙할 곳을 정하고 병사들을 쉬게 했다. 포르시아는 마차에서 나와 잠시 바람을 쐬며 찌뿌드드해진 몸을 움직인 후 다시 마차로 들어갔다.

드워프들이 만들어준 후 마차는 훨씬 편리하고 안락해져서 여간해서는 나오기 싫을 정도였다.

조금 전도 몸을 너무 움직이지 않으면 오히려 좋지 않다는 다프네의 채근에 잠시 주변을 걸으며 몸을 움직이기 위해 나왔던 것이다.

그렇게 시간은 조용히 평화로이 흘러갔다.

불침번을 맡은 병사들이 작은 모닥불을 중심으로 둘러앉아 있고 사위는 어둠에 잠겼다. 이니안은 넙죽 엎드려 있는 케이로스의 옆구리에 머리를 기대고 누워 있었고 케라우는 이미 완전히 모포를 뒤집어쓰고 잠에 빠진 지 오래다.

고요한 밤이다.

"나무꾼이나 약초꾼이 아니었나 보군."

하늘에 총총히 걸린 별들을 가만히 바라보고 있던 이니안이 나직이 중얼거렸다.

"케라우."

"미안하지만 지금은 도저히 무리야."

케라우도 잠이 든 와중에 이니안이 느낀 것을 느낀 것인지 이니안의 부름에 힘겨운 목소리로 대답했다.

"쳇."

이니안은 충분히 그의 목소리에서 그의 상태를 짐작할 수 있었다.

"그러면 걸리적거리지 않게 적당히 피해 있어."

"알았어."

이니안의 말에 케라우는 모포를 온몸에 감은 채 일어나서는 마치 좀비와 같은 걸음으로 마차가 있는 곳에서 멀찍이 떨어졌다. 느릿느릿한 걸음으로 움직이는 케라우였지만 어느새 그 모습이 보이지 않는 곳까지 이동했다.

"웅? 케라우님이 왜 저러시지?"

그 모습에 불침번을 서던 병사들이 고개를 갸웃거렸지만 곧 모닥불로 시선을 돌렸다. 자신들이 상관할 일이 아니라는 것을 잘 아는 까닭이다.

"모두 깨워라."

그때 소리없이 다가온 이니안이 나직이 말하고 몸을 돌렸다.

"네, 넷!"

기척도 없이 다가온 이니안의 말에 깜짝 놀란 병사가 대답을 하고는 서둘러 여기저기 모포를 뒤집어쓰고 자고 있는 기사들과 병사들을 깨웠다. 이니안이 지시한 것이라면 분명 이유가 있을 것이라 믿으며 재빠르게 움직였다.

똑똑.

마차의 창문을 살짝 두드리자 곧 창문이 열리며 다프네의 얼굴이 나타났다.

"무슨 일입니까, 세이버 경?"

"아무래도 습격이 있을 듯하군요."

그 말에 다프네의 표정이 단번에 바뀌며, 날카롭게 변한 눈매로 주변을 살폈다.

"분명 이곳저곳에서 기척이 느껴지는군요."

다프네가 고개를 끄덕인다.

과연 하이 나이트의 실력은 그저 얻은 것이 아닌지 아직 병사들이나 심지어 다른 기사들도 알아차리지 못한 기척을 그녀는 쉬이 알아차렸다.

"하지만 이 정도로 깨울 일은 아닌 듯합니다만. 경의 실력이라면 충분히 조용히 처리할 수 있을 터인데……."

분한 일이긴 하지만 그녀는 사실을 순순히 인정했다. 자신이 느낀 정도의 기척이라면 눈앞에 서 있는 시간부 기사 이니안의 실력이면 충분하다 못해 넘쳤다.

"계속 모여들고 있습니다. 아마 그 수효가 몇백은 될 듯하군요."

딱딱하게 굳은 얼굴로 심각하게 흘러나오는 목소리. 다프네는 그 말에 깜짝 놀랐다. 자신이 느낀 기척은 기껏해야 열 명 안팎이었던 것이다.

'대체 소드 마스터라는 존재는 인간의 한계를 어디까지 넘은 거야?'

자신이 느끼지 못했다면 적어도 반경 이 킬로미터 안에는 없다는 말이었다. 그 범위 밖에 있는 적들의 존재를 알아차리다니 정말이지 아무리 질려도 끝이 없는 실력이다.

"알겠습니다. 주의하고 있겠습니다."

"네. 그리고 혹시 모르니 공녀님을 깨워두십시오."

이니안은 그 말을 남기고 몸을 돌렸고 다프네는 마차의 창을 닫았다.

"무슨 일입니까?"

기사들 중 대표를 맡고 있는 허그가 이니안에게 다가와서 물었다.

"곧 습격이 있을 것이다. 수는 대략 육, 칠백. 어새신들이다. 정신 차리고 마차를 지켜라."

그 말에 병사들이 술렁였다. 자신들의 숫자는 기껏해야 오십 명이 조금 넘는다. 그런데 몇백 명이 넘는 어새신들이 공격해 올 것이라고 하니 침착함을 유지하는 것이 이상했다.

"조용! 마차를 원형으로 둘러싸 보호한다!"

마나를 담은 목소리로 소리치자 술렁임이 조금 줄어들었으나 병사들의 얼굴에는 여전히 두려움이 자리하고 있었다.

'이거 제법 힘들지도.'

병사들의 얼굴에서 그런 불길함을 느꼈다. 차라리 자신 혼자서 마차를 지키는 것이라면 이야기가 달랐지만 말이다.

병사들이 마차를 둥글게 둘러싸며 대형을 만들기 시작하자 자신들의 접근이 발각되었음을 알아차린 어새신들이 모습을 드러냈다. 버티컬 산맥 안에 있을 때면 모르나 이런 평원에서는 솔직히 어새신들이 공격하기에는 상당히 난감한 지형이었다.

어새신 최고의 강점인 암습을 할 수 없는 지형인 것이다.

빛을 반사시키는 것을 막기 위해 검게 칠해진 롱소드를 들고 있는 인영들이 천천히 병사들을 향해 접근하고 있었다.

검을 쥔 병사들의 손에 힘이 잔뜩 들어갔다. 몇몇은 가늘게 몸을 떨기도 했다.

"무슨 일이죠?"

그때 마차의 창문이 살짝 열리며 포르시아의 목소리가 들려왔다.

"어새신들입니다. 마차 안에서 꼼짝도 하지 말고 계십시오. 파이어 경이 지켜 드릴 겁니다. 밖은 제가 어떻게든 하겠습니다."

믿음직한 말에 포르시아는 고개를 끄덕이며 살짝 열었던 창문을 닫았다. 그녀는 아직 습격해 온 어새신들의 수가 정확히 얼마인지 알지 못했다.

*　　　　*　　　　*

"그래, 찾았다고? 그거 다행이로군."

소파를 돌리고 앉은 사내의 얼굴에 오랜만에 만족한 미소가 떠올랐다.

"네."

보고를 하는 부하 역시 모처럼 가벼운 마음으로 이 방에 들어올 수 있었다.

"어디에 꼭꼭 숨었길래 이제야 나타난 걸까? 나타난 곳이 어디지?"

"버티컬 산맥 초입부입니다."

"뭐야?"

그 대답에 사내의 눈썹이 꿈틀했다.

"그렇다면 산맥 속에서 한 달이 넘는 시간을 보냈단 말인가? 대체 그 넓은 산맥 속 어디에서?"

"넘는 데 시간이 많이 걸렸을 수도 있습니다. 마차를 타고 넘을 수 있는 산맥이 아니지 않습니까?"

그 말도 일리가 있었다. 버티컬 산맥의 험준함은 유명했다. 대륙을 동서로 나누어 자연스럽게 국경을 만들어 버릴 정도의 산맥인 것이다. 그 산맥을 넘는 데 한 달이라는 시간이면 결코 긴 시간이 아니었다.

"으음, 하지만 산맥에 들어간 후 완전히 종적이 사라졌다고 하지 않왔나?"

"네, 그랬습니다. 게다가 이번에도 처음 발견한 이의 말을 들어보면 하늘에서 갑자기 뚝 떨어진 듯 나타났답니다. 자신이 잠시 다른 곳을 살피는 사이 아무것도 없던 숲에서 순식간에 병사들과 마차가 나타났다고 하더군요."

"으음……."

수하의 보고에 소파에 앉은 사내의 얼굴에 다시 주름이 생겼다. 이건 발견해도 문제였다. 그사이의 행방이 명확하지 않으니 발견하고서도 어딘가 찜찜한 구석이 남아 있는 것이다.

"하늘에서 뚝 떨어졌다라… 이동 마법을 사용한 것도 아닐 텐데… 그것참……."

어떻게 된 일인지 아무리 고민을 해봐도 답이 나오지 않았다.

"어쨌든 발견했으니 그것에 머리 쓸 필요는 없겠지."

사내는 곧 그사이 그들의 행방을 유추하는 것을 포기했다. 정말로 감쪽같이 사라졌다가 나타난 것이다.

"마지막 연락이 그들이 노숙을 하기 위해 자리를 잡은 곳에서 습격하겠다는 것이었습니다."

"그래? 그럼 여덟 곳 모두 투입되는 건가?"

"네. 지금까지 경험한 것이 있었기에 가진 전력을 모두 한 번에 투입하라고 했습니다."

"잘했어. 이만 가보도록."

"네."

모처럼 칭찬을 들으면서 끝났다. 방을 물러나는 그의 입에는 작은 미소가 걸려 있었다.

"훗. 그러면 그들도 그리로 향했겠군."

소파에 앉은 사내의 입가에 잔인한 미소가 어린다. 그가 아무에게도 알리지 않고 단독으로 지시한 일. 자신이 비장의 한 수로 키워놓은 이들을 움직인 것이다.

"어차피 어새신들로서는 그 괴물 같은 녀석을 어찌할 수 없을 테지. 후후후. 그럼 나도 슬슬 가봐야 할 시간이군."

그는 나직한 웃음을 어둠에 잠긴 방에 남긴 채 소파에서 일어나 다른 곳으로 난 통로를 통해 사라졌다.

*　　　*　　　*

밤하늘의 달빛을 가르며 검이 지나간다.

"으악!"

그와 동시에 요란한 비명이 울려 퍼졌다. 어새신의 검에 당한 병사의 입에서 터진 비명이었다.

"젠장."

마차를 지켜야 하기에 멀리 움직일 수 없는 이니안의 얼굴에 낭패한 기색이 역력했다. 어새신들의 수준이 생각보다 높았다. 암습이 아닌데도 두 명이면 기사 하나를 너끈히 상대했고 병사들은 일 대 일로도 압도하고 있었다.

"이 정도면 A급이다. 그런데 이런 수라니. 대체 어떤 녀석이야."

이미 포르시아가 기억을 잃었을 때부터 그녀를 노리던 어떤 존재가 있음은 알고 있었다. 삼천 명에 이르는 적들과 싸웠던 그 지긋지긋한 기억도 여전했다. 하지만 공녀의 신분을 되찾은 지금도 이런 습격이라니. 이니안의 감각에 잡히는 어새신들의 숫자는 적게 잡아 칠백, 많이 잡으면 팔백 정도였다.

'이건 그때보다 더하군.'

어새신 같지도 않은 녀석들이 수로 밀어붙이던 그때와는 달랐다. 뛰어난 실력을 가진 어새신 수백은 이니안으로서도 여간 버거운 것이 아니었다.

"젠장. 꼭 아쉬울 때 써먹질 못한다니까."

정말로 아쉬웠다. 케라우가 해가 져 전혀 움직이지 못하는 것이 그렇게 아쉬울 수가 없었다.

"케이로스, 최대한 처리해."

이니안의 명령에 케이로스가 날래게 움직였다. 그나마 그가 있어서 다행이었다. 그의 실력이라면 이런 어새신들이 아무리 많아도 감당할 수 있을 것이다.

별다른 실력도 없는 너저분한 녀석들이었지만 그래도 삼천이나 되는 수를 상대했던 이니안조차도 마주 보지 못할 위력을 가지고 있는 케이로스다.

아우우우!

케이로스가 하늘을 향해 길게 울부짖자 주변의 모든 사람들의 움직임이 멈칫했다. 어새신들은 물론 병사와 기사들까지 움직임을 잠시 멈추고 케이로스를 쳐다봤다. 그 울음에 담긴 위력이 그렇게 만들었다.

그사이 케이로스가 빛살과도 같이 움직였다.

번개 같은 케이로스의 움직임에 순식간에 세 명의 어새신이 나가떨어졌다. 모두 배에서 상당한 출혈을 보이고 있었지만 그들은 신음 한줄기 흘리지 않았다. 과연 잘 훈련된 어새신다웠다.

"응?"

그런 케이로스의 움직임에 어딘가 자신의 기억과 다른 어색함을 느낀 이니안이 고개를 갸웃거렸다.

"왠지 너 처음 만났을 때에 비해 실력이 많이 준 것 같다."

머리 한구석에 떠오른 의문을 바로 물었다.

[그건 그곳에 깃들어 있던 마나의 힘을 빌렸었기 때문입니다. 그곳을 떠나면 저의 힘은 그곳에 있을 때의 절반에도 미치지 못합니다.]

지금까지 케이로스가 직접 전투에 나서는 모습을 본 적이 없어서 미처 깨닫지 못했던 일이었다.

"어떻게 된 거야, 칼?"

[아아. 레어에 깃든 나의 마나지. 레어를 보호하기 위해서 깃들어 있는 건데 필요할 경우 케이로스가 일부를 가져다 쓸 수 있게끔 해둔 거야.]

칼은 별것 아니라는 듯 대답했다.

'그렇다면 난 그때 속은 거였나?'

급박한 상황과는 어울리지 않은 생각이 머리에 떠올랐다가 사라진다. 지금에 있어서 그런 것은 아무래도 좋은데 말이다.

"뭐, 좋아. 이제 나도 좀 움직여야지."

이니안은 천천히 검을 뽑았다.

병사들과 기사들의 벽에 막혀 아직 마차 근처에 접근한 어새신은 없었지만 점점 그 수가 많아지고 있었다. 곧 병사들이 만든 벽이 무너질 것이다.

마차의 곁에 서 있던 이니안의 모습이 사라졌다. 그리고 순식간에 원형의 대형 중 가장 취약한 곳에 나타나 검을 움직인다. 은빛의 검이 궤적을 남기고 지나감에 따라 어새신들의 몸에서 피가 튀어 오른다.

사정을 전혀 봐주지 않고 일격에 목숨을 끊어버리는 필살의 검.

죽이지 않으면 죽는 상황이다.

이니안은 평소와는 다르게 독하게 검을 놀렸다. 일수의 망설임이 자신들의 위험으로 다가오기에 그는 철저히 단번에 어새신들의 목숨을 앗

왔다.

몇 번 검을 휘두르자 그곳은 어느 정도 여유가 생겼다. 하지만 곧 다른 곳이 뚫릴 듯 위태위태해졌다. 이니안은 금세 그곳으로 몸을 날려 다시 검을 휘두른다. 어두운 공간을 가르는 은색의 검은 아름답기까지 했다. 그 끝에 붉게 튀어 오르는 핏방울이 요사스럽게 어둠 속에 빛난다.

사방에서 몰려드는 어새신들은 반짝거리는 한줄기 빛이 되어 몰아치는 케이로스 덕에 그 걸음이 많이 늦춰진 상황이었다. 하지만 모두들 A급 어새신답게 상대가 되지 않음을 알면서도 케이로스에게 악착같이 덤벼들었다. 죽음을 각오한 일격을 내뻗고 케이로스의 발톱과 이빨에 목숨을 빼앗기는 어새신들.

케이로스도 이런 경험은 처음인지 낭패한 기색이 역력했다. 그리고 그 움직임도 조금씩 둔해졌으며 몸 여기저기에 잔상처도 하나둘 늘고 있었다.

"아무래도 좀 도와줘야겠는데?"

[그래? 알았어.]

이니안의 요청에 칼이 모습을 드러냈다.

갑작스레 허공에 몸을 두둥실 띄우며 나타난 흑발의 청년. 하지만 공격을 하던 어새신들 중 그 누구도 칼의 갑작스러운 출현에 당황하지 않았다. 그저 자신들의 임무에 충실할 뿐이라는 듯 쉬지 않고 마차를 향해 몰아쳐 갔다.

"제법인 녀석들이군."

칼은 시동어도 없이 손을 앞으로 뻗었다. 그러자 그의 손끝에서 무수한 매직 미사일이 쏟아져 나갔다. 마차를 지키는 이들에게 피해를 주지 않고 어새신들을 처리할 가장 좋은 마법은 의지로써 조종이 가능한 매직 미사일이었다.

셀 수 없을 정도로 많은 매직 미사일들이 칼의 의지대로 움직이며 정확히 어새신들에게 날아갔다.

매직 미사일에 맞은 어새신들이 픽픽 쓰러졌다. 여전히 그들의 입에서는 어떠한 소리도 새어 나오지 않았다.

칼의 가세 덕에 이니안은 어새신들을 상대하기 조금 수월해지는 것을 느낄 수 있었다.

"역시 좋군, 마법사가 있으면."

이니안은 작게 중얼거리고 더욱 빠르게 움직이기 시작했다.

팔백이라는 숫자는 결코 작은 게 아니었다. 이니안과 케이로스, 그리고 칼이 그렇게 숫자를 줄였음에도 아직도 많은 수의 어새신들이 마차를 향해 몰려오고 있었다. 그 실력들이 출중해, 처리하는 데 생각보다 시간이 걸린 것이다. 그리고 개중에 뛰어난 이는 일격으로 처리할 수 없었다.

덕분에 더욱 시간이 걸렸고 생각보다 체력의 손실도 컸다.

"젠장. 제법이군."

그사이 병사들도 상당한 피해를 입었다. 칼이 가세한 다음에는 조금 나아졌지만 그전에 이미 3할에 가까운 병사들과 기사들이 바닥에 쓰러졌다. 어새신들의 집요한 공격에 그 명을 달리한 것이다.

"이번에는 시간이 조금 걸리는 것 같네요."

포르시아가 걱정스레 말을 했다.

"네. 이번에는 아무래도 수가 좀 많은 듯합니다."

다프네는 무거운 목소리로 대답했다.

"그래요? 그래도 아무 일 없겠지요? 세이버 경이 있으니까요."

포르시아는 목에 걸린 펜던트를 꽉 움켜쥐었다.

"네, 그의 실력이라면 아무 문제 없을 것입니다."

다프네는 고개를 끄덕이며 그녀의 말에 동의했다. 그것은 포르시아를 안심시키기 위해서가 아니었다. 정말로 그녀도 그렇게 생각하고 있는 것이다.

"마령소혼."

이니안의 검끝에서 마령천참검법이 펼쳐지기 시작했다. 방어가 약해지는 곳을 막아가는 소극적인 대처보다는 자신이 적극적으로 나서서 어새신들을 쓸어버리기로 결정한 것이다.

지금까지는 마차를 지키기 위해 소극적인 움직임을 보인 것이었지만 칼과 케이로스의 가세로 이니안은 이제는 적극적으로 움직여도 되겠다는 판단을 내렸다.

"귀혼천검."

검이 어지러이 흔들렸다. 사방으로 쏟아져 나가는 수많은 검의 그림자. 어새신들은 속수무책으로 검의 그림자에 쓰러져 갔다. 하지만 개중에 뛰어난 몇몇은 용케도 마령천참검의 초식을 막거나 피해내고 있었다. 그런 이들은 주로 초식의 범위에서 가장 바깥 경계 부위에 있는 이들이 대부분이었다.

이니안의 검이 움직일 때마다 가을바람에 떨어지는 낙엽처럼 우수수 쓰러지는 어새신들의 모습에 마차를 둘러싸고 있던 병사들은 검을 휘두르는 것도 멈추고 그 모습에 넋을 잃었다.

칼 역시 잠시지만 매직 미사일을 컨트롤하는 것을 멈췄다.

"허참, 볼 때마다 느끼는 거지만… 검을 정말 아름답게 사용하는군. 사람의 목숨을 빼앗고 붉은 피가 난무하며 튀어 오르는 모습까지 아름답게 느껴질 정도니……."

낮은 중얼거림이다. 하지만 그것은 이니안의 검에 대한 감탄으로 가득 차 있었다.

"혈화만천."

주변의 시선이 어떻든 상관없이 다시 한 번 검이 움직인다. 이니안이 몸동작에 변화를 줄 때마다 어새신들은 물러서기 급급했다. 그들이 가진 생존의 본능이 눈앞에서 아름답게 검을 휘두르는 인물에게서 최대한 멀어지라고 명령하고 있었다.

어새신들이 물러서면서 피하기에 집중해서였을까? 이니안의 검에 쓰러지는 숫자가 점점 줄어들었다. 마령보를 펼치면서 따라붙어 열심히 검을 휘둘렀지만 사방으로 산개해 흩어지는 어새신들을 모두 처리하기에는 한계가 있었다.

이곳은 넓은 평원이었기에 거리를 벌려 넓게 흩어지는 것이 얼마든지 가능했기 때문이다.

"쳇. 약은 녀석들."

이니안은 낮게 투덜거렸다. 그의 심정은 어떻게든 속전속결로 처리를 하고 싶었지만 점점 시간이 많이 걸리고 있었다. 과연 예전에 상대한 형편없는 녀석들과는 달랐다.

이들은 상대를 공략하는 방법을 터득하고 있었으며 자신들이 불리할 때 어떻게 싸워야 하는지도 잘 알고 있었다.

"창천광휘!"

청검밀밀과 만혼금쇄는 다수의 적을 상대하기 위한 수법이 아니었기에 건너뛰고 바로 창천광휘의 수법으로 검을 뻗었다.

검에서 몰아쳐 나오는 마나의 폭풍이 어새신들을 휩쓸어간다. 그들은 어떻게든 검이 만들어내는 폭풍을 피하려고 안간힘을 쓰지만 한 번 휘말려 들자 속수무책이었다.

그저 검을 쭈욱 뻗은 것뿐인데 이런 위력이라니. 이니안이 싸우는 모습을 몇 번 보았던 병사들도 질렸다는 얼굴이었다.

"여러 개의 피어스 브레이크라……."

어떤 일이 있어도 열릴 것 같지 않았던 어새신 중 한 명의 입에서 나직한 목소리가 울렸다.

"아무래도 속은 것 같군. 아무리 여덟 개의 길드가 공동 전선을 펼쳐도 어떻게 할 수 있는 상대가 아니다."

그의 음성은 분노로 떨리고 있었다. 드디어 자신들의 암살 목표를 지키는 상대가 자신들의 실력으로 감당할 수 없는 사람이라는 것을 인정한 것이다.

"그대는."

나직이 혼잣말을 중얼거리던 어새신이 전투 자세를 풀고 이니안을 향해 큰 소리로 입을 열었다.

"카일로니아의 사이몬 공작 가의 사람인가?"

여러 개의 피어스 브레이크를 사용하는 사람들은 오직 그곳에만 있었다. 그것은 대륙에서 검을 사용하는 사람들이라면 누구나 아는 상식이다.

어새신은 자신의 물음에 상대가 고개를 가로젓는 것을 똑똑히 보았다.

"훗. 대륙은 넓다라는 것인가? 그래도 의외로군. 몇백 년의 세월 동안 깨지지 않았던 상식이 깨진다는 것은 솔직히 충격이야. 솔직한 심정으로는 지금 당장 후퇴하고 싶다. 하지만 계약이 우리 발을 묶어놓고 있어. 마지막 한 명이 죽는 순간까지도 절대 물러서지 않겠다고 의뢰주와 철저히 약속을 했거든. 의뢰 대금도 벌써 선불로 모두 받았고. 그러니 검에 조금은 사정을 봐주었으면 좋겠군."

그걸로 끝이었다. 그는 다시 허리를 낮추고 어떤 상황에도 대응할 수 있는 전투 자세를 취했다. 그의 눈빛도 낮게 가라앉았다.

'아마도 우리는 미끼라는 거겠지. 하지만 이것까지 알려주면 안 되겠지? 의뢰주가 그 많은 돈을 한 번에 지불한 것도 아마 내가 이 상황을 깨달을 것이고 입을 다물고 있으라는 조건도 포함되어 있는 것일 테니.'

이 자리에 모인 여덟 어새신 길드의 총지휘를 맡은 카일로니아 왕국의 블랙 소드 길드의 길드장 트레이스는 자신의 죽음을 예감하며 땀으로 흥건히 젖어오는 손으로 검을 꽉 쥐었다.

"끝내지."

낮은 목소리. 그 목소리에는 아무런 감정도 담겨 있지 않았다. 하지만 그 말에 마차를 둘러싼 어새신들은 공포라는 감정을 느꼈다. 저 목소리의 주인공이 휘두른 검에 얼마나 많은 동료들이 죽어나갔던가.

이니안이 천천히 검을 곧추세웠다.

그것이 신호라도 된 것일까? 잠시 소강상태에 접어들었던 전투가 재개되었다. 어새신들은 미친 듯이 마차를 향해 달려들었고, 칼의 손이 바쁘게 움직이며 수많은 매직 미사일이 날아갔다. 케이로스 역시 다시 한 번 우렁찬 울음을 터뜨리며 어새신들 사이를 종횡무진 헤치고 다녔다. 마차를 지키는 기사들과 병사들도 필사적으로 검을 휘두르며 접근해 오는 어새신을 막았다.

"마령현신!"

드디어 마령천참검의 후반부 세 초식 중 첫 번째 초식이 터졌다. 앞의 여섯 초식과는 차원이 다른 위력을 보이는 초식. 이니안의 검이 불을 뿜었다.

"아… 악마다."

"악마다."

이니안의 뻗어낸 검에 놀란 어새신들은 침묵의 금제에 봉인이라도 되어 있는 듯한 입을 열어 두려움에 가득 찬 신음을 흘렸다.

자신들을 향해 뻗은 검끝에서 넘실넘실 피어오른 기운이 형성하는 어마어마한 환영. 그것은 분명 마계에 살고 있다는 악마가 분명했다.

사나운 눈을 부릅뜬 살기로 가득한 섬뜩한 형상.

단 한 번도 본 적이 없었지만 그 형상은 분명 악마일 것이다. 어새신들은 그렇게 생각했다.

검이 만들어낸 악마가 어새신들을 쓸어간다. 이번만은 어새신들도 맞설 자신이 없는지 등을 보이며 달아났다. 저 악마에게 잡히면 처참한 고통을 느끼며 죽을 것이라는 두려움이 그들의 가슴에서 솟아났다. 인간을 상대하는 것은 모르지만 악마가 나타났다면 다르다. 그들의 가슴 깊숙한 곳에 자리한 원초적인 공포가 그들을 두려움에 떨게 만들었다.

"으아아아!"

"우아아악!"

"끄악!"

절규에 찬 비명과 함께 검이 만들어낸 악마가 지나간 자리의 어새신들은 모두 목숨을 잃었다. 그들의 얼굴에는 하나같이 공포가 가득했다. 죽는 그 순간까지 악마가 주는 공포를 떨쳐 내지 못한 것이다.

"대단하군. 단지 책을 한 권 더 읽었을 뿐인데 그 위력이 전혀 달라졌어."

칼은 멍한 얼굴로 중얼거렸다. 자신이 레어에서 본 이니안의 검법과는 또 달라져 있었다. 마령현신이라는 저 수법을 칼은 이미 몇 차례 본 적이 있었지만 그때는 조금 전과 같이 전율스러운 모습은 아니었다.

메이린이 준 마령천참공 운용편의 책을 이니안은 이미 모두 읽고 대강 그 내용을 익힌 상태이다. 검을 새로이 만드는 그 시간 동안 그가 빛의 일족의 마을에서 한 일이 바로 책의 내용을 익히는 것이었다.

그 덕에 마령천참검법은 또 한 단계 발전한 모습을 보이고 있었다. 더욱 정교한 초식의 운용에 대한 내용이 써 있었고 또한 마령천참공으로 모은 마이너스 마나의 다양한 운용 방법도 익혔다.

그 결과가 칼마저도 넋이 나가게 만든 조금 전의 마령현신의 수법이었다.

복면으로 가려져 볼 수는 없었지만 어새신들의 얼굴에는 갈등의 빛이 가득했다. 검으로 악마마저 만들어내서 사람들을 쓸어버리는 저 괴물 같은 인간을 과연 상대해야 하는가, 라는 갈등. 그들은 계약에 묶여 있었기에 도망도 칠 수 없었다. 하지만 눈앞의 인물에게 달려들어 그런 공포를 느끼며 죽고 싶지는 않았다.

정적이 내려앉았다.

누구도 섣불리 움직이지 않았다. 이니안이 보여준 그 전율스러운 모습에 적아를 가리지 않고 모두 충격에 빠진 것이다.

살벌한 전투 중간에 내려앉은 고요. 그 속에서 고요를 깨는 이는 아무도 없었다.

"어떻게 된 것일까요?"

마차 밖에서 들리는 소리에 귀를 기울이던 포르시아가 걱정스레 물었다.

"……."

창을 살짝 열어 마차의 밖을 살피던 다프네는 그런 포르시아의 물음에 아무런 대답도 하지 않았다. 아니, 못했다. 그녀 역시 마령현신의 수법이 만들어낸 광경을 보고 넋이 나간 것이다.

"파이어 경?"

자신이 불안에 찬 말을 하면 항상 안심시켜 주던 다프네가 아무런 말이 없자 포르시아가 고개를 갸웃거리며 그녀를 부른다. 다프네가 마차 밖을 지켜보고 있는 것을 알고 있기에 혹시 일이 잘못되기라도 했는가 하는 불안감이 엄습해 왔다.

"아, 네, 공녀님."

그제야 다프네가 포르시아의 말에 반응을 보였다.

"왜 그러시죠?"

"세이버 경이 너무 엄청난 광경을 보여줘서 잠시 넋이 나가 있었습니다."

다프네는 기사답게 주인 앞에서 자신의 실책을 솔직히 인정했다.

"그렇게 대단했나요?"

"네. 아마 이번에도 별 무리 없이 세이버 경이 정리할 듯합니다."

"다행이네요."

다프네의 말에 포르시아는 살짝 미소를 머금으며 고개를 끄덕였다. 어느새 그녀의 얼굴에 자리하고 있던 불안은 사라지고 대신 안도가 그 자리에 살포시 걸터앉아 있었다.

"크크크. 엄청나군. 마나로 악마를 만들어내다니."

"그래, 엄청나. 하지만 어차피 저 녀석들은 버리는 말. 진짜는 우리지."

"그래, 이렇게 짙은 어둠이 깔린 밤. 우리에게는 더없이 좋은 밤이야."

이니안이 어새신들과 대치하고 있는 사이 마차에서 조금 떨어진 곳에 자리한 나무에 여섯 명의 그림자가 나타났다. 후드 아래에 드리운 어둠 속에서 붉은 눈동자가 요사스럽게 빛나고 있었으며 입술 밖으로 살짝 삐져 나온 송곳니가 달빛에 섬뜩하게 빛났다.

"그 녀석, 여전히 값진 물건을 많이 가지고 있어. 저렇게 엄청난 녀석들도 알아차리지 못하게 기적을 완벽히 지워주는 아티팩트라니."

"이 은신의 망토, 위력이 대단하긴 해."

"쳇! 이 정도라도 해줘야지, 잘못된 정보를 줬는데. 뭐? 소드 마스터 하나만 조심하면 될 거라고? 그렇다면 저기서 장난치고 있는 저 영혼은 뭐야? 저건 분명 드래곤의 영혼이다. 어떻게 사라지지 않고 이 세상에 남아 있는지는 모르지만 내 눈은 저 영혼이 생전에 드래곤이었다고 말해주고 있어."

여섯 중 하나가 불만에 찬 소리를 뱉었다. 그랬다. 그들이 이곳에 올 때 상대해야 할 적들 중에 드래곤의 영혼이 있다는 이야기는 듣지 못했었다. 이건 그야말로 완벽한 계산 착오였다. 어쩌면 저들 중 가장 까다로운 상대는 드래곤의 영혼일지도 몰랐다.

"뭐, 인간들은 영혼을 볼 수 없으니까 어쩔 수 없지."

"하지만 잘못하면 우리 모두 이곳에서 죽는 수가 있다."

여전히 그 하나는 불만이 가득한 듯했다.

"그래도 어쩔 수 없지, 계약이니까."

그 한마디에 결국 불만을 토로하던 그자도 입을 다물었다.

여섯 쌍의 눈동자가 서로를 마주 본다. 붉은빛이 요사스러운 그 눈동자. 서로를 확인한 그들은 고개를 끄덕이며 마차 쪽으로 몸을 돌렸다.

Chapter 2

하면 되는군

하면 되는군

여섯 그림자는 너무도 가벼이 몸을 날렸다. 여섯 방향으로 흩어져 마차를 중심에 두고 공중에 표홀히 떠 있는 모습이 어둠과 지독하게 어울렸다. 깊게 눌러쓴 후드 아래에서 빛나는 붉은 눈동자가 빛을 발한다.

"블러드 캐논(Blood Cannon)!"

여섯 개의 입은 동시에 같은 말을 외치면서 손을 앞으로 쭈욱 뻗었다. 손끝에서 피어오르는 붉은 광채와 함께 뻗어나가는 빛줄기.

"뭐야?"

그제야 이니안은 또 다른 인물들의 난입을 눈치 챘다.

"젠장."

어새신들을 향해 다음 초식을 펼치려던 이니안이 몸을 돌렸다.

"이니안, 저것 위험하다!"

칼 역시 다급한 얼굴로 외쳤다. 영혼이었을 때는 순식간에 이동할 수 있었겠지만 실체화를 한 지금은 급박한 상황에 비해 너무나 느렸다.

칼의 외침에 이니안의 두 발은 더욱 빠르게 움직였다. 마령보의 마령질풍의 수법이 이렇게 느리게 느껴진 것은 처음이었다.

"뭐, 뭐지?"

포르시아는 다시 한 번 자신의 옷을 찢고 빛을 발하며 솟아오르는 펜던트에 깜짝 놀랐다. 전에도 한 번 이런 일이 있었다. 분명 갈라히벤에서 어새신이 자신을 습격했을 때, 그녀를 지켜주었던 방어 마법이 발동되던 모습이다.

이번에도 역시 빛의 구체가 마차 전체를 감싸 안았다. 이번에는 마차 외부에서 오는 공격에 대한 방어였기에 샤이닝 실드가 마차 전체를 감쌌다.

콰콰콰콰쾅! 쾅쾅!

여섯 개의 핏빛 마법과 샤이닝 실드가 부딪치며 요란한 폭음이 터졌다. 그리고 두 거대 마법의 충돌의 여파가 마차를 둘러싸고 있던 병사들과 기사들을 덮쳤다.

"우욱."

"으앗!"

폭발의 여파에 병사들과 기사들은 아무런 저항도 못하고 여기저기로 날려갔다.

"흐음. 샤이닝 실드라… 저쪽도 제법 괜찮은 물건을 가지고 있는 모양이군. 역시 드래곤의 영혼이 함께 있다는 것인가?"

여섯의 인영 중 한 명에게서 나직한 목소리가 울렸다.

하지만 샤이닝 실드는 여섯 개의 블러드 캐논과 격돌하고 곧 소멸했다. 펜던트에 심어진 샤이닝 실드는 그것이 한계였다.

"다시 한 번 간다."

또 다른 이가 담담히 입을 열었다.

다시 여섯 쌍의 손끝에 붉은 빛이 어리기 시작했다.

"고, 공녀님, 위, 위험합니다. 어서 공간 이동 마법의 스크롤 카드를!"

창을 열고 그 모습을 지켜본 다프네가 다급하게 외쳤다. 이 경우는 이니안이 온다고 해도 늦었다. 저런 엄청난 마법이라니. 일단 몸을 피하는 것이 먼저다.

"아, 알겠어요."

다프네의 다급한 말에 가슴 부위의 찢어진 옷을 여미고 있던 포르시아는 급히 품에서 공간 이동 마법이 담긴 스크롤 카드를 꺼냈다. 혹시 위급한 일이 있으면 쓰라고 시메티딘이 직접 만들어준 스크롤 카드다.

"이동!"

포르시아는 시동어를 외치면서 카드를 찢었다. 곧 카드에서 밝은 빛이 발했다.

공중에 뜬 여섯 사람의 손끝에서 다시 한 번 블러드 캐논이 쏘아진 것과 거의 동시의 일이었다.

*　　　　　*　　　　　*

손이 부들부들 떨리고 있다. 그 손의 주인은 지금 얼굴 가득 노기를 띠고 있었다. 눈앞에 한쪽 무릎을 꿇고 앉은 이의 얼굴은 오히려 반대로 평온하기 그지없었다.

"지금 그 말을 말이라고 하는 것인가?"

"네, 저하."

자신을 향해 쏘아지는 엄청난 분노에도 그는 태연하게 대답했다. 어두운 공간의 소파에 앉아 자신의 뒤에 앉은 수하들에게 분노의 기운을 날

리던 그는 지금 이곳에서 한쪽 무릎을 꿇은 자세로 너무나 편안한 얼굴을 하고 있었다.

오랜만에 찾아온 수하의 보고에 카르발 황자는 극심한 분노에 빠졌다. 바실러스가 왔을 때 못지않은 분노다.

"그러니까 자네는 이미 그 모든 사실을 알고 있었단 말이지?"

"네, 저하."

카르발 황자는 자신의 수하에게 배신감을 느꼈다. 자신은 얼마 전에야 겨우 알게 된 엄청난 사실을 눈앞의 수하는 이미 진작에 알고 있었던 것이다. 그렇다면 당연히 자신에게 보고했어야 할 것을 감쪽같이 속인 것이다.

"그래서 자네가 나에게 하고 싶다는 말이 결혼을 중지하라 이건가?"

"그렇습니다. 저하께서도 이미 그 사실을 아셨다면 응당 결혼식을 중지하셔야 합니다. 너무도 위험합니다."

그는 카르발 황자에게 충심을 다해 말했다. 정말로 그 여자는 위험했다. 자신의 충성의 대상에게 능히 죽음을 내릴 수 있는 여자다.

"자네는 내가 그것이 가능할 것이라 생각하는가?"

"불가능하겠지요."

그는 순순히 인정했다.

"그래, 그녀가 나에게 칼을 들이댄다면 난 기꺼이 내 목숨을 줄 수가 있어."

"이미 알고 있습니다. 그래서 제가 말씀드리지 않았던 것입니다. 그리고 독단으로 일을 처리했지요. 그 모든 것이 저하를 위한 일이었습니다."

수하의 말에 카르발 황자의 얼굴에 사나운 기운이 어렸다. 그간 자신의 머리를 어지럽히던 의혹 하나가 눈앞의 인물이 한 말에 의해 풀려 버린 것이다.

"그렇다면 그간 포르시아를 노린 암살 공작들이……."

"네. 제가 지시한 것입니다."

그는 너무나 태연한 얼굴로 간결하게 대답했다.

"네 이놈! 시메티딘!"

카르발 황자의 입에서 사나운 일갈이 터져 나왔다.

황자의 분노에 고개를 드는 인물의 얼굴은 분명 시메티딘이었다. 칸세르 공작의 오른팔이라 불리는 제국의 대마법사 시메티딘. 그가 카르발 황자의 충성스러운 수하로서 이곳에 무릎을 꿇고 있었다.

"진정하십시오."

그는 담담한 얼굴로 말했다. 이미 이 정도 분노는 각오하고 온 바였다.

"내가 지금 진정할 수 있을 것 같은가? 내가 왜 자네를 칸세르 공작에게 보냈는지를 생각해 보면 잘 알 것 아닌가?"

카르발 황자의 얼굴은 분노로 새빨갛게 물들어 있었다.

"물론 저하께서 지금 어떤 심정이실지는 잘 압니다."

"아는 사람이 그런 짓을 저지르는가!"

카르발 황자의 주먹이 의자의 팔걸이를 세차게 내려쳤다. 얼마 전 새로이 가져다 놓은 의자의 팔걸이가 또 부서져 나갔다.

하지만 시메티딘은 단단히 각오를 하고 온 듯 꿈적도 하지 않았다.

"저하, 저는 저하의 명으로 칸세르 공작의 곁을 지키면서 그가 포르시아 공녀에게 어떤 일을 하는지 똑똑히 지켜보았습니다. 제가 한 가지 천추의 한이라 여기는 것이 있다면 그것은 칸세르 공작이 메이지아 공작가의 어린 공녀를 납치했을 때 그것을 알리지 못한 것입니다. 그것만 저하께 아뢰었더라도 오늘 같은 일은 벌어지지 않았을 것입니다."

"후우. 그대는 그때 겨우 열 살이었던 나를 믿지 못한 것이겠지. 여덟 살에 나의 부탁으로 칸세르 공작의 수하로 들어갔으면서도 말이야."

카르발 황자는 한숨과 함께 말을 꺼냈다. 시메티딘의 말이 그를 어느 정도 진정시킨 듯했다.

여덟 살이라는 어린 나이에 이미 칸세르 공작의 야망을 알아차리고 조치를 취했다는 카르발 황자, 그 엄청난 심기가 놀라웠다. 보통의 사람은 아무것도 모르고 부모 품에서 천진난만하게 놀 때였다.

"그랬습니다. 지금 생각하면 참으로 바보 같은 일이지요. 그때 제가 알렸더라면 저하께서 포르시아 공녀를 경계하셨을 테고, 그랬다면 오늘 같이 난감한 일도 벌어지지 않았을 테니까요."

"이미 지난 과거네. 그때 일은 마음에 두지 말게. 하지만 자네가 지금까지 나에게 알리지 않고 벌인 일은 분명히 잘못한 일이야. 운이 좋아 그녀가 무사했으니 망정이지 만약 그녀에게 무슨 일이라도 생겼더라면 아무리 자네라도 용서할 수 없었을 걸세."

카르발 황자의 말에 시메티딘의 입가에 가는 미소가 어렸다. 황자는 아직 모르고 있었다. 단지 지금까지 실패한 암살 시도가 전부라 생각하고 그런 말을 하는 것이다.

하지만 시메티딘 자신은 황자가 자신에게 준 최후의 패를 사용했다. 그것을 받을 때만 하더라도 설마 자신이 그 힘을 사용하게 될 줄은 꿈에도 몰랐었다. 하지만 사용했다. 그리고 그 보고를 위해서 오늘 찾아온 것이다.

다만 포르시아에게 일어난 일을 어찌 알았는지 카르발 황자는 시메티딘을 보자마자 불호령을 내렸던 것이다.

"저하, 저에게 그때 일은 이미 과거의 일이라고 말씀하셨습니다. 그렇다면 앞으로 십 년, 이십 년 후에는 그분도 저하에게 있어서 과거가 될 수 있을 것입니다."

의미심장한 말이다.

"그게 무슨 뜻인가?"

무언가 불길함을 느낀 카르발 황자의 얼굴이 미묘하게 변한다.

"지금 그들이 그분을 공격하고 있을 것입니다. 소호 왕국의 영토 안에서 말입니다."

"자세히 말해라!"

카르발 황자는 그분을 공격하고 있다는 말에 다시 분노했다. 겨우 진정시켜 가슴 한곳에 밀어놓았던 분노의 불길이 거세게 일어났다. 포르시아는 그에게 있어 그런 존재다.

"저하께서 고대 던전에서 발굴하여 저에게 맡긴 비장의 힘. 그 힘을 사용했습니다. 그분을 지키고 있는 사이몬 가의 그 기사의 힘은 상상을 초월하기에 결국 저는 그 패를 사용할 수밖에 없었습니다."

"무엇이라!"

카르발 황자의 눈에 핏발이 차 올랐다. 그가 시메티딘에게 준 비장의 힘이라는 것은 단 하나였다. 던전의 발굴품들 중 아주 유용하고 강력한 것이었기에 혹시 모를 일에 대비하여 맡긴 것인데 설마 이렇게 사용할 줄은 몰랐다.

"그, 그들을 소환했단 말인가?"

"정확히는 봉인을 풀어준 것이지요."

"네… 네놈……."

마나가 요동을 친다. 요동은 바람이 되었고 바람은 다시 폭풍으로 변했다. 방 안은 카르발 황자가 만들어낸 마나의 폭풍으로 당장이라도 터질 듯했다.

"황자 저하께서 무사히 제위에 오르시고 제국을 평화로이 통치하기 위해서 그분은 반드시 죽어야 합니다. 저는 마법사입니다. 칸세르 공작이 클레비클을 시켜 사용한 그 흑마법은 저로서도 전율을 느낄 만큼 위험한 것입니다. 대마법사라 불리는 저로서는 부끄럽게도 그 마법을 파훼해 낼 자신이 없습니다. 결국 저하를 지키는 방법은 그분에게 영원한 안식을 드리는 것입니다. 저하께 보고를 한다면 지금처럼 노하시면서 반대하실 것이 뻔하였기에 제가 독단으로 처리한 것입니다. 죽여주십시오. 제 이 한 목숨으로 저하께서 무사히 제위에 오르실 수 있다면 그리하겠습니다. 이미 그분은 그들의 습격에 명을 달리하셨을 것입니다."

시메티딘은 두 무릎을 모두 꿇고 앉아 머리를 숙였다.

카르발 황자의 꽉 쥔 주먹은 손톱이 살을 파고들어 붉은 피가 배어 나오고 있었다.

"네, 네놈이 대체 무얼 안다고 내가 준 힘으로 그딴 일을 저지르느냐!"

숨 막히는 살기가 시메티딘을 향해 집중되었다. 시메티딘은 여전히 고개를 조아린 상태로 미동도 하지 않았다.

잔인해도 너무 잔인했다.

어린 시절 자신의 비밀스럽고 충직한 수하이자 후견인이었던 자가 자신 몰래 약혼자를 죽이려 하고 있다. 곧 결혼을 하게 될 그녀를 죽이려 한다.

그것이 자신을 위하는 일이라니. 그럴 수는 없었다.

결국 카르발 황자는 의자를 박차고 일어났다.

"내가 가겠다."

"가실 수 없습니다."

시메티딘은 고개를 가로저었다.

"자네라면 분명 나를 그곳으로 공간 이동 시켜줄 수 있어. 어서 보내줘!"

"안 됩니다."

시메티딘은 단호했다.

"이익."

앙다문 이가 입술을 파고들어 입가에 붉은 피가 흘러내린다. 하지만 시메티딘은 단호히 아무 말도 하지 않았다.

"꼴도 보기 싫으니 당장 나가!"

결국 지금 카르발 황자가 할 수 있는 일은 자신의 방에서 시메티딘을 나가게 하는 것이 고작이었다. 자신의 목숨보다 소중한 연인을 죽이려 하는 자이지만 그것 때문에 벌을 할 수 있을 정도로 하찮은 부하가 아니다. 더군다나 자신을 위해 그랬다는 구실을 가지고 있기에 카르발 황자는 무너지는 가슴을 움켜쥐는 수밖에 없었다.

"알겠습니다. 하지만 저하, 저하께서는 먼 미래에 오늘의 결정을 잘한 것이라 여기실 것입니다."

마지막까지 마음에 안 드는 한마디를 남기고 시메티딘은 카르발 황자의 방을 나갔다.

"포르시아……."

아무도 없는 빈 방에서 카르발 황자는 힘없는 목소리로 나직이 중얼거렸다.

*　　　*　　　*

환한 빛을 발하던 스크롤 카드는 곧 그 빛이 사라졌다. 그리고 아무런 일도 일어나지 않은 채 찢어진 스크롤 카드가 마차 바닥에 떨어졌다.

"이, 이게?"

갑작스러운 상황에 포르시아는 얼떨떨한 얼굴로 바닥에 떨어진 카드 조각을 바라보았다.

"공녀님, 다른 카드를!"

다프네의 재촉에 다른 카드를 꺼내 찢었지만 역시 결과는 같았다. 그때 정체불명의 인물들이 쏘아낸 붉은 빛이 마차를 덮쳤다.

콰콰쾅!

요란한 폭음이 울리며 마차는 산산조각으로 부서져 날아갔다. 또한 폭발의 여파로 그나마 몸을 건사하고 있던 병사들과 기사들 역시 처참하게 날아가며 목숨을 잃었다.

여섯 방향에서 한 점으로 집중된 마법의 위력은 엄청나서 마차가 있던 곳을 중심으로 반경 십여 미터의 공간에는 어떠한 것도 남아 있지 않았다. 그저 마차의 잔해만 흩어져 있을 뿐이다. 그나마 마차를 멀리서 포위하고 있던 어새신들이 살아남아 어이가 없다는 눈으로 마차가 있던 자리를 바라볼 뿐이다.

"후퇴한다."

트레이스는 눈앞에 벌어진 광경에 낮게 명령을 내렸다. 일이 이렇게 된 이상 자신들이 이곳에 있을 이유는 없었다.

어새신들은 명령에 따라 일사불란하게 모습을 감췄다.

"후후후. 재빠른 녀석들이군. 어떻게 하지?"

"어차피 아무 이야기가 없던 녀석들이잖아. 놔둬. 괜히 건드려 봐야 귀찮아."

"그래도 오랜만이라서 말이야."

바닥에 사뿐히 발을 디딘 여섯 인물이 후퇴하는 어새신들을 보면서 중얼거렸다.

"그래도 일이 너무 간단했어. 생각보다 재미가 없군. 드래곤의 영혼이 함께 있었는데도 말이야."

산산이 부서진 마차의 잔해를 발로 차면서 중얼거린다.

"글쎄, 우리를 깨운 정도라면 이 정도는 아닐 것 같은데……."

한 명이 고개를 갸웃거리면서 말끝을 흐렸다. 그리고 그는 주변을 꼼꼼히 살폈다.

"역시, 쉽게 끝날 일은 아니었어."

그의 말에 다른 다섯의 시선도 그가 바라보고 있는 곳으로 향했다.

"콜록콜록."

포르시아가 주변에 자욱하게 일어난 먼지에 기침을 하면서 앉아 있었다. 이니안이 그 뒤에서 자신의 로브를 벗어 포르시아의 어깨에 덮어주었다.

"조금 지저분한 것입니다만… 지금은 이것밖에 없군요."

"고마워요. 콜록."

이니안이 포르시아의 어깨에 덮어준 로브는 어새신들의 피로 물들어 있었다. 하지만 포르시아의 옷이 가슴 부위가 찢겨져 있었기에 그것이라도 덮어줘야 했다.

"위험했어."

이니안이 몸을 일으키며 말했다. 그의 눈은 후드를 뒤집어쓰고 있는 여섯 인물을 향해 있었다.

"그래, 위험했지. 내가 블링크를 떠올리지 못했다면 말이야. 역시 늙으면 죽어야 해."

칼이 빙그레 웃으며 자신의 머리를 툭툭 쳤다. 근거리 이동 마법인 블링크. 그 정도의 마법은 칼에게는 아무것도 아니었다. 하지만 조금 전과 같은 난전의 상황이 워낙 오랜만이라 잠시 깜빡했던 것뿐이다.

칼은 블링크를 떠올리자마자 이니안의 곁으로 이동한 후 다시 마차 안으로 이동해서 마차 안의 세 사람마저 데리고 이곳으로 이동한 것이다. 정말이지 순식간의 일이었다, 칼이 마차를 떠나는 순간 블러드 캐논이 마차에 격중되었을 정도로.

"후훗. 역시 쉽지 않은 일이야. 저 정도 인물이 곁에 붙어 있으니."

"뭐, 그렇군. 하지만 이미 죽었으면서 죽어야 한다니. 그 말은 조금 웃기지 않은가?"

정체불명의 여섯 인물은 조금도 동요하지 않았다. 그저 의외라는 눈으로 이니안과 그 뒤의 인물들을 볼 뿐이다.

"여유롭군. 하지만 그 여유가 얼마나 갈 수 있는지 지켜봐 주지."

이니안의 검에서 청광의 오러 블레이드가 솟아올랐다. 오늘 검을 뽑고 처음으로 만들어내는 오러 블레이드다. 그 빛깔이 더욱 맑고 투명해져 있었다.

"소드 마스터라 그거로군. 훗. 실력에 자신이 대단하겠어."

"인간이니까."

이니안이 분노가 가득한 눈으로 한 걸음 한 걸음 다가오는데도 그들은 여전히 여유로웠다.

"칼, 부탁한다."

"알았어."

이니안의 말에 칼은 여유있게 대답했다.

이제 이니안과 그들의 거리는 불과 삼사 미터 정도로 가까워져 있었다. 그제야 그들에게서 움직임이 있었다. 서로 적절한 거리를 두고 흩어져서는 이니안을 둘러쌌다.

'강하다.'

이니안은 그들의 실력을 몸으로 느낄 수 있었다. 적어도 살아오면서 만난 사람들 중 아버지와 형을 제외하고는 가장 강한 이들이었다.

'아니, 어쩌면 형보다 강할지도 모르겠어.'

분노가 가슴을 지배해 온몸에 들끓어올랐지만 그의 머리는 여전히 침착하고 냉정했다. 이니안은 이미 상대의 실력을 충분히 가늠했고 그래서 분노와는 달리 조심스레 그들에게 접근했다.

"후훗. 얼었나 보군."

그 모습에 여섯 사람 중 한 명이 조소를 띠었다.

"글쎄."

이니안은 얼굴에 웃음을 띤 채 대답했다. 별다른 동요를 보이지 않는 듯했지만 검을 쥔 그의 손은 땀으로 축축이 젖어들기 시작했다.

"누구의 명령으로 습격한 것이지?"

이니안은 알 수 있었다. 포르시아를 습격하기 위해 준비된 패는 저들 여섯임을 말이다. 마차를 둘러싸고 자신들을 공격했던 어새신들은 단지 주의를 돌리기 위한 위장패에 불과했다.

"훗. 우리는 명령 같은 것은 안 받아. 단지 부탁을 하나 들어주는 것일 뿐."

"그렇다면 그 부탁을 한 자는?"

"대답 안 할 거라는 거 잘 알고 있지 않나?"

이니안이 미소 지었다. 역시다.

저들이 말한 대로 알고 있으면서도 혹시나 하고 찔러본 것이다. 저 정도의 강자들이라면 자신에 대한 자부심에 어쩌면 말해지도 모른다고 생각했기 때문이다. 하지만 눈앞의 이들은 그런 알량한 자존심을 가진 명청한 강자가 아니었다. 강할 뿐 아니라 교활했다.

조심해야 한다.

'내 평생 가장 어려운 싸움이 될지도.'

이니안은 천천히 다리를 벌리고 오러 블레이드가 빛을 발하는 검을 중단으로 곧추세웠다. 눈이 날카롭게 빛난다.

"후훗. 와라."

이니안의 정면에 선 자가 손을 앞으로 뻗었다. 손끝으로 날카롭게 솟아오르는 손톱이 달빛에 섬뜩하게 빛난다.

"네 녀석들……."

이니안은 그 모습에 눈앞의 여섯의 인물의 정체를 어렴풋이 짐작할 수 있었다. 언젠가 본 적이 있는 익숙한 모습 아니던가.

"후훗. 그렇군. 그래서 이런 힘을 가진 것이었어. 하지만 말이야, 그렇다면 시간이 별로 없는 것 아닌가?"

이니안의 입가에 짙은 미소가 어린다.

"아니, 시간은 충분해."

후드 아래에서 섬뜩한 송곳니가 빛을 발하며 붉은 입술이 미소를 그리고 있다.

"타핫!"

먼저 치고 들어간 것은 이니안이었다. 푸른빛 오러 블레이드가 어둠을 가르고 지나간다.

허공을 찢는 청광을 향해 뻗어가는 손끝의 하얀빛.

채쨍!

오러 블레이드와 손톱이 부딪쳤음에도 검과 검이 부딪친 소리가 울렸다. 이니안의 눈에 이채가 서렸다. 설마 손톱으로 오러 블레이드를 막아낼 수 있으리라고는 생각도 못했다는 얼굴이다.

"놀란 모양이군."

후드 아래의 눈이 웃고 있었다.

"쳇."

있는 힘껏 검을 밀어 상대를 떨쳐 낸 이니안은 가볍게 착지했다.

천천히 호흡을 고르고 자세를 바로 했다. 다시 움직이기 시작하는 검. 하지만 조금 전의 내지른 일격과는 다른 움직임이었다.

"마령소혼."

다시금 손끝에서 펼쳐지기 시작한 마령천참검의 첫 번째 초식은 유려한 움직임을 보이면서 마주 대치한 상대를 향해 뻗어갔다.

"으음. 이게 아까 보여준 그 검법이로군. 사이몬 가라고 했던가? 잠시 잠을 자는 사이 신기한 가문이 생겼어. 피어스 브레이크라느니, 여러 개의 피어스 브레이크를 유일하게 사용하는 가문이라느니… 안 그런가, 사이몬 가의 애송이?"

자신을 향해 날아오는 검을 보면서도 그는 침착했다. 조금 전의 일격과는 전혀 다른 힘을 담은 검이 다가옴에는 그는 조금의 흔들림도 보이지 않았다.

오히려 동요한 것은 이니안이었다. 상대방은 자신이 사이몬 가의 사람이라는 것을 알고서 왔다. 그렇다면 그만큼 자신이 있다는 말이다. 무언가 불안한 어떤 것이 느껴졌다.

검이 몸에 닿으려는 찰나 상대는 사라졌다. 그야말로 감쪽같았지만 이니안은 당황하지 않았다. 이미 한 번 겪어본 적이 있지 않았던가.

'이건 케라우 녀석한테 고마워해야 하나?'

마령소혼의 변화를 끝낸 검은 멈추지 않고 곧 다음 변화를 시작했다.

"귀혼천검."

어지러이 늘어나는 검영. 그것은 곧 이니안을 둘러싼 채 구경만 하고 있던 인물들에게도 뻗어갔다. 사방으로 뻗어나가는 검의 그림자, 그것이 담고 있는 위력은 결코 호락호락한 것이 아니었다.

여섯의 괴인은 각기 손을 뻗어 자신들을 향해 다가오는 그림자를 쳐냈다.

"제법이군."

가장 처음 이니안을 상대한 자의 입에서 나온 말이다.

"하지만 한꺼번에 우리 여섯을 상대하려 하다니, 배짱이 대단한걸?"

지금까지 가만히 구경하고 있던 다섯의 괴인의 손끝에서 손톱이 솟아 올랐다.

기다란 손톱이 날카로운 빛을 발한 채 사람을 노리고 있는 모습은 그다지 유쾌한 것이 못 되었다.

"대체 저자들은 누굴까요?"

포르시아가 두려움이 가득한 목소리로 물었다.

"모르겠습니다."

대답을 하는 다프네의 목소리에도 은근한 두려움이 서려 있었다. 그녀는 분명히 알 수 있었다. 이니안이 저들을 막아내지 못하면 오늘 이곳에서 죽을 수밖에 없다는 것을 말이다. 자신은 저들 중 한 사람도 막아낼 수 없었다.

'젠장. 내가 이렇게 약했었나?'

제도에 있을 때는 손가락에 꼽히는 기사였으나 포르시아 공녀의 경호를 맡은 이후로 너무나 작아져 버린 자신의 모습에 다프네는 스스로에게 분노를 느꼈다.

"흐음. 까다로운 녀석들이 나타났군요."

이니안을 바라보던 칼이 담담하게 말했다.

"혹시 저들의 정체를 알고 있으신가요?"

칼의 말에 포르시아가 다급하게 물었다. 괴물같이 강한 힘을 가진 자들이 자신의 목숨을 노리고 있는데 그 정체조차 모르고 있다는 것이 너무나 불안했다.

"뱀파이어입니다."

칼은 짤막하게 대답하고 입을 닫았다. 더 이상 어떠한 질문에도 대답하지 않겠다는 얼굴을 하고서 이니안 쪽으로 시선을 돌렸다.

"배, 뱀파이어!"

칼의 대답에 다프네는 두 눈을 부릅떴다. 이제는 사라졌다고 알려진 어둠의 일족이 자신들을 습격하다니, 대체 이게 어떻게 된 일인지 알 수가 없었다.

"그렇다면 해 뜰 때까지만 버티면 된다는 것인가요?"

포르시아가 작은 희망이 담긴 눈으로 다프네를 보며 물었나.

"네. 일단은 그렇습니다만… 과연 가능할지."

다프네가 자신없는 목소리로 대답했다.

"혈화만천!"

그때 이니안의 외침이 터져 나오면서 그의 검끝이 현란한 꽃을 피워냈다. 그 꽃의 끝은 자신을 둘러싸고 있는 여섯 뱀파이어를 향해 있었다.

"크흑. 이번 것은 위력이 좀 있는데?"

"뭐, 그래도 하나는 몰라도 우리 여섯을 동시에 상대한다면 많이 부족하지."

"그렇긴 해."

이니안이 뻗어낸 공격을 막으며 그들은 대화를 나누었다. 그만큼 여력이 남아 있다는 뜻이다.

그 모습에 이니안은 검에 더욱 많은 마나를 불어넣었다. 갑자기 늘어난 마나의 양에 검의 움직임이 변화를 보이며 뻗어나갔다.

"우웃!"

갑작스러운 변화에 여섯은 당황했다. 다들 황급히 손을 움직이면서 자신들을 향한 공격을 막아냈지만 여섯 모두 조금씩의 타격은 받았다.

일단 여섯 모두 후드가 이니안의 검에 찢겨 날아갔다.

달빛 아래 드러난 모습. 붉게 빛나는 눈동자와 입술을 뚫고 나온 기다랗고 날카로운 송곳니.

"역시."

이니안은 자신이 예상한 적들의 정체에 고개를 끄덕였다.

"저, 저게 뱀파이어인가요? 과연 문헌에 나온 대로의 모습이긴 한데……."

포르시아는 달빛 아래 드러난 적들의 모습에서 섬뜩함을 느꼈다. 마치 입술 사이로 나와 있는 송곳니의 끝이 자신의 목에 박혀드는 듯한 착각을 느꼈다.

"제법이야. 하지만 이제부터는 쉽지 않을 거다."

뱀파이어들의 눈빛이 달라졌다. 이니안을 가운데에 두고 포위하고 있는 대형. 여섯은 서로 눈빛으로 의사를 나누었다.

'일단 차곡차곡 수를 줄여 나가는 것이 중요하다.'

육 대 일의 상황. 이니안이 절대적으로 불리하다. 어떻게든 상대의 수를 줄이는 것이 이니안으로서는 최선의 방책이다.

"청검밀밀."

검이 다시 움직였다. 하지만 검이 사라졌다.

분명 푸른빛의 오러 블레이드를 토해내던 검이 감쪽같이 사라진 듯한 착각에 빠져들었다.

"크윽."

그때 가장 먼저 이니안과 부딪쳤던 뱀파이어가 한쪽 팔을 붙잡고 뒤로 물러났다. 그의 오른쪽 팔꿈치에서는 붉은 피가 흘러내리고 있었다.

한 명이 상처를 입고 물러서자 다른 다섯이 이니안을 둘러싸 압박을 가했다.

"쳇."

상처를 입힌 뱀파이어를 집요하게 쫓던 이니안의 검이 방향을 틀었다. 일단 자신을 향해 날아오는 상대방의 공격을 막아야 했다.

"만혼금쇄."

자신을 찢어발기려는 듯한 손톱을 막으며 검이 다섯 뱀파이어에 부딪쳐 갔다.

한 번의 요란한 충돌이 있고 다시 대치 상태에 들어갔다.

"제법이야, 하마터면 목이 떨어질 뻔했으니."

한쪽 팔이 잘린 뱀파이어가 섬뜩한 미소를 지으며 말했다.

"아까웠어. 그 목을 잘랐어야 했는데."

"그래, 그랬어야지. 이런 상처는 우리에게는 아무것도 아니니까 말이야."

그 말과 함께 검은 연기가 피어오르는 듯하더니 그의 팔이 완벽히 재생되었다.

"이래서 뱀파이어라는 종자는 귀찮아."

"크크큭. 네놈도 인간치고는 귀찮은 종자구나."

그 말과 함께 여섯이 서서히 공중으로 떠올랐다.

"어딜?"

그들의 행동에 이니안이 재빠르게 달려들면서 검을 뺐었다. 일단 공중으로 도망쳐 버리면 자신은 날 수 없기에 곤란해진다.

"창천광휘!"

밝은 빛을 뿌리며 검에서 엄청난 기운이 쏟아져 나갔다.

"큭. 블러드 캐논!"

세 명의 뱀파이어의 손끝에서 붉은 빛이 쏟아져 나가며 이니안의 검에서 뿜어져 나온 기운에 부딪쳤다.

콰앙!

요란한 소리가 울렸다.

하지만 그뿐이었다. 그사이 이미 여섯의 뱀파이어는 공중에 떠서 이니안을 내려다보고 있었다.

"재미있게 놀았다. 이제 그만 끝내야 할 시간이야. 세 시간 정도밖에 안 남았거든."

그의 말대로 동이 터오기까지 남은 시간은 세 시간 남짓이었다. 그전에 승부를 봐야 했다.

'그래도 드래곤이 움직이지 않는 것은 참으로 다행이군.'

가장 걱정했던 존재가 구경만 하고 있자 뱀파이어들은 내심 안도했다. 사실 그 존재만 아니라면 조금 강한 인간은 자신들의 상대가 못 된다. 자신들 중 한 명은 능히 감당해 낼지 몰라도 그 숫자가 여섯이라면 이야기는 달라진다.

"다크 토네이도!"

여섯의 입에서 동시에 같은 주문이 터져 나왔다.

그들의 손끝에서 만들어진 검은 회오리가 이니안을 감싸 안아갔다.

"강하군. 마령현신!"

검끝에서 드러나는 악마의 형상이 검은 회오리와 부딪친다. 악마와 회오리는 격렬한 사투를 벌였다.

"또 간다. 다크 파이어 스톰!"

뒤이어 몰아쳐 오는 검은 불꽃의 폭풍. 회오리와 합쳐지면서 그 위력은 더욱 무서워졌다.

"마령노후!"

악마가 분노의 외침을 토하면서 불꽃의 폭풍을 헤쳐 나간다. 그 외침에 불꽃의 기세가 주춤하는가 싶다가 회오리와 함께 다시 거세게 타오른다.

"블러드 파이어 블래스트!"

여섯의 뱀파이어 몸 전체에서 뿜어져 나오는 붉은 불꽃, 흡사 피칠을 한 듯 섬뜩하게 붉은 불꽃이 이니안을 향해 엄청난 기세로 몰아쳤다. 그 불꽃은 조금 전까지 있던 검은 불꽃의 폭풍까지 집어삼키고 악마까지 부수고는 이니안을 향해 날아들었다.

"마령천참멸!"

이니안은 마령천참검 최후의 수법을 펼쳤다.

검에 어린 푸른 오러 블레이드는 더욱 빛을 발하며 검 밖으로 뿜어져 나왔다.

거대한 검을 휘두르는 악마의 형상.

청광의 오러 블레이드는 청광의 악마가 되어 거대한 검을 휘두르며 핏빛 불꽃을 향해 돌진해 갔다.

콰앙! 콰콰콰콰콰콰콰쾅!

어마어마한 폭음과 함께 사방을 뒤덮은 엄청난 폭풍.

주변에 흩어져 있던 마차의 잔해가 휘날려 감은 물론 이곳저곳 널브러져 있던 시신들이 갈가리 찢겨 날아갔다. 주변에 드문드문 있던 나무들은 뿌리째 뽑혀 날아가거나 아예 박살이 나 스러지기도 했다.

자욱이 피어오르는 흙먼지.

그사이로 밝은 빛을 발하는 구체가 자리하고 있었다. 사방을 뒤덮은 흙먼지도 그 구체를 피해 흩날렸다.

칼이 만들어낸 방어 마법, 샤이닝 실드와 앱솔루트 실드를 동시에 펼친 마법의 구체는 바깥의 샤이닝 실드는 깨지고 안쪽의 앱솔루트 실드만이 겨우겨우 폭발의 여파를 막아냈다.

"이게 대체……."

눈앞에 벌어진 광경에 포르시아는 멍하니 입을 벌리고 앱솔루트 실드의 바깥을 바라보았다.

"세이버 경 정말 대단한 분이시네요……."

캐서린이 넋이 나간 얼굴로 중얼거렸다.

"인간이 맞단 말인가……."

다프네는 믿을 수 없다는 얼굴로 눈앞에 펼쳐진 광경을 지켜보았다.

그들과 함께 있는 검은 머리의 사내가 방어 마법을 사용해 주지 않았더라면 그들도 저 폭발에 휩쓸려 생명을 잃을 뻔했다.

그런 폭발을 만들어낸 이니안이 과연 인간일까라는 의구심이 세 사람의 머릿속에 동시에 떠올랐다가 사라졌다.

"헉헉헉."

이니안이 검을 움켜쥐고 서서는 가쁜 숨을 몰아쉬고 있다. 이번의 일격에 가진 힘을 모두 쏟아 부었기에 서 있는 것이 고작이었다.

"으윽. 제법이군."

마령천참멸의 일격에 휩쓸렸던 여섯의 뱀파이어는 낭패스러움이 역력히 드러나는 얼굴로 이니안을 노려보고 있었다.

몸 여기저기가 찢어지고 팔, 다리 중 일부가 처참하게 일그러진 몰골이었다. 하지만 곧 상처 부위에서 검은 연기가 새어 나오면서 복구되었다. 단지 갈기갈기 찢어진 옷자락이 그 아래에 상처가 있었다는 것을 말해주고 있을 뿐이다.

"이거 희귀한 망토인데 못 쓰게 됐군."

"상관없지. 어차피 이 일의 대가로 받은 거니까."

"그렇긴 해."

그러나 이니안을 바라보는 그들의 눈에는 분노가 가득했다. 자신들을 이렇게 궁지에 몬 것에 대한 분노다. 여섯 중 몇몇은 죽을지도 모른다는 공포마저 느꼈으니 그 분노의 크기란 말할 필요가 없었다.

"쳇. 한 놈도 못 잡았군. 헉헉."

자신의 눈앞에 나타난 여섯 뱀파이어의 모습에 이니안은 안타깝다는 듯 중얼거렸다. 힘을 모두 소진해 겨우 서 있는 모습, 뱀파이어들의 입가에 살기 가득한 섬뜩한 미소가 맴돈다.

"훗, 네놈, 처참하게 죽여주마. 우리를 이렇게 몰아붙인 데 대한 상으로 말이다."

붉은 눈이 광채를 발한다. 그리고 여섯은 손톱을 뽑아내 동시에 이니안을 향해 날아 내렸다.

"꺄악!"

그 모습에 포르시아가 눈을 가리며 비명을 질렀다. 그녀가 보기에도 이니안은 곧 저들의 손톱에 갈가리 찢길 것만 같았던 것이다.

"으윽."

마지막 힘을 쥐어짜 검을 휘두른다. 하지만 체력과 마나가 다한 것은 엄연한 사실이었기에 검의 움직임은 거북이처럼 느리기 짝이 없었다. 느린 검 사이를 헤치며 뱀파이어들의 손톱이 이니안의 몸을 할퀴고 지나간다. 그사이로 붉게 흘러나오는 피.

"달군."

"좋은 맛이야."

자신들의 손톱에 묻어나온 이니안의 피를 혀로 핥는 뱀파이어들의 눈이 강렬한 욕구로 번들거리기 시작했다.

흡혈의 욕구. 바로 그것이 그들의 눈을 지배하고 있었다.

"그러고 보니 깨어난 후 아직 단 한 번도 피를 마시지 못했어."

"그래, 생각이 바뀌었다. 네놈 피를 모두 빤 후 죽여주마. 흐흐흐."

흡혈의 욕구에 지배당하기 시작하자 뱀파이어들에게서 뿜어져 나오는 기세가 달라졌다. 섬뜩하고 어둡기는 했지만 잘 정돈되어 있었던 기세가 광포하게 변했다. 마치 욕망에 지배당해 폭주하는 짐승들과도 같았다.

'흑. 그때의 케라우 녀석 같군.'

로즈를 앞에 두고 흡혈의 욕구에 잠시 지배되었던 케라우의 모습이 떠올랐다.

"칼, 네 힘을 써야 할 것 같은데… 어떻게 써야 할지 모르겠는걸. 네 허락 없이 1할을 끌어다 쓸 수 있다고 들었던 거 같은데 말이야. 나도 피를 빨리는 것은 사양하고 싶거든."

[훗. 네가 쓸 수 있는 1할은 이미 조금 전 일격에 모두 썼어.]

"그런가? 어쩐지 힘이 하나도 안 남았다 생각했어. 일격에 끝내겠다는 생각에 쓸 수 있는 힘은 모두 쓰자는 생각으로 검을 내질렀으니까."

[나의 허락이 있으면 넌 나의 힘을 사용할 수 있다. 하지만 내가 이들을 지키는 데 필요한 최소한의 힘의 양이 2할. 그리고 조금 전 네가 모두 써버린 1할을 빼면 네가 쓸 수 있는 힘은 7할이다.]

칼의 대답에 이니안은 웃으며 고개를 끄덕였다. 그 정도면 충분했다. 조금 전의 일격에 칼의 힘이 1할이 담겼다고 한다면 자신의 모든 힘은 칼이 가진 힘의 2할 이하다. 결국 칼의 힘을 얻으면 평소의 세 배의 힘을 발휘할 수 있다는 결론이 나왔다.

"그거면 충분해."

[그래, 물론 충분하지. 하지만 네 몸이 버틸 수 있을까, 그 정도의 힘을? 단순히 힘을 품고 있는 것과 힘을 사용하는 것은 달라.]

"알아, 그 정도는. 하지만 해봐야지."

이니안의 눈이 결연히 빛났다.

[아니면 내가 나설 수도 있다.]

칼이 눈을 빛내며 말했다.

"아니, 이건 나의 싸움이고 나의 일이다. 너는 힘만 빌려주면 돼."

이니안이 가만히 고개를 가로저었다.

[후우. 어쩔 수 없군. 나, 칼그레이언은 영혼의 맹약자 이니안 케이 사

이몬이 나의 힘을 사용하는 것을 허락하노라.]

칼의 말이 있은 후 이니안은 온몸을 차고 올라오는 어마어마한 힘을 느낄 수 있었다. 마치 한 겹의 옷을 껴입고 있는 듯하던 힘이 이제는 녹아서 몸 안으로 흘러들어 오고 있었다.

"엄청나군."

"크크크. 그래, 엄청나지. 기대해라."

이니안의 중얼거림을 잘못 이해한 뱀파이어 하나가 괴소를 흘리며 한 발짝 다가섰다.

그 순간 이니안의 눈이 빛났다. 그와 동시에 모습이 사라지는가 싶더니 순식간에 한 발짝 앞으로 다가선 뱀파이어의 앞에 모습을 드러냈다.

"큭. 뭐냐?"

"몸이 얼마나 버틸지 모르니, 속전속결이라는 거지."

잔인한 미소와 함께 움직이는 검, 정확히 뱀파이어의 목을 가르고 지나갔다. 검신에서 푸르게 타오르고 있는 청광의 오러 블레이드가 그 찬란한 빛을 뿜어냈다.

"뭐, 뭐냐? 힘이 다한 것 아니었어?"

이니안의 갑작스러운 움직임에 다섯의 뱀파이어는 당황한 얼굴로 우왕좌왕했다. 그들의 동료 하나가 순식간에 목숨을 잃은 것이다.

"쳇."

그중 가장 먼저 상황을 파악한 이가 손을 앞으로 뻗었다.

"블러드 파이어 블래스트!"

다시 한 번 온몸이 붉게 물들며 엄청난 마법이 이니안을 향해 쏘아졌다.

"창천광휘!"

같은 수법의 검이었지만 조금 전과는 달랐다. 검에 담긴 힘이 달랐기에 그 위력도 달랐다. 푸른 빛 광휘가 자신을 향해 날아오는 붉은 빛과 부딪쳤다. 아니, 부딪쳤다 싶은 순간 붉은 빛을 깨부수고 뱀파이어를 덮쳤다.

"뭐, 뭐야? 말도 안 돼!"

자신을 집어삼키는 푸른 빛을 향한 마지막 절규를 남기고 또 하나의 뱀파이어가 소멸되었다.

"이제 넷인가?"

주변을 돌아보며 중얼거렸다.

"어, 어떻게?"

정신을 차릴 수가 없었다. 순식간에 두 명의 동료를 잃었다. 당장이라도 쓰러질 것 같았던 인간 녀석에게 말이다.

"젠장, 쳐!"

한 뱀파이어가 그렇게 말하며 이니안에게 달려들었다. 섬뜩하게 빛나는 손톱이 어지러이 움직이며 이니안의 다리를 쓸어갔다. 상대의 공격에 빙그레 웃음 지은 이니안이 살짝 몸을 돌린다. 가벼운 동작만으로 이니안은 상대의 공격을 완벽히 피했다. 검이 들린다. 그리고 자신을 공격해 온 뱀파이어의 허리로 떨어진다.

"블러드 캐논!"

"다크 스피어!"

두 곳에서 이니안을 향해 마법이 날아왔다. 내려가던 검이 부드러운 곡선을 그리며 궤도를 바꿨다. 두 방향에서 날아오는 마법을 향해 단순한 직선을 그리면서 검이 움직였다.

콰쾅!

폭음이 울렸으나 그것으로 끝이었다. 검은 완벽하게 마법을 무효화시켰다. 그와 동시에 발이 떨어지는가 싶더니 순식간에 한 뱀파이어의 앞에 도달해 있다.

"어림없다! 다크 블리자드!"

펼쳐진 손바닥에서 검은 눈보라가 몰아쳐 나왔다. 손바닥만 하던 눈보라는 곧 이니안의 전신을 뒤덮었다. 하지만 그는 당황하지 않았다. 침착하게 눈보라를 가르고 날아가는 검.

"청검밀밀."

아니, 눈보라를 가르는 듯하다가 완벽하게 눈보라 속으로 사라졌다.

"뭐, 뭐냐?"

날카로운 손톱을 교차시킨 자세로 자신을 덮쳐 올 이니안의 검을 대비하던 뱀파이어는 갑작스레 사라진 검에 당황했다. 정확히는 이니안이 자신을 향하던 순간부터 당황해 있었다.

"네가 죽는다는 거지."

낮은 목소리와 함께 옆구리를 파고드는 화끈한 느낌.

"으윽."

비틀거리며 한 걸음 물러나는 사이 옆구리를 찔렀던 검이 뽑히는가 싶더니 허리를 쓸고 지나갔다. 그렇게 또 하나의 뱀파이어가 목숨을 잃었다.

다음 뱀파이어를 노리기 위해 곧바로 몸을 돌리는 찰나, 세 명의 뱀파이어가 한데 모여 손을 앞으로 뻗었다.

"헬 파이어 스톰!"

셋은 힘을 한데 모아 9서클의 화염 마법을 이니안을 향해 쏘았다. 한 명씩 상대하다가는 자신들의 수만 줄어들 뿐이라는 것을 깨닫고 난 후의 조치였다.

자신을 향해 다가오는 보랏빛 불꽃의 폭풍에 이니안은 긴장했다. 조금 전 상대했던 여섯 개의 붉은 빛 못지않은 위력이었던 것이다.

"마령천참멸!"

다시 한 번 펼쳐진 마령천참멸.

이번에야말로 완벽하게 끝장을 내겠다는 생각으로 검을 뻗었다. 몸에 남아 있는 모든 힘이 검으로 쏟아져 나갔다. 그리고 이어져 터져 나오는 보랏빛 불꽃과의 충돌.

콰아아아아.

커다란 두 개의 힘이 부딪치며 요란한 소리가 울렸다. 서로 밀고 당기는 힘의 대결이 벌어지는가 싶더니 그것도 잠시다. 곧 이니안의 검에서 뿜어져 나온 힘이 보랏빛 불꽃을 압도해 가더니 결국은 세 명의 뱀파이어까지 집어삼키고는 하늘로 날아올랐다.

"끝인가? 후우."

완전히 사라진 뱀파이어의 모습에 이니안은 나직이 한숨을 몰아쉬었다. 정말이지 모든 힘을 짜낸 싸움이었다. 태어나서 지금까지 이렇게 전력을 다한 적이 있었던가 곰곰이 생각을 해보아도 처음이었다. 자신이 이 정도까지의 힘을 발휘할 수 있다는 사실에 스스로 놀랐다.

"하면 되는군."

이니안의 입가에 만족의 미소가 어렸다. 힘든 싸움이었지만 그만큼 얻은 것도 많은 싸움이기도 했다.

"세이버 경."

뱀파이어를 모두 처리하자 칼은 앱솔루트 실드를 거두었고 포르시아가 곧장 이니안을 향해 달려왔다. 그녀의 얼굴은 걱정과 기쁨, 안도가 뒤범벅이 되어 있었다.

하지만 한 가지 분명히 눈에 보이는 것은 그녀가 환하게 웃으면서 눈물을 흘리고 있다는 것이었다.

"공녀님."

이니안은 미소를 지으며 자신을 향해 달려오는 포르시아를 맞았다.

"쿨럭."

포르시아가 몇 발자국 앞으로 다가온 찰나 이니안은 작은 기침과 함께 검은 피를 토했다.

"세… 이… 버 경?"

갑작스러운 이니안의 모습에 포르시아의 걸음이 멈칫했다.

"헉헉. 조금 무리를 해서 그렇습니다. 잠깐 쉬면 괜찮아질 겁니다."

검으로 땅을 짚으며 한쪽 무릎을 꿇었다.

"쯧쯧. 몸이 못 버틸 거라고 했지?"

"훗. 확실히 그렇군."

어느새 곁에 다가온 칼의 말에 이니안은 쓴웃음을 지었다.

"리커버리."

칼의 손끝에서 뿜어져 나온 빛이 이니안의 몸을 뒤덮었다.

"내가 해줄 수 있는 건 이 정도야. 다음은 너 하기 나름이다."

그 말을 끝으로 칼이 사라졌다. 포르시아를 습격하는 이들을 모두 처리했기에 더 이상 이곳에 있을 이유가 없었던 것이다.

칼이 사라지고 얼마 되지 않아 동쪽 하늘이 뿌옇게 밝아왔다.

"참으로 긴 밤이었네요."

이니안 곁에 선 포르시아가 나직이 중얼거렸다.

"네, 악몽 같은 밤이었습니다."

입가에 쓴웃음이 감돈다.

하룻밤 사이에 모두 죽었다.

살아남은 이는 이니안과 포르시아, 다프네, 캐서린이 전부였다.

그때 한쪽에서 인기척이 느껴졌다.

"누구냐?"

잔뜩 경계의 눈초리를 한 다프네가 외쳤다. 어느새 그녀는 검을 뽑아 들고 있었다.

"어? 나야, 나. 그런데 무슨 일 있었어? 여기가 왜 이래?"

모포를 어깨에 둘러맨 케라우가 잠에서 덜 깬 얼굴로 모습을 드러냈다.

"저놈도 있었군."

이니안이 힘없이 중얼거렸다. 한창 힘들 때는 밤이라는 이유로 어디 있는지 보이지도 않다가 모든 일이 끝난 아침이 되어서야 얼굴을 들이밀다니, 케라우를 만난 이후 지금처럼 얄미웠던 적은 없었다.

"후우."

잔뜩 긴장했던 다프네는 검을 내려놓으며 한숨을 쉬었다. 물론 사나운 눈으로 케라우를 한 번 노려봐 주는 것을 빼먹진 않았다. 처참하게 파괴된 주변의 모습에 케라우는 영문을 모르겠다는 듯 어리둥절한 모습으로 주위를 살폈다.

그때 어느 곳의 땅이 들썩였다. 다시 한 번 긴장이 감돌았다.

다프네와 케라우가 경계의 눈초리로 그곳을 지켜본다. 이윽고 흙먼지와 함께 땅을 뚫고 무엇인가가 솟아올랐다. 온몸이 털로 뒤덮인 거대한 덩치.

"케이로스! 살아 있었구나!"

포르시아가 눈물을 찔끔 흘리며 뛰어가 폭 털 속에 안겼다. 흙먼지로 잔뜩 더러워진 케이로스였지만 포르시아는 전혀 개의치 않았다.

지평선 위로 솟아오른 붉은 태양이 땅 위의 어둠을 몰아내며 푸른 하늘로 떠올랐다.

Chapter 3

있습니다

새빨간 구슬이 요사스러운 빛을 뿌리고 있다. 시메티딘은 흐뭇한 눈으로 구슬을 내려다보고 있었다. 오른손에 들린 와인 잔이 다가가는 그의 입은 부드러운 곡선을 그리며 미소를 만들고 있었다.

"후후후. 이제 곧 끝이겠군."

창밖으로는 진득한 어둠이 비춰 보였다.

먼동이 터올 무렵 시메티딘은 비어버린 와인 잔을 구슬 옆에 내려놓았다. 그리고 몸을 기대고 있던 소파에서 엉덩이를 들었다.

그때.

요사스러운 빛을 발하고 있던 붉은 구슬이 변화를 보이기 시작했다. 새빨갛던 구슬의 색이 조금씩 흐려지기 시작하더니 이윽고 거무죽죽한 색으로 변한 것이다.

몸을 일으키던 시메티딘은 그 자세 그대로 굳었다. 그는 믿을 수 없다는 눈으로 구슬을 바라보았다. 엉거주춤한 어색하기 그지없는 자세였지만 그는 미동도 하지 않았다. 눈앞에 드러난 결과에 대한 경악이 그를 잠시 동안 석상으로 만든 것이다.

"어, 어떻게… 그들이… 그들이……."

시메티딘은 떨리는 음성으로 중얼거렸다. 그의 두 눈에는 불신의 빛이 가득했다. 딱딱하게 굳어 있던 그의 몸에서 경련이 일어났다. 엉거주춤하던 자세에서 꼿꼿이 몸을 세웠지만 그의 몸은 심하게 떨리고 있었다.

"그들 모두가 죽다니… 정녕 너는 괴물이란 말이냐?"

허망하게 중얼거린 시메티딘은 이제는 검게 변한 구슬을 품에 넣고는 방을 빠져나갔다. 구슬이 말해주는 것은 하나였다.

이니안을 습격한 모든 뱀파이어가 죽고 일 또한 완전히 실패했음을 말이다. 만약 모두 죽더라도 성공했다면 구슬을 완전히 투명한 수정 구슬로 돌아갔을 것이다.

포르시아를 죽이는 것이 그들의 봉인을 풀기 위한 조건이었기에 그들 모두가 죽더라도 일단 포르시아만 죽이면 구슬은 투명하게 변한다. 구슬이 검게 변했다는 것은 일도 실패하고 그들도 모두 죽었다는 신호다.

시메티딘의 발걸음이 빨라졌다.

"그래? 알겠네."

카르발은 고개를 끄덕이며 단순한 한마디만을 하고는 시메티딘을 바라보았다. 그 눈이 이만 나가보라는 뜻임을 아는 시메티딘은 공손히 인사를 한 후 카르발 황자의 방을 나왔다. 자신의 거처로 돌아가는 그의 얼굴은 잔뜩 일그러져 있었다.

깍지 낀 손에 가리워 보이지는 않았지만 분명 손 뒤의 입은 부드러운 곡선을 그리며 웃고 있었을 것이다.

"젠장. 어떻게든 했어야 했는데……."

품 안에 가진 패를 모두 쓴 상태였기에 그의 속은 더욱 타 들어갔다. 이제 멍하니 두 손 놓고 황자와 포르시아의 결혼을 지켜만 보고 있어야 할지도 몰랐다.

"다행이군. 이니안이라… 후후. 다음에 만날 일이 있다면 한 번쯤은 술 한잔 기울이고 싶군. 정말 잘해줬어."

카르발 황자는 소파 뒤로 머리를 젖히며 중얼거렸다. 그의 얼굴에 환한 미소가 자리하고 있음은 말할 필요도 없다.

"이제 바실러스 자작만 잘해주면 되는 것인가?"

그 말과 함께 카르발 황자는 조용히 눈을 감았다.

포르시아에 대한 걱정으로 지난밤 한숨도 자지 못한 상태였다. 그녀가 무사하다는 소식에 그는 세상에서 가장 평화로운 얼굴로 잠에 빠져들 수 있었다.

＊   ＊   ＊

무성한 나무들이 하늘을 완전히 가려 어둑어둑한 숲 속. 나무들 사이로 좁게 난 길 아닌 길을 이니안을 비롯한 네 사람이 걷고 있었다. 가장 선두에서 걷고 있는 이니안은 몇 걸음을 걷다가 뒤를 돌아보곤 하는 행동을 계속해서 반복했다.

"세이버 경, 저는 괜찮아요."

그때마다 포르시아는 생긋 웃으며 이니안에게 말했다. 마차가 완전히 박살이 나고 포르시아를 호위하던 병사들과 기사들도 이니안과 뱀파이어들의 싸움에 전멸을 했기에 포르시아 역시 도보로 이동하고 있었다.

간밤의 싸움에서 무사히 살아남았지만 그 결과는 참혹했다.

너무도 엄청난 위력의 싸움이 주변의 지형을 완전히 바꿔 버려 포르시아가 자신을 지켜주던 병사들의 시체를 제대로 보지 못한 것이 다행이라면 다행인 정도였다. 그래도 그들이 죽은 것은 사실이었기에 지금 포르시아의 마음이 얼마나 무거울지는 쉬이 짐작할 수 있었다.

마음이 지친 상태에 이어지는 육체적으로 고된 이동.

이니안이 걱정이 안 될 리가 없었다.

그런 심정은 다른 사람들 역시 마찬가지인 듯 포르시아를 보는 다른 사람들의 눈에도 걱정이 가득했다.

"케이로스는 잘 따라오고 있을까요?"

"원래 숲에서 자란 늑대입니다. 문제없을 거예요."

조용히 걸음을 옮기던 포르시아가 생각났다는 듯 이니안에게 물었다. 지금 이들이 걷고 있는 길은 케이로스의 덩치로 이동을 하기에는 너무 좁아 케이로스는 다른 길로 우회해서 이동하는 중이었다.

이니안의 대답에 포르시아는 살짝 미소를 지으며 고개를 끄덕였다. 이니안의 눈에는 그 미소가 그렇게 쓸쓸해 보일 수가 없었다.

"케이로스가 보고 싶으십니까?"

"네. 지금, 그냥 보고 싶네요."

이니안의 물음에 포르시아는 대답을 한다. 그 대답에 이니안은 그냥 고개만 끄덕인다. 두 사람 모두 그것은 힘든 일이라는 것을 잘 알았기에 더 이상 아무 말도 하지 않았다.

다시 아무 말 없이 걸음만 옮겼다.

휘이익, 휘이익.

갑자기 이니안의 입에서 휘파람 소리가 흘러나왔다. 가만히 걷던 이니안이 입술을 오므리고 휘파람을 불기 시작한 것이다. 조용하던 숲 속에 이니안의 휘파람 소리가 은은하게 울려 퍼졌다.

모두들 이니안의 휘파람 소리를 들으며 걸음을 옮겼다. 그들의 얼굴에는 어느새 은은한 미소가 자리하고 있었다.

숲을 빠져나가는 데는 꼬박 이틀이 걸렸다. 버티컬 산맥을 넘은 후의 평원 앞에 자리한 작지만은 않은 숲이었다. 하지만 이니안이 길을 잘 알고 있는 덕에 특별히 위험한 일은 없었다.

다섯 사람이 숲 밖으로 빠져나오자 그 앞에는 케이로스가 넙죽 엎드려 있었다. 상당히 먼저 도착했는지 일행이 모습을 드러냈을 때 입을 쩍 벌리고 하품까지 하는 것이 여간 의뭉스러워 보이는 것이 아니다.

"케이로스!"

케이로스의 모습에 가장 먼저 달려가 그를 껴안은 것은 당연히 포르시아였다. 케이로스의 커다란 덩치 속에 푹 파묻힌 포르시아는 가만히 케이로스의 이름을 계속 불렀다.

"케이로스, 케이로스, 케이로스… 흑흑흑."

그리고 그 위에 가늘게 이어지는 흐느낌.

이틀 동안 참아왔던 눈물이 결국 그녀의 뺨 위를 아롱지며 흘러내렸다. 그녀의 턱 끝에서 톡 떨어진 눈물 방울이 케이로스의 은빛 털에 부딪쳤다.

아무도 말이 없었다. 그냥 고개를 들어 푸른 하늘을 바라볼 뿐이다.

"공녀님."

잠시 후 이니안이 다가가 그녀가 케이로스에게 안기는 바람에 흘러내린 로브를 다시 끌어올려 덮어주었다.

그 후 그는 가만히 그녀의 뒷모습을 바라보았다.

지금은 실컷 울게 놔두는 것이 최선이라는 생각이 들었다.

잠시 후 케이로스의 품에서 울던 포르시아는 그대로 지쳐서 잠들었다. 지난 이틀의 육체적, 정신적 피로가 한꺼번에 몰려온 것이다. 이니안은 그런 그녀를 조용히 안아 케이로스의 품에 잘 뉘었다.

"아무래도 오늘은 이곳에서 쉬어야 할 것 같네요."

이니안의 말에 모두들 고개를 끄덕였다. 사실 캐서린도 다프네도 몹시 피곤한 상태였다.

그렇게 하루가 지나갔다.

다음날.

아침 일찍 이동을 시작하여 점심때쯤에 근처의 마을에 들어갈 수 있었다. 작은 마을이었지만 지난 삼 일간 제대로 씻지도, 자지도, 먹지도 못한 일행에게는 사막의 오아시스와도 같은 마을이었다.

그간의 식사는 이니안이 간간이 해온 사냥으로 해결해 왔고 잠은 길가에서 로브로 몸을 감싼 채 새우잠을 잤다. 포르시아 역시 마찬가지였다.

그들에게 남은 것은 몸뿐이었으니…….

그런 상태에서 당도한 마을은 그야말로 지상낙원으로 눈에 들어왔다.

"아!"

마을의 입구에 들어서던 중 캐서린이 걸음을 멈추며 짧은 탄성을 토했다.

"왜 그래?"

포르시아의 시선이 그녀에게로 향했다.

"돈도 전부 마차에 뒀었어요."

캐서린이 힘없이 말했다. 아무리 마을에 들어왔다 하지만 돈이 없으면 아무것도 하지 못한다. 몸에 지닌 장신구를 팔려고 해도 이런 작은 마을에서는 그 가치가 너무 커 제대로 팔 수도 없을 것이다. 난감한 상황이다.

모두의 얼굴에 난감함이 어렸다.

"괜찮습니다. 제가 가진 돈이 조금 있습니다."

이니안의 대답에 캐서린의 얼굴이 눈에 띄게 밝아졌다.

"죄송해요, 세이버 경."

포르시아가 미안한 듯 말했다.

"아닙니다. 따지고 보면 저 때문인걸요. 마차를 부순 것도 저고 말이죠."

이니안은 빙그레 웃으며 앞장섰다.

마을에 단 하나 있는 작은 여관에서의 휴식은 그야말로 꿀맛 같았다. 어새신들의 습격 이후 계속되는 고생으로 지친 몸이 따뜻한 목욕과 푹신한 잠자리에 완전히 푹 퍼져 버렸다.

모두들 그간의 피로에 지쳐 있었기에 쓰러지듯 잠에 빠졌다. 그리고 그 잠은 하루를 꽉 채웠다.

이니안은 다른 사람들과 달리 잠을 자지 않았다. 침대 위에 정좌를 하고 앉아 눈을 감고 있었다.

뱀파이어들과의 싸움에서 입은 내상을 회복하기 위해 마령천참공을 운용하고 있는 것이다. 원래라면 그날 싸운 즉시 운공해서 내상을 다스려야 했지만 그럴 여유가 없었다. 이제야 제대로 내상을 치료할 여유가 생긴 것이다.

삼 일이란 시간이 내상을 좀 더 심각하게 만들어놓았다. 가진 바 힘의 절반 정도를 사용하지 못하는 상태였다. 제대로 치료가 끝나려면 적어도 일주일은 걸릴 듯했다.

"후우. 앞으로는 조심해야겠군."

칼의 힘을 전부 끌어다 사용한 후유증은 엄청났다. 만약 그때 칼이 치료 마법을 걸어주지 않았더라면 상태는 훨씬 심각했을 것이다.

"대체 어떻게 된 거야?"

이니안이 눈을 뜨자 그때까지 이니안을 지켜보고 있던 케라우가 물었다.

지난 삼 일간 일행들의 분위기 때문에 묻지 못했던 것을 물은 것이다.

밤이 되어 자고 온 사이에 모든 것이 변하고 무거운 분위기가 일행을 짓누르고 있었다. 케라우로서는 도통 이해할 수 없는 상황인 것이다.

"어새신들의 습격이 있었어."

"그리고?"

그 정도로 호위 인원들이 풍비박산날 리는 없었다.

"뱀파이어들이 습격했다."

"뭐?"

이니안의 대답에 케라우의 얼굴이 미묘하게 변했다. 그럴 수밖에 없었다. 일단은 그도 뱀파이어였으니 말이다.

"몇이었지?"

"여섯."

"강했어?"

"내가 전력을 다한다면 둘 정도는 감당할 수 있을 수준."

이니안의 대답에 케라우의 얼굴이 딱딱하게 굳었다.

"그런데 어떻게 살았냐?"

"비장의 한 수는 늘 지니고 다니는 법이거든."

"흐음."

케라우는 고개를 끄덕였다. 대체 그 끝을 알 수 없는 녀석이 자신을 보며 빙그레 웃고 있었다. 결코 웃으면서 할 말이 아닌데도 말이다.

"원족(元族) 녀석들이었겠군."

케라우가 낮게 중얼거렸다.

"원족?"

이니안이 고개를 갸웃거리면서 묻는다.

"그래, 원족. 뱀파이어에는 두 종류가 있어. 원래 어둠의 힘을 받고 날 때부터 뱀파이어였던 일족, 이들을 원족이라 불러. 그리고 뱀파이어에게 물려서 뱀파이어가 된 인간들, 그들을 지족(枝族)이라 부르지. 보통 인간 세상에 알려진 뱀파이어들은 지족이 대부분이야. 원족은 모습을 잘 드러내지 않지."

"흐음."

"원족은 강하다. 지족 따위는 손 하나로 쓸어버릴 만큼. 네가 그렇게 고생을 했다면 원족 녀석들이었던 게 분명해. 그런데 이상하군. 원족이라면 흡혈을 할 목적이 아니면 인간들을 습격하지 않는데."

이니안에게 설명을 하던 케라우가 알 수 없다는 듯 중얼거렸다.

"넌?"

"응? 뭐?"

"넌 어느 쪽이냐고."

"훗. 당연히 원족이지. 나의 이 고귀한 모습을 보면 그런 것은 대번에 떠올라야 하는 것 아니야? 크크크."

케라우의 반응에 이니안은 피식 웃었다.

포르시아를 비롯한 다른 두 사람이 눈을 뜬 것은 다음날 오후 늦게였다. 떠나기에는 애매한 때였기에 마을에서 하루 더 머문 후 아침 일찍 길을 나섰다.

일행이 마을 밖으로 나오자 근처에 몸을 숨기고 있던 케이로스가 나타났다.

마을에서 산 식료품이 담긴 배낭은 케이로스의 등에 단단히 매었다.

그리고 마을에서 산 단출한 옷 위에 로브를 두른 포르시아가 케이로스의 등에 올랐다.

"앞으로 어떻게 하실 겁니까?"

"어젯밤에 말한 대로예요."

한 번 확인하듯 묻는 이니안의 말에 포르시아는 당찬 목소리로 대답했다. 마을에서 쉬면서 마음을 정리한 것일까? 포르시아의 눈은 다시 반짝 빛나고 있었다.

"공녀님……."

다프네가 애처로운 목소리로 포르시아를 불렀다. 말려야 하는 것은 알지만 전날 밤 보인 포르시아의 모습이 너무 애틋했다. 그래서 포르시아를 부르는 목소리에 힘이 들어가지 않았다.

"파이어 경, 받아들일 수 없다면 돌아가도 좋아요."

"알겠습니다."

다프네는 힘없이 고개를 숙였다.

"세이버 경, 그럼 출발하도록 하죠."

"후우. 알겠습니다."

이니안은 힘없는 목소리로 대답하며 걸음을 옮겼다.

일행은 동쪽으로 움직였다.

전날 밤, 여관에서 앞으로의 일정에 대한 논의를 했었다. 물론 다들 그만 미오나인으로 돌아가자고 했지만 포르시아는 꿋꿋이 자신의 고집을 지켰다.

여기서 그냥 돌아간다면 자신의 뜻에 따라 이곳까지 따라왔다가 목숨을 잃은 수많은 병사들을 볼 면목이 없다는 것이다.

억지스러운 그녀의 말에서 오기까지 느껴졌다. 하지만 그 오기 밑에는 깊은 슬픔이 자리하고 있다는 것을 모두 알았기에 차마 강경하게 반대하지 못한 것이다.

이곳으로 향한 것을 누구보다 후회하는 것은 포르시아였다. 그랬기에 돌아가지 못하는 것이다. 이곳에서 그녀가 애초의 뜻을 굽히고 제도로 돌아간다면 그녀 때문에 죽어간 수많은 병사들은 그야말로 헛된 죽음을 맞은 것이다. 그것이 포르시아의 생각이었다.

그래서 포르시아는 자신 때문에 목숨을 잃은 병사들과 기사들을 위해, 그들의 죽음을 헛되이 하지 않기 위해 이제는 카일로니아로 가야만 했다.

이동 속도는 빨랐다. 포르시아의 허락하에 캐서린까지 케이로스의 등에 태우고 빠른 속도로 달린 것이다. 다프네 역시 상급의 소드 익스퍼트의 경지에 오른 강자다. 그녀가 낼 수 있는 속도에 맞춰 일행은 꾸준히 동쪽으로 나아갔다. 덕분에 마차로 이동할 때보다 훨씬 빠른 속도였다.

소호 왕국과 카일로니아 왕국의 국경까지 오 일이 걸렸다. 이니안의 안내에 따라 경계가 허술한 국경을 무사히 넘을 수 있었다.

현재 포르시아는 자신의 신분을 증명할 수 있는 수단은 품에 지니고 있던 칸세르 공작 가의 문장 하나가 유일했다. 하지만 현재의 몰골로 칸세르 공작 가의 문장을 내민다면 체면이 말이 아니었기에 조용히 국경을 넘기로 했다.

하지만 이니안이 그렇게 쉽게 허술한 국경을 찾아내자 다들 은근히 놀랐다.

'이곳은 여전하군. 하긴…….'

이니안이 일행을 안내한 국경. 그곳은 항상 허술하게 관리된다. 하지만 아는 사람만이 아는 위치다. 아주 교묘한 위치였기에 모르는 사람이 그 지점을 찾아내기란 여간 어려운 것이 아니다.

그곳은 빛의 일족을 찾아갈 때 사이몬 가의 사람들이 사용하는 길이었다. 빛의 일족과 사이몬 가의 친분이 세상에 알려져 좋을 것이 없기에 항상 은밀히 움직였고, 그 과정에서 사이몬 공작 가의 힘으로 일부러 은밀한 위치에 국경을 허술히 만들어놓은 것이다.

대신 그곳으로 들어가는 길목 몇 곳을 사이몬 가의 병사들이 지키고 있었다.

'다음 모퉁이만 돌면 병사들의 초소가 있을 텐데……'

자신의 기억이 맞다면 아무런 검문 없이 국경은 넘을 수 있어도 다음 번 모퉁이를 돌면 사이몬 가의 병사들이 은밀히 지키는 곳이 나온다.

'별수없지.'

이니안은 결정을 내렸다.

"조용히 잠시 이곳에서 기다리고 계십시오."

이니안의 말에 포르시아는 고개를 끄덕였다. 다른 사람들의 모습을 확인한 이니안은 은밀히 몸을 날렸다. 위치가 바뀌지 않았다면 눈을 감고도 병사들의 배치 위치를 찾아갈 수 있었다.

마령은신의 보법을 사용하자 이니안은 그야말로 주변에 완벽히 녹아들었다.

'역시.'

이니안이 기억하는 그곳에 병사들이 눈을 빛내며 경계를 서고 있었다. 일 년에 이곳을 지나는 사람은 아무리 많아도 다섯이 되지 않는다. 그럼에도 저렇게 집중하여 지키고 있는 모습이 과연 사이몬 가의 병사다웠다.

'하지만 잠시만 잠들어줘야겠어.'

이니안은 그들에게 은밀히 다가가 간단히 기절시켰다. 혼혈을 점하는 것으로 간단히 일을 해결한 그는 다시 포르시아가 있는 곳으로 향했다.

"됐습니다. 가시죠."

이니안이 앞장서 걸었다.

길을 가면서도 다른 일행들은 별다른 낌새를 느낄 수 없었다. 단지 케라우가 조금 전 이니안이 사라졌을 때 사람들이 쓰러지는 기척을 느꼈을 뿐이다.

'은밀히 은신하고 있는 병사들이 있는 모양이군. 이렇게 살펴서는 사람이 숨어 있으리라고는 생각되지 않는데.'

주변의 지형을 둘러본 케라우는 작게 고개를 끄덕이며 이니안의 뒤를 따랐다.

"지금부터 빠른 속도로 이동하겠습니다."

이니안이 기절시킨 병사들은 길어야 세 시간 정도 후면 정신을 차릴 것이다. 그러면 당연히 집 안에 보고가 들어갈 것이고 몇몇 기사들이 조사를 위해 나올 것이다. 그들에게 흔적을 밟히면 골치 아파지는 것은 뻔한 일. 이니안은 이동 속도를 높였다.

"칼."

[왜?]

"우리 흔적을 지우고 싶은데."

[으음. 조금 전의 그 병사들과 관련이 있나?]

"그래."

[어떻게 해줄까?]

"일단 우리가 조금 전 지나온 곳의 이동 흔적을 지워줘."

[쉽군. 그럼 다녀오지.]

칼은 잠시 뒤처져 병사들이 쓰러진 곳에 실체화했다. 그리고 마법을 사용해 정말 감쪽같이 마치 아무도 지나간 적이 없었던 것과 같이 길을 정리했다.

[됐다.]

"고마워. 그리고 날씨를 조종할 수 있는 마법 같은 것도 있다고 들었는데, 있어?"

[물론 있지. 상당한 고위 마법이라 아무나 사용할 수 없지만.]

칼의 대답에 이니안이 고개를 끄덕였다.

"좋아. 앞으로 하루 정도 가면 마을이 나와. 우리가 그 마을에 들어간 후 이틀 정도 제법 많은 양의 비를 내리게 해줄 수 있어?"

[어려운 일은 아니야.]

"좋아."

[대신 주의할 점이 있다. 비가 내리지 않을 곳에 인위적으로 비를 내리면 비가 내려야 할 곳에 내리지 않아.]

"그게 무슨 말이지?"

칼의 말에 이니안이 고개를 갸웃거리며 물었다.

[그거야 당연한 이치지. 비라는 것은 결국 공기 중의 수증기가 모여서 내리는 거야. 마법을 이용해 다른 곳에 있는 수증기를 억지로 끌어와 비를 만들었으니 당연히 내려야 할 곳에서는 내리지 않게 되는 거지.]

칼의 말에 이니안의 얼굴이 딱딱하게 굳었다. 곤란한 이야기다. 이 땅에서 비는 중요한 것이다. 사람들에게 물을 공급해 주는 유일한 수단이다. 특히나 근처에 강이나 호수가 없는 곳은 비가 정말 소중한 존재다.

"그렇다면 강이나 호수의 수증기를 끌어와서 만들 수는 없을까?"

[근처에 있다면 가능하지.]

"소호 왕국을 가로지르는 란 강은 좀 먼가?"

[가능은 해. 하지만 조금 힘들어.]

"그러면 그렇게 해줘."

[그러려면 너의 허락이 필요하다. 그런 마법을 사용하려면 현재 내 힘의 삼 할은 사용해야 해. 강에 있는 물을 수증기로 만들어 끌어와 비로

만드는 것은 제법 힘들어. 보통 드래곤들은 사용하지도 않는 마법이고. 사실 드래곤들이 일부러 날씨를 조종할 이유는 없을 테니까.]

"좋아. 강에서 물을 끌어와 비를 내리기 위해 힘을 사용하는 것을 허락하지."

[좋아.]

자연스럽게 이동 흔적을 지우는 데 가장 좋은 수단은 비와 눈이다. 그렇다면 현재의 날씨에는 비다. 다른 방법으로 흔적을 지우는 것은 부자연스러워 오히려 들킬 수 있기에 이니안은 굳이 힘들더라도 비를 내리게 하는 방법을 택한 것이다.

이니안은 아직 자신이 카일로니아에 들어왔다는 것을 집에 알리고 싶지 않았다.

"세이버 경."

"무슨 일이죠?"

빠른 속도로 이동하는 와중에 다프네가 이니안의 곁으로 다가와 그를 불렀다.

"뉴레이안 산맥 말입니다."

"네."

"버티컬 산맥에서처럼 쉽게 넘는 방법이 있을까요? 솔직히 공녀님께서 그곳을 넘는다는 것은… 아무리 케이로스의 등에 타고 계시다 해도 말이지요."

다프네는 걱정스러운 얼굴로 물었다. 이니안은 고개를 끄덕이며 빙그레 웃었다.

"있습니다. 지금 그리로 가는 중입니다."

이니안의 대답에 다프네의 얼굴이 눈에 띄게 밝아졌다.

"다행이네요."

진심이 담긴 그녀의 말에 이니안은 그저 웃을 뿐이다.

하루를 달려 마을에 들어갔을 때부터 비가 내리기 시작했다. 물론 칼이 마법을 사용해 내린 비다. 비는 이틀을 내리 내렸기에 일행들은 여관에서 쉬었다. 빠른 속도의 이동으로 인해 쌓인 피로가 갑작스러운 비 덕에 충분히 풀렸다.

'그 길로 가야겠지, 역시.'

이니안은 창가에 부딪치는 빗방울을 보며 상념에 잠겼다.

우연히 발견한 길이다. 그리고 운이 좋아 그 길로 다니는 허락을 얻었다. 버티컬 산맥의 드워프의 길이 가문 대대로 내려오는 비밀의 길이라면 그 길은 이제는 자신만이 아는 길이다.

예전에는 두 사람이 아는 길이었으나 이제는 이니안 혼자만 알고 있다. 적어도 이니안이 알기에는 그랬다.

"내일이면 비도 그칠 테니까."

"응? 내일 그쳐? 그렇게 빨리 그칠 비로는 안 보이는데?"

이니안의 혼잣말에 케라우가 끼어들었다. 그의 말대로 보통 사람이 보기에는 쉬이 그칠 비가 아니었다. 하지만 이니안이 칼에게 요구한 기한은 이틀. 내일 아침이면 쾌청한 하늘이 자신들을 맞을 것이다.

"내일 아침이면 알 거야."

그 말을 남기고 이니안은 침대에 몸을 눕혔다. 내상도 이제 거의 완치 단계에 접어들었기에 편안히 침대에 몸을 맡기고 눈을 감았다.

이니안이 잠자리에 들자 케라우 역시 어쩔 수 없다는 얼굴로 방을 밝히는 불을 끄고 침대에 들어갔다. 어쨌든 지금은 해가 진 밤이다. 사실 깨어 있는 것이 가장 힘든 이는 케라우 자신이었다.

"으음."

옆에서 들려오는 신음 소리에 다프네의 두 눈이 번쩍 뜨였다. 그녀는 곧 재빨리 침대에서 몸을 일으켜 포르시아의 곁으로 다가갔다. 혹시라도 그녀의 잠을 깨울까 불을 켜지는 않았지만 주변을 식별하는 데 큰 어려움은 없었다.

포르시아의 얼굴을 확인한 다프네는 그녀를 살짝 흔들어 깨웠다.

"공녀님, 공녀님."

포르시아의 얼굴은 식은땀으로 흠뻑 젖어 있었으며 괴로운 표정으로 신음을 흘리고 있었다.

"으음. 으으음."

"공녀님."

다프네가 조금 더 세게 포르시아를 흔들었다.

"으응?"

그제야 포르시아의 눈꺼풀이 가늘게 떨리며 포르시아가 잠에서 깼다.

"파이어 경?"

몇 번 눈을 깜빡인 포르시아는 어둠 속에서 희미하게 보이는 얼굴의 주인을 알아보았다.

"네. 접니다, 공녀님. 무슨 악몽이라도 꾸셨습니까?"

다프네가 걱정스레 물었다.

"아, 제가 무슨……."

"많이 괴로워하셨습니다."

"그랬나요? 고마워요."

포르시아는 몸을 일으켜 침대 머리에 등을 기대고 앉았다.

"후우. 꿈을 꿨어요. 지금까지는 꾼 적이 없는 기이한 꿈이에요."

꿈 이야기를 하는 포르시아의 표정은 웃는 것도 괴로워하는 것도 아닌 기묘한 것이었다.

"저도 공녀님께서 수면 중에 괴로워하시는 모습은 처음입니다."

여행을 시작한 이후 줄곧 다프네는 포르시아와 잠자리를 계속해 왔다. 그녀를 지키는 호위기사로 당연한 행동이다. 그간 포르시아는 어디에서든 쉬이 숙면을 취했다. 이렇게 잠을 자다가 신음을 흘린 것은 처음인 것이다.

"생전 가본 적도 없는 곳이에요. 사방이 눈으로 뒤덮인 곳이었어요. 그리고 한 치 앞도 안 보이는 세찬 눈보라가 몰아치는 곳, 그곳을 저 혼자 걷고 있었어요. 온몸을 얼리는 추위와 얼굴에 부딪치는 차가운 눈발. 모두가 현실 같았어요. 한 번도 겪은 적이 없는 일인데도 말이죠. 훗. 그러다가 어딘가에 걸려 넘어졌죠. 사람 같았어요. 손이 새빨개질 때까지 눈을 팠어요. 그때 경이 절 깨운 거예요."

포르시아는 멍한 눈으로 조금 전 꾼 꿈을 다프네에게 이야기했다.

"괜히 제가 경에게 폐를 끼쳤네요. 큰일은 아니니 다시 자도록 해요."

그 말을 마치고 포르시아는 다시 침대에 몸을 묻었다. 다프네 역시 어쩔 수 없이 자신의 침대에 몸을 눕혔지만 신경은 온통 포르시아에게 쏠려 있었다.

그날 밤, 포르시아는 두세 번 더 신음 소리를 흘리며 다프네를 깨웠다. 그때마다 다프네는 걱정스러운 눈으로 포르시아를 바라볼 뿐 다시 한 번 깨우거나 그러지는 않았다. 어차피 다시 잠들면 또 신음을 흘릴 것 같았기 때문이다.

날이 밝았다.

과연 이니안의 장담대로 쾌청한 하늘이 푸르게 세상을 감싸 안고 있다.

"히야~ 정말 네 녀석 말대로 그쳤네. 어찌 된 일이냐?"

"능력이지."

케라우의 말에 이니안은 간단하게 대답했다.

"공녀님, 괜찮으십니까?"

포르시아의 안색이 그다지 좋지 않았다.

"예, 괜찮아요."

포르시아는 웃음을 지으며 대답했지만 이니안의 눈에는 괜찮아 보이지가 않았다.

"하루쯤 더 쉬어도 상관없습니다만."

"아니에요. 저는 빨리 사우론으로 가고 싶네요. 제가 마음껏 움직일 수 있는 시간도 얼마 없을 테니까요."

"알겠습니다."

마을을 벗어나 포르시아와 캐서린이 케이로스의 등에 오르고 다시 빠른 이동이 시작되었다.

"세이버 경."

"네."

"우리는 어떤 강을 건너죠?"

뉴레이안 산맥에서는 두 개의 강이 발원한다. 북쪽으로 흘러가 라칼트 강과 합쳐져 바다로 흘러드는 사우 강, 그리고 남쪽으로 흘러 로란 반도의 서쪽 바다로 흘러드는 로란 강.

둘 모두 사우론의 서쪽에 있기에 어쨌든 강을 한 번은 건너야 한다. 뉴레이안 산맥을 넘기 전이라면 로란 강을, 넘은 후라면 사우 강을 건너야 하는 것이다.

"사우 강을 건널 생각입니다."

"그러면 산맥을 먼저 넘는 거군요."

"네."

"각오는 되어 있으니 저에게 너무 신경 쓰지 마세요."

포르시아는 아직 이니안이 편히 넘을 수 있는 길을 알고 있다는 사실을 모른다. 그때 이니안과 다프네의 대화는 그녀에게는 들리지 않았고 또 다프네가 굳이 이야기를 하지도 않은 것이다.

"알겠습니다."

며칠을 동쪽으로 향하던 진로가 언젠가부터 북쪽으로 바뀌어 있었다. 점점 뉴레이안 산맥을 향해 다가가는 것이다.

"공녀님."

"왜 그러시죠?"

"사우론에는 왜 가고 싶어하시는 겁니까?"

이니안은 지금껏 묻지 않았던 것을 물었다. 포르시아는 그저 사우론에 꼭 가보고 싶다고만 했을 뿐 왜 가고 싶은지 이야기를 하지 않고 있었다. 지금까지 굳이 묻지 않았지만 불쑥 이니안이 물은 것이다.

"꼭 가보고 싶은 가문이 하나 있어요."

포르시아는 제법 빠르게 달리고 있는 케이로스의 등에서 하늘을 보면서 중얼거리듯 대답했다.

"지난번에 한 번 그 가문의 사람을 보았지요. 여자인데도 불구하고 참 멋지구나라는 생각이 들었어요."

이니안은 그 말에 무언가 자신을 불안하게 만드는 예감 같은 것을 느꼈다.

"사실 전 어렸을 때부터 검을 휘두르는 걸 보는 걸 좋아했어요. 공작가의 레이디가 기사 분들이나 좋아하는 것을 좋아하다니 조금 우습죠? 훗. 하지만 말이에요, 검의 움직임을 보고 있노라면 너무나 아름다워 황홀경에 빠지곤 했죠. 특히나 실력이 뛰어난 기사 분들의 검은 더 아름다웠어요. 지금까지 제가 본 검들 중 가장 아름다운 검은 세이버 경의 검이에요."

"칭찬 감사합니다."

"아니요. 정말 그런걸요."

두 사람의 대화 때문일까? 이동 속도는 상당히 느려져 있었다. 포르시아의 말이 길어지자 다프네가 천천히 속도를 늦춰 이제는 조금 빨리 걷는 수준의 속도였다.

"그런데 그분의 검도 세이버 경 못지않게 아름다웠어요. 정말 감탄했죠. 그때는 세이버 경에 대한 걱정뿐이었는데도 그 아름다움에 넋을 잃었으니까요."

그 말에 이니안은 그녀가 감탄한 사람이 누구인지 어렴풋이 알 수 있었다. 그리고 자신이 느낀 그 불안감의 정체 또한 알 수 있었다.

"그때 결심했어요, 반드시 사우론에 가보겠다고. 그리고 꼭 사이몬 공작 가에 들러서 수많은 아름다운 검들을 보고 싶다고 말이에요."

역시.

포르시아는 이니안이 조금 전 느낀 대로 이니안 자신의 가문인 사이몬 공작 가를 목적지로 삼고 있었다.

입 안이 씁쓸해졌다.

이런 식으로 집에 돌아가게 될 줄은 몰랐던 것이다.

"그렇군요."

이니안은 낮게 대답했다.

"그래요. 제 개인적인 바람 때문에 많은 분들이 희생되셨지만… 전 그래서라도 꼭 가보고 싶어요. 그분들도 분명 그 아름다운 검의 움직임을 보실 수 있을 거라 생각해요."

마지막 말에서 포르시아의 목이 잠겼다. 자신 때문에 죽은 병사들을 떠올리자 깊은 슬픔이 가슴을 차고 올라온 것이다.

이니안은 고개를 들어 하늘을 바라보았다.

푸르렀다.

'그래, 이제 갈 때도 되었지.'

그렇게 생각했다.

지금 생각하면 자신은 참으로 철없이 집을 뛰쳐나왔던 것 같다. 이제야 아버지의 말씀을, 형의 고됨을 이해할 수 있을 것 같았다. 실제로 한 명의 사람을 지키는 입장이 되어서야 조금씩 자신이 부정했던 것을 인정하게 되고 가문에 대한 원망도 누그러들고 있었다.

느끼고 있었다.

그랬기에 지금도 그냥 걸음을 옮기고 있는 것이다. 입 안이 잠시 씁쓸해졌을 뿐이다.

정녕 집에 돌아가기 싫었다면 아마도 당장에 멈춰 서서 포르시아를 설득했을 것이다, 갈 수 없다고. 하지만 그러지 않았다. 그녀가 가고 싶어 하기 때문이 아니다.

자신의 의지가 이제는 집에 가볼 때라고 말하고 있었다.

그래서 가는 것이다.

'그렇다면 그곳도 들러볼까?'

잠시 떠올린 생각을 머리를 흔들어 떨쳐 버렸다.

이제는 추억이다. 비록 가슴을 찢는 아픈 추억이지만 말이다. 지금이라면 그곳에 갈 수도 있을 것 같았다. 하지만 자신은 혼자의 몸이 아니다. 다른 이를 수행하는 몸이기에 그곳에 가는 것은 조금 미뤘다.

언젠가는 가봐야 하는 곳이다. 잊고 있었지만 메이린이 그곳에 갈 이유를 만들어주었다. 그것을 위해서도 가야 했지만 지금은 아니다. 비록 곁을 스쳐 지나간다 해도 스쳐 지나갈 뿐인 것이다.

이틀을 더 가자 드디어 산맥에 접어들었다.

무성히 솟아 있는 나무들의 푸른 잎이 이제는 뉴레이안 산맥이라는 것을 알려주고 있었다. 이니안은 변함없는 걸음으로 앞장서 걸었다.

산맥이었으나 길이 산맥 같지 않았다. 산을 오르고 있었지만 무척이나 움직이기가 편한 길이다. 과연 산을 넘고 있는 것이 맞는가 하는 의구심이 들 정도다.

"저기… 원래 산을 넘는 것이 이런 건가요?"

케이로스의 등에서 산길을 오르는 포르시아가 의아하다는 듯 물었다. 이 정도의 일이라면 이니안과 다프네가 그렇게 반대할 리가 없었을 거란 생각에서였다.

"아닙니다. 저도 이런 산길은 처음입니다."

다프네가 고개를 흔들면서 대답했다.

"세이버 경, 어떻게 된 거죠?"

포르시아의 시선이 이니안을 향했다.

"버티컬 산맥을 넘을 때와 마찬가지입니다. 사람은 모르는 길이지요."

이니안은 담담하게 대답했다.

"네?"

"제가 예전에 엘프의 마을에 가본 적이 있다고 지나가듯 말씀드렸었죠?"

"그럼, 여기가?"

포르시아의 눈이 커다랗게 뜨였다.

"네, 엘프들의 길입니다. 그들의 마을에서 그들이 주로 다니는 곳으로 뻗어 있는 길이지요. 엘프들의 자취가 남아 있기에 몬스터들도 접근하지 않는 곳입니다. 게다가 숲의 종족인 그들이 다님으로 해서 길이 오히려 다니기 쉽게 변했죠. 보통 사람도 쉬이 오를 수 있을 정도의 길입니다만 역시 산을 오른다는 것은 변함이 없으니 그래도 제법 힘드실 겁니다."

"대단하군요, 세이버 경은. 대체 어떻게 엘프까지 알고 있는 거죠?"

"운이 좋았습니다. 저도 한 아이 때문에 알게 되었죠. 그 아이나 저나 우연히요."

이니안은 그 이상의 말은 하지 않았다. 포르시아도 더 이상 묻지 않았다.

이니안의 목소리에 담긴 슬픔을 느낀 것이다.

"이 길을 따라가면 어렵지 않게 산을 넘을 수 있을 겁니다."

그 말이 끝이었다.

일행은 묵묵히 걸음을 옮겼다.

하루를 이동해서 정상에 이르렀고 몇 개의 봉우리를 지나 드디어 뉴레이안 산맥의 북쪽 면 경사를 내려가기 시작했다. 어느새 산맥을 절반쯤 내려왔다. 이제 반나절만 더 가면 산맥의 초입까지 내려갈 수 있을 것이다. 그런데 하늘이 심상치 않았다.

부쩍이나 늘어난 구름에 하늘이 어둑어둑해지고 있었다.

"이거 한바탕 쏟아지겠는데?"

케라우가 하늘을 힐끔거리며 말했다.

"그렇군요."

포르시아 역시 하늘을 한 번 올려다보았다.

"그렇습니다, 공녀님. 특히나 산은 언제 비가 쏟아질지 모르는 곳이지요."

포르시아의 말에 케라우가 고개를 끄덕이며 말했다.

"아무래도 잠시 비를 피하고 그친 후 가야 할 것 같습니다."

다프네 역시 하늘을 올려다본 후 말했다.

"세이버 경, 비를 피할 만한 곳이 근처에 있을까요?"

다프네가 이니안을 바라보면서 물었다. 이니안 역시 고개를 들어 하늘을 바라보고 있다.

'하필 이런 곳에서 비라니. 후우. 이것도 다 운명이란 것인가?'

이니안은 하늘을 보며 묵묵히 생각에 잠겼다. 근처에 비를 피할 만한 곳은 있다. 엘프의 길을 조금 벗어나야 하지만 아주 훌륭한 곳이다. 마침 가장 가까운 위치다. 하필 이곳에 왔을 때 갑자기 비라니, 이니안으로서는 무척이나 공교로운 일이다.

"있습니다."

이니안은 나직이 대답했다.

이니안의 대답에 다프네와 캐서린의 얼굴이 환하게 밝아졌다. 언제 비가 쏟아질지 모르는 상황에서 한시라도 빨리 비를 피할 수 있는 곳으로 가고 싶었다.

"세이버 경, 그리로 갈 수 있을까요?"

포르시아 역시 이런 산속에서 비를 맞으면서 움직이고 싶지는 않았다.

"알겠습니다. 따라오시죠. 지금까지보다는 길이 제법 험하니 조심하십시오."

이니안은 앞장서 걸음을 옮겼다. 지금까지 가던 잘 정돈된 길에서 벗어나 그야말로 산길다운 길로 들어섰다. 확실히 길은 험했다. 때문에 포르시아가 따라가는 것을 조금 힘에 부쳐 했지만 곁에서 다프네가 잘 이끌어주었다.

"하아. 역시 이런 게 산길이란 거군요. 여러분들이 왜 그렇게 산맥을 넘는 것을 반대했는지 알겠어요. 세이버 경 덕분에 지금까지 참 편하게 움직였네요. 고마워요."

포르시아는 숨을 몰아쉬며 말했다. 제법 거친 산길이 그녀에게서 지속적으로 체력을 빼앗아가고 있었다.

다행이라면 그다지 긴 거리를 걷지 않은 것이라고 할까? 이니안을 따라 20분 정도 움직이자 곧 눈앞에 넓은 길이 나타났다. 이니안은 넓은 길 바로 앞에서 멈춰 섰다.

"이곳은 제법 높이 차가 있어서 뛰어내려야 하는 곳입니다. 저나 케라우, 파이어 경은 문제가 없습니다만, 공녀님과 캐서린 양은 조금 힘들 겁니다. 아무래도 파이어 경께서 먼저 내려가셔서 공녀님과 캐서린 양이 안전하게 뛰어내릴 수 있도록 도와주시는 것이 좋겠군요."

이니안의 곁으로 다가온 다프네는 작은 산길에서 앞에 난 큰길을 내려다보며 고개를 끄덕였다. 과연 높이 차가 1미터 이상이었다. 자신과 같은 기사라면 모르되 보통의 여자라면 자칫 잘못하면 다칠 수도 있는 높이다.

"알겠어요."

다프네는 대답과 함께 가볍게 몸을 날려 사뿐히 착지했다.

"공녀님, 살짝 뛰어내리시면 제가 그 다음은 알아서 하겠습니다."

어느새 이니안 곁으로 다가온 포르시아를 향해 다프네가 말했다. 잠시 아래를 내려다본 포르시아가 침을 꿀걱 삼키고는 고개를 끄덕인다.

그리고는 떨리는 몸으로 살짝 발을 굴렀다. 아래로 떨어지는 포르시아를 다프네는 가볍게 안아 바닥에 사뿐히 내려놓았다. 그야말로 적절한 동작으로 포르시아로서는 뛰어내린 충격을 전혀 느끼지 못했다. 캐서린 역시 그렇게 큰길에 내려섰다.

두 사람이 안전하게 큰길에 내려선 후 이니안과 케라우가 훌쩍 뛰어내렸다.

"놀랍네요. 이런 산속에 이렇게 정비된 길이 있다니요."

여기저기 잡초가 자라 있지만 잘 닦인 길을 보며 포르시아가 감탄한 듯 중얼거렸다.

"그렇지요. 산맥 중간 부분이라고는 해도 제법 험한 곳입니다. 하지만 이곳은 예전에 후작의 별장이었던 곳이라 이렇게 길이 닦여 있는 거지요."

이니안이 포르시아의 의문에 대한 답을 주었다.

"그래요? 그러면 지금은요?"

후작의 별장이 있는 곳이라면야 길이 잘 닦여 있는 것은 이해가 간다. 하지만 관리가 너무 안 되어 있었다.

"사 년쯤 전부터 방치된 별장입니다. 안 좋은 일이 있었던 곳이라 버려진 곳이지요."

"그래요?"

"네. 그래도 지나가는 비를 피할 수 있을 정도는 될 겁니다."

당연했다. 후작이라는 고위 귀족의 별장이라면 그 규모도 상당할 터. 겨우 다섯 명의 인원인 이들이 머무르기에는 충분하고도 남았다.

"이쪽 길은 별장의 뒤로 나 있는 산책로입니다. 일단 이곳으로 들어선 것, 별장에서 비를 피하고 별장 앞으로 나 있는 큰길을 따라 산맥을 내려가는 것이 좋겠군요. 그러면 곧 사우 강에 이를 것이고, 사우 강을 건너면 얼마 가지 않아 사우론에 도착할 수 있을 겁니다."

"그렇군요."

이니안의 설명에 포르시아가 고개를 끄덕였다. 하지만 그녀의 얼굴에는 미심쩍어하는 기색이 있었지만 앞에서 걷고 있는 이니안은 그것을 알지 못했다.

'그렇다면 왜 처음부터 이리로 오지 않은 걸까? 비가 오지 않았다면 계속해서 엘프의 길이란 곳을 지나서 산을 넘을 생각이었던 것 같은데. 그리고 보니 뉴레이안 산맥을 넘으면서 세이버 경, 부쩍 웃는 일이 줄었고. 왜 그러는 걸까?'

확실히 그랬다. 아무리 엘프들이 다니며 정리된 길이라 해도 인간이 마차를 타고 다닌 길보다 편할 리는 없었다. 이 위치에 후작 가의 별장이 있고 귀족들이 드나들기 위한 길이 정비되어 있었다면 애초에 이곳으로 와 내려가는 것이 훨씬 편했을 것이다.

그런데 이니안은 처음에는 이곳으로 올 생각이 전혀 없는 듯했다. 비구름이 아니었다면 지금도 자신들은 엘프의 길을 따라 산을 내려가고 있었을 것이다.

산책로는 따라 5분쯤 걷자 곧 상당한 크기의 건물이 눈에 들어왔다.

"저것이 그 별장인가 보군요."

"네."

포르시아의 물음에 이니안이 짤막하게 대답했다.

'여전하군.'

이니안의 눈에 애잔한 기운이 차 올랐다.

"응?"

"왜 그러시죠?"

뒤에서 들린 케라우의 목소리에 포르시아가 돌아보며 물었다.

"아, 아닙니다."

케라우는 아무 일도 아니라는 듯 대답했지만 포르시아의 눈에는 그 행동이 무척이나 어색했다. 하지만 캐물을 마음은 없었기에 다시 앞으로 시선을 돌렸다.

[이니안.]

케라우가 메시지 마법으로 이니안에게 말을 걸었다.

"왜?"

[엘프의 길을 통해 접어들어서 몰랐는데… 이곳은 분명 미에른 백작가의 별장이지? 내가 하마터면 죽을 뻔했던.]

"그래. 지금은 후작이지만 말이다. 그리고 내 선조에게 죽을 뻔했던 거고."

　[쳇. 도무지 좋아질 구석이 없는 녀석이야. 이런 안 좋은 기억이 잔뜩 있는 곳으로 날 데리고 오다니.]

　"나 역시 이곳은 다시 오기 싫었어."

　이니안의 말 깊숙한 곳에 있는 감정을 케라우는 느낄 수 있었기에 더 이상 아무런 말도 하지 않았다.

　"과연 후작 가의 별장이었던 곳이군요."

　별장 근처에 이르자 포르시아는 그 모습에 순수하게 감탄했다. 그럴 만했다.

　이니안 역시 이곳에 처음 왔을 때 아름다운 건물의 모습에 얼마나 감탄했던가.

　'그 아이와 무척이나 잘 어울리는 별장이었지.'

　이니안의 입가에 처연한 미소가 잠시 걸렸다가 사라진다. 이니안의 안내로 일행은 별장 안으로 들어갔다. 아름다웠을 정원 여기저기 무성히 자란 잡초가 제법 긴 시간 동안 별장이 방치되어 있었음을 알려주고 있었다.

　"안타깝네요. 무척이나 아름다웠을 것 같은 정원인데요."

　"정말로 아름다웠습니다."

　포르시아의 말에 이니안이 고개를 끄덕이며 대답했다. 지금 그의 눈에는 옛날의 아름다웠던 그 정원이 보이고 있었다. 그리고 정원에서 싱그러운 미소를 짓고 자신을 바라보던 그 얼굴도 함께 떠올랐다.

　요즘 들어 자주 떠오르는 얼굴이다.

　카일로니아로 가기로 했을 때부터였다. 자신의 눈앞에 나타나는 그 아이는 언제나 웃고 있었다. 그래서 더욱 마음이 아팠다.

　"이쪽입니다."

별장의 정문은 거대한 널빤지가 교차되어 굵은 못이 박혀 있었다. 별장을 비우면서 봉해놓은 것이다.

이니안은 익숙한 걸음으로 다른 곳으로 일행을 안내했다.

한밤중에 가끔 별장을 빠져나올 때 사용했던 작은 통로로 가는 중이었다. 그 길도 그 아이가 가르쳐 줬던 길이었다.

"어머나! 이런 곳에 문이 있네요."

"네. 아이들이 드나들던 문이지요."

그 문은 봉해져 있지 않았다. 정문을 봉해놓은 건물에 함부로 들어가는 사람은 없었다. 더군다나 이곳에서 일어났던 혈사는 카일로니아에서 유명했다. 감히 가까이 오려 하는 이가 없었다. 정문의 봉인도 어떻게 보면 형식적인 것이었다, 혹시라도 모르고 접근하는 이에게 알리기 위한.

"그런데 최근까지 누가 머물렀던 것 같은데?"

케라우는 문 근처에 두껍게 쌓인 먼지 위로 어지러이 찍힌 발자국을 보며 말했다.

"그렇군."

이니안으로서도 의외였다.

이제 이곳을 찾을 사람은 더 이상 없을 것이라 생각했는데 그 흔적은 최근까지 사람이 있었음을 말해주었다.

"그래도 안에서는 아무 기척이 없어. 아마 떠난 것 같아. 우리가 머무는 데는 상관이 없으니까. 우리도 잠시만 신세를 지는 것이고."

그 말과 함께 이니안이 문을 열었다. 전에 이곳을 드나들었던 사람이 손을 봐놓은 것일까? 몇 년간 방치되었던 건물답지 않게 문이 부드럽게 열렸다.

"이곳은 먼지가 말끔히 치워져 있네요."

포르시아가 별장 안을 둘러보며 말했다.

과연 누군가가 상당한 시일을 머문 흔적이 남아 있었다.

'누굴까? 그때 일에 대한 조사도 완전히 끝난 걸로 알고 있는데.'

이니안은 곳곳에 남아 있는 흔적을 보면서 고개를 갸웃거렸다.

쏴아.

그때 밖에서 비가 내리는 소리가 들렸다. 가까이에 있는 창으로 다가간 캐서린이 밖을 내다보았다.

"우와. 엄청나게 내리는걸요. 조금만 늦었어도 흠뻑 젖을 뻔했네요."

캐서린의 말대로였다. 지금 밖은 앞이 안 보일 정도로 굵은 빗줄기가 쏟아져 내리고 있다.

"간발의 차였나 보네요."

포르시아가 이니안을 보고 웃으며 말했다.

"네, 운이 좋았습니다."

"세이버 경이 이런 곳을 알고 있었다는 것이 가장 운이 좋았던 일이죠."

이니안의 대답에 포르시아가 다시 한 번 생긋 웃는다. 그 모습에 결국 이니안도 입가에 미소를 만들었다.

"이제야 웃네요. 경은 그렇게 웃는 모습이 제일 잘 어울려요."

포르시아가 만족한 듯 고개를 끄덕이며 말했다. 그 말에 이니안은 가슴 뭉클한 무언가를 느꼈지만 그것이 무엇인지 알 수는 없었다.

"머무실 곳을 청소해 놓도록 하겠습니다."

이니안은 얼굴이 살짝 붉어진 채로 돌아섰다. 사람이 머무른 흔적이 있다고는 하지만 별장은 넓었고 포르시아가 머물 만한 방은 먼지가 잔뜩 있을 것이다. 이니안은 이층으로 올라가는 계단으로 향했다.

이니안이 올라가고 남은 이들은 근처에 있는 소파에 앉았다. 이전에 머무르던 사람이 청소를 깨끗이 해놓은 상태였다.

이니안은 발길이 닿는 대로 걸음을 옮겼다. 이층의 방이라면 어느 방이든 포르시아가 머무는 데는 부족함이 없을 것이다.

익숙한 모습의 복도. 변한 것은 하나도 없었다.

"하긴 변할 것도 없지."

이니안이 낮게 읊조렸다.

[사연이 있는 곳인가 보군.]

칼의 목소리가 머리에 울렸다.

"그래, 많은 사연이 있는 곳이야. 아주 사무치는……."

이니안은 더 이상 말하지 않고 옆에 있는 문을 열었다.

바닥에 쌓였던 먼지가 문을 여는 바람에 날려 살짝 솟아오른다. 익숙한 가구들과 방의 풍경이다. 언젠가 눈여겨보았던 듯한 방.

"쉐이나."

이니안은 짧게 중얼거린다.

설마 무심코 연 곳이 이 방일 줄이야…….

이 방은 별장에서 쉐이나가 침실로 쓰던 방이었다. 이 방의 테라스에서 보이는 풍경을 좋아했기에 항상 이 방에서 머문다고 했던가? 숙녀의 침실에 함부로 들어가는 것은 예의가 아니었기에 이니안도 딱 한 번 들어와 본 방이다.

그 방을 자신이 무심코 연 것이다.

'여자로군.'

이니안의 행동에서 칼은 직감했다.

"칼, 이 방을 마법으로 청소해 줄 수 있을까?"

왜 그런 것일까? 이니안은 이 방을 청소해서 포르시아가 쉬도록 하기로 마음먹었다. 다른 방도 많았는데 하필 문을 연 것이 이 방이었다. 지금이라도 문을 닫고 다른 방을 찾을 수도 있다. 하지만 그러고 싶지 않았다. 왜 그런지는 스스로도 알 수 없었다.

"쉽지."

언제 실체화한 것일까? 칼이 이니안의 곁에서 대답했다. 그리고 아주 간단히 깨끗하게 청소했다.

청소가 끝나자 이니안은 테라스로 통하는 커다란 문을 열고 나갔다. 문에 격자 형태로 끼워진 유리 덕에 문을 닫은 채로도 밖을 볼 수 있었지만 이니안은 테라스로 나갔다.

비는 여전히 엄청난 기세로 내리고 있었다.

굵은 빗줄기로 인해 아무것도 보이지 않았다. 그녀가 그토록 좋아하며 자랑하던 풍경이 아무것도 보이지 않았다. 이니안이 이 방에 한 번 들어왔던 것도 쉐이나가 이곳의 풍경을 보여주길 원했기 때문이었다.

"훗."

짧은 웃음이 입 밖으로 새어 나온다.

굵은 빗방울이 테라스의 난간에 부딪친 후 물방울로 바뀌어 이니안에게 튀었지만 그는 아랑곳 않고 가만히 서서 비가 내리는 풍경을 바라볼 뿐이었다.

얼마나 시간이 흘렀을까?

그렇게 밖을 내다보던 이니안은 몸을 돌려 옆의 방으로 들어갔다. 자신과 케라우가 머물 방이었다. 그 방은 처음 들어와 보는 방이었지만 상관없었다. 역시 칼이 마법으로 깨끗이 청소해 주었다.

"청소가 끝났습니다."

"빨리 하셨네요?"

이니안의 말에 가장 놀란 것은 캐서린이었다. 본디 청소는 그녀의 일이었기에 대강이라도 이런 곳을 청소하는 데 시간이 얼마나 걸리는지 알고 있었다.

조금 전 이니안이 청소를 하겠다고 올라갈 때 자신도 돕기 위해 따라가려 했으나 포르시아가 손목을 잡는 바람에 이곳에서 기다렸다. 포르시아가 이니안에게서 무언가를 느낀 듯 가만히 고개를 저었기에 별수없었는데 혼자서 벌써 청소를 다 했다니 믿어지지가 않았다.

'드래곤을 불렀나 보군.'

케라우는 조금 전 이층에서 갑자기 나타난 어마어마한 존재감을 느꼈기에 어떻게 된 일인지 대강 짐작할 수 있었다.

"수고하셨어요."

"힘든 일은 아니었습니다. 올라가시지요."

이니안의 안내에 따라 다들 이층으로 올라갔다.

"이 방에서 쉬십시오. 이 별장에서 가장 경치가 좋은 방입니다. 지금은 비가 내려서 아무것도 안 보이지만 말입니다."

포르시아와 다프네, 캐서린은 이니안이 열어준 문을 통해 안으로 들어갔다. 정말이지 깨끗이 청소가 되어 있었다. 몇 년간 아무도 쓰지 않은 방을 새 건물의 방처럼 만들어놓다니… 절대로 불가능한 일이다.

"어떻게……."

이 사실을 순순히 받아들일 수 없는 것은 당연히 캐서린이었다. 그것은 그녀의 직업적 자존심과도 연결되어 있었다.

캐서린의 의문 가득한 눈이 이니안을 향했다.

"비밀입니다."

이니안은 싱긋 웃으며 그 한마디로 사전에 질문을 차단했다.

"그럼 편히 쉬십시오."

이니안은 문을 닫고 곁에 있는 방으로 케라우와 들어갔다.

Chapter 4

그녀는 없는 건가…

그녀는 없는 건가…

산의 밤은 빨리 찾아온다.

더군다나 비가 내려 어둠은 더욱 빨리 산을 찾아왔다.

방 안의 안락의자에 가만히 몸을 기댄 채 눈을 감고 있던 이니안이 몸을 일으켰다. 언젠가 한 번은 오려고 했던 곳이다. 과정이 어떻게 되었든 왔으니 이곳에서 하려던 일을 해야 했다.

메이린의 지적에 깨닫게 된 사실.

그날 이곳에서 있었던 일을 알아야 했다.

이니안은 천천히 방을 나섰다. 그는 이미 마령천참공을 운용하고 있었다. 눈에도 마나를 보내고 있었다.

그의 눈에 희끄무레한 것들이 하나둘 들어왔다. 예전에 보았을 때는 그 희끄무레한 상태 그대로였지만 이제는 달랐다. 메이린에게서 받은 운용편을 모두 독파하고 익힌 상태였다. 그에 따라 마나를 운용하기 시작하자 그것들은 곧 사람의 형상을 띠기 시작했다.

이것이 진정한 영혼이었다.

생전의 모습을 그대로 가지고 있는 영혼들이다. 생전의 한에 의해 떠나지 못하고 이곳에 머물러 있는 영혼들, 그것들이 이니안의 눈에 들어왔다.

익숙한 얼굴도 눈에 띄었다.

'오랜만이군.'

하지만 그런 영혼에는 볼일이 없었다. 어차피 그도 아무것도 모르고 이곳에서 죽은 이니까. 반가웠지만 이미 산 자와 죽은 자, 무시하는 편이 좋을 것이다.

이니안은 눈에 띄는 영혼들의 모습을 살피며 걸음을 옮겼다. 자신이 찾는 이는 단 둘이었다.

이곳의 집사였다가 그날 죽은 버스터와 이곳을 습격한 어새신들의 우두머리로 보였던 인물.

버스터는 어새신들을 막다가 그들의 검에 죽었으며 어새신들의 우두머리는 이니안이 직접 죽였다. 그때 그는 그녀를 찔렀으며 이니안이 자신의 손으로 목을 뚫었다. 절대 잊을 수 없는 얼굴이다. 분명 찾을 수 있을 거라 생각했다.

이니안은 그때 당시 버스터가 죽었던 곳으로 향했다. 마령천참공의 운용편에 보면 원한이 있는 영혼은 자신이 죽은 자리 근처에 머물러 있다고 되어 있었다.

버스터는 그때 별장의 현관에서 죽었다. 별장에서 가장 먼저 죽은 이였다.

이니안은 천천히 걸음을 옮겨 현관에 도달했다. 문은 봉해져 있었기에 굳게 닫힌 채였다. 그리고 문을 향해 서 있는 익숙한 등을 볼 수 있었다.

버스터다.

"오랜만입니다."

이니안의 목소리가 울렸다. 익숙한 뒷모습의 주인이 천천히 뒤돌아보았다.

[절 보실 수 있습니까?]

"네."

버스터의 물음에 이니안은 고개를 끄덕여 대답했다.

[제 기억이 맞다면 사이몬 공작 가의 이니안 도련님 같습니다만.]

"기억력은 여전히 좋으시군요."

이니안이 희미하게 웃었다.

[어떻게 저를 보실 수 있는지는 모르겠습니다만, 반갑습니다.]

버스터 역시 희미하게 웃음을 지었다.

"벌써 사 년이 지났습니다만 아직도 머물러 계시군요."

[저는 이 별장을 지켜야 하는 집사입니다. 그런데도 소임을 다하지 못했지요. 떠날 수 있을 리가 없지요.]

그의 대답에 이니안은 그가 죽었으나 변한 것은 없다고 생각했다. 생전에도 무척이나 책임감이 강했던 사람이었다.

[어쩐 일이십니까?]

"그때의 일을 끝맺어야지요. 흉수는 끝내 밝혀지지 않았으니까요."

[훗. 그 씹어 먹을 녀석들.]

이니안의 말에 버스터의 눈에 파란 불꽃이 피어올랐다.

"그 녀석들 중 남아 있는 녀석이 있습니까?"

어새신들은 어차피 목숨을 걸고 일을 하는 자들이다. 일을 하다가 실패해서 죽었다 하더라도 원한을 가지고 죽을 것 같지는 않았다. 이니안은 그것이 조금 불안했던 것이다.

[둘인가 있습니다. 쳐다도 보기 싫은 녀석들이지요.]

원한이 가득한 말이다. 이니안은 그 심정이 충분히 공감이 갔다. 자신 역시 그랬으니까.

"드래곤의 눈물이란 것을 아십니까?"

[아름다운 보석이지요. 몇 대 전의 후작 부인께서 어디서 구했는지 가져다 이 별장에 두셨지요. 굉장히 귀한 물건이라 하시면서요. 제 일 중의 하나가 그것을 관리하는 것이기도 했답니다.]

이니안은 역시 자신의 추측이 맞았다고 생각했다. 그 녀석들은 그 드래곤의 눈물을 노리고 이곳을 습격한 것이다.

[왜 그러십니까?]

"드래곤의 눈물이 아직 이곳에 있습니까?"

[그건 모르겠군요. 그날 이후 저는 줄곧 이곳을 지키고 있었으니까요. 잠시만 기다려 주시겠습니까? 확인을 해보고 오도록 하겠습니다.]

그 말과 함께 버스터의 모습이 스르륵 사라졌다. 잠시 후 그의 모습이 다시 나타났다.

[없군요.]

"역시, 그때 그 녀석들은 그것을 노리고 습격한 듯하군요."

[어… 어째서…….]

이니안의 말에 버스터의 목소리가 부들부들 떨렸다. 이니안은 그를 진정시키기 위해 자신이 알고 있는 사실을 간략하게 이야기해 주었다.

[그, 그런…….]

버스터의 온몸이 부들부들 떨렸다.

[이니안 도련님, 부탁드립니다. 부디 이곳에서 억울하게 죽어간 우리들의 원한을 풀어주십시오.]

버스터는 간절한 눈으로 이니안을 바라보았다.

이니안은 고개를 끄덕였다.

"알겠습니다."

이니안의 대답과 동시에 버스터의 몸이 희미해졌다.

[정말 감사합니다.]

그 말과 함께 버스터는 사라졌다. 이니안이 원한을 풀어주겠다는 말에 더 이상 이 자리에 대한 미련이 남지 않은 것이다. 세상에 대한 미련을 버린 영혼은 신의 품으로 가서 다시 환생의 고리를 돈다. 버스터도 곧 환생의 고리에 들어가리라.

이니안은 몸을 돌렸다.

이제는 그자를 만나러 가야 할 때다. 그자라면 분명 그날 일에 대해 무언가 알고 있는 것이 있으리라. 앞으로 내딛는 발걸음이 살짝 떨린다.

그자가 있으리라 생각되는 곳, 그곳은 그녀가 죽은 곳이기도 하다. 어쩌면 그녀도 그곳에 있을지도 모른다. 그런 생각이 들자 몸이 가늘게 떨렸다.

이니안의 발걸음은 천천히 그날의 그곳으로 향했다. 커다란 문을 열고 들어선 식당.

어둠에 휩싸여 으스스한 기운이 감돈다.

이니안의 눈에 수많은 영혼들이 보였다. 모두 그날 이곳에서 죽은 시녀들의 영혼이리라.

영혼들 사이를 헤치고 걸음을 옮겼다. 자신이 그자를 죽인 그 장소로.

역시 그곳에 있었다. 고개를 숙이고 가만히 앉아 있는 영혼. 그 영혼의 주위로는 어떠한 영혼도 다가가지 않았다. 보는 순간 알 수 있었다.

이니안 자신이 죽인 어새신들의 우두머리다.

"그녀는 없는 건가……."

낮게 읊조리는 목소리. 그래, 차라리 그게 다행이라는 생각도 들었다. 살짝 떨리던 몸이 진정됐나. 혹시라도 만나게 될지 모른다는 생각에 찾아왔던 작은 경련은 만날 수 없다는 사실을 인지하자마자 사라졌다.

이니안은 그자의 영혼 앞에 우뚝 섰다.

그자가 천천히 고개를 든다. 어떤 존재가 앞에서 자신을 내려다보고 있다는 사실을 느낀 것이다.

[누구냐?]

그의 입이 열렸다.

"널 죽인 자."

이니안이 차갑게 대답한다.

[그런가? 훗.]

상대를 확인한 그자의 영혼은 낮은 웃음을 흘렸다.

[결국 너도 죽은 것인가?]

"아니, 난 살아 있어. 단지 어떤 능력을 손에 넣어 죽은 자를 볼 수 있을 뿐."

[그렇군.]

그의 목소리에서는 어떠한 감정도 느낄 수 없었다. 원한과 분노로 가득 차 있으리라 생각했으나 그는 그 모든 것에서 초탈한 것 같았다.

"이해할 수 없군."

이니안이 나직이 말했다.

[무얼 말인가?]

"세상에 남은 영혼들은 생전의 원한을 잊지 못했기 때문이라 들었어. 그런데 너에게서는 그런 원한 따위는 느낄 수가 없군."

[세상에 미련이나 원한 따위는 없어, 단지 궁금함이 있을 뿐. 그깟 보석을 위해 우리가 죽어야 했던 이유가 무얼까라는 궁금함이 나를 이곳에 잡아놓고 있는 것이지.]

"그게 미련이지."

[그것과는 좀 달라.]

한 사람과 한 영혼은 마치 오랜 시간을 만나온 친구와 같이 대답했다.

[그런데 넌 왜 날 찾아온 거지?]

"묻고 싶은 것이 있어서."

[그날의 일 말인가?]

"그래."

[하긴. 그날의 너는 무척이나 필사적이었지.]

"그랬지. 그리고 지키지 못했다. 내가 할 수 있는 일이라고는 네 목에 내 검을 박아 넣는 것뿐이었어."

[후후. 그것 상당히 아팠어.]

"그때 내 가슴은 더 아팠다."

[그랬을지도.]

이니안의 눈은 무심히 가라앉아 있었다. 원수나 다름없을 수 있는 어새신의 영혼과 대화를 나눔에도 불구하고 조그만 감정의 동요조차 없었다.

"원한과 미련이 없다면 말해줘도 되지 않을까?"

이니안의 요청에 영혼은 고개를 숙인다. 그리고 잠시 후 다시 고개를 들었다.

[그래, 이제 나와는 아무 상관도 없는 일이지. 내 이름은 자크. 카일로니아 최고의 어새신 길드인 미스트 길드의 부마스터였다. 그날의 일은 내가 총지휘를 했지. 의뢰인은 미오나인 제국 칸세르 공작 가의 집사. 그것이 전부다. 나는 단지 의뢰에 따른 마스터의 지휘에 따라 이곳을 습격했을 뿐이다. 의뢰는 드래곤의 눈물이라 불리는 보석의 획득과 이곳에 있던 사람들의 전멸. 단, 여의치 않을 시에는 드래곤의 눈물은 어떻게든 빼내올 것. 이것이었다. 너라는 엄청난 괴물이 있었던 덕에 의뢰는 반만

수행하게 되었지.]

이니안은 자크의 대답에 고개를 끄덕였다. 대강의 짐작이 확신으로 넘어간 것 말고는 바뀐 것은 없었다.

애초에 칸세르 공작 가를 의심하지 않았던가.

"고맙군."

[그럼 나에게 볼일은 끝난 것인가?]

"대충은."

[그럼 이만 자리를 비워주지. 난 나의 궁금증에 대한 생각을 계속해야 하겠으니.]

"좋을 대로."

이니안은 자크의 요청대로 자리를 비워주기 위해 몸을 돌려 문으로 걸음을 옮겼다. 문을 열기 위해 손잡이에 손을 올리던 이니안은 그 상태로 잠시 멈췄다.

"혹시… 그때 네가 죽였던 그 아이의 영혼은 어디에 있는지 모르나?"

[몰라. 내가 영혼으로서의 내 자신을 인지했을 때부터 없었다. 이 자리에는 나 혼자 있었을 뿐이야.]

자크의 대답에 이니안을 문을 열고 그 방을 떠났다.

쉐이나는 이곳에 없었다.

그 사실이 묘한 안도감을 주는 것은 무엇 때문일까? 이니안은 자신의 기묘한 감정을 가슴 한구석에 밀어놓고 별장 밖으로 걸음을 옮겼다.

왜인지 모르게 시원한 바람을 맞고 싶었다.

좀 가늘어지기는 했지만 비는 여전히 내리고 있었다. 하지만 비에 맞는 것도 상관없다는 듯 이니안은 천천히 별장의 정원을 걸었다. 빗방울이 얼굴을 두드린다.

차가운 기운이 피부를 타고 몸속까지 스며든다.

이니안은 예전에 이곳에 왔을 때 쉐이나가 안내해 준 그 산책로를 따라 걸음을 옮겼다. 그 자신도 인지하지 못한 무의식중의 행동이었다.

가만히 걷고 있는 이니안의 머릿속에 무수한 영상이 스쳐 지나갔다. 그 영상에는 모두 쉐이나의 밝은 얼굴이 있었다.

"응?"

어둠이 내린 산속에 비가 내리는 풍경은 너무나 멋있었다. 게다가 이니안이 말한 대로 테라스 밖의 경치는 그야말로 환상이었다. 이미 어둠이 깔려 제대로 볼 수 없음에도 포르시아는 테라스로 나와 바깥 경치를 감상하고 있었다.

테라스의 난간에 맞고 튀는 물방울에 옷이 조금 젖기는 했지만 그 정도는 충분히 감수할 만한 가치가 있었다.

그런 그녀의 눈에 정원 위를 움직이는 검은 그림자가 들어왔다.

이 별장에는 자신들밖에 없다는 것을 알고 있는데 갑작스러운 그림자의 출현에 포르시아는 깜짝 놀랐다. 설마 자신을 노리는 이들이 이곳까지 쫓아온 것은 아닌가 하는 불안에서였다.

하지만 곧 침착을 되찾았다. 자신들은 보통 사람들은 모른다는 엘프의 길을 통해서 왔다. 이곳까지 찾아올 수 없을 것이다. 그렇게 생각하고 정원을 움직이는 그림자를 유심히 살폈다. 어둠에 휩싸여 잘 보이지는 않았지만 어딘가 익숙한 체형이다.

항상 유심히 바라보는 그 체형이었다.

그녀가 테라스에서 확인할 수 있는 것은 그것이 전부였다. 하지만 그것만으로도 충분했다. 그녀는 이미 그림자의 주인이 누구인지 확실하게 인지한 것이다.

포르시아는 테라스의 난간 쪽으로 한 발 더 다가갔다. 빗방울이 세차게 튀었지만 상관치 않았다.

"세이버 경!"

포르시아는 제법 큰 목소리로 이니안을 불렀다. 그녀의 부름에 그림자의 움직임이 멈췄다. 그리고는 그녀가 있는 테라스를 향해 다가오기 시작했다.

"역시 세이버 경이로군요."

바로 아래에 다가오자 테라스의 불빛에 얼굴 윤곽을 확인할 수 있었다. 이니안의 얼굴을 확인한 포르시아가 그를 향해 생긋 웃어주었다.

"아직 주무시지 않았군요."

이니안이 의외라는 얼굴로 말했다. 상당히 깊은 밤이다. 다른 사람들이 알아차리지 못하게 영혼들과 대화하기 위해 일부러 늦은 밤에 움직였는데 이 시간에 포르시아가 깨어서 테라스 밖을 내다보고 있었다는 것은 솔직히 예상 밖의 일이었다.

"네. 빗소리가 좋아서요. 게다가 이 테라스에서 보이는 경치는 경의 말대로 정말로 아름답네요. 밤이 되어 볼 수 있는 것이 별로 없는데도 마음이 포근해져요."

포르시아는 그야말로 황홀한 웃음을 머금으며 말했다. 이니안은 잠시 동안 멍하니 그 웃음을 바라보았다. 다행이라면 포르시아가 자신의 얼굴을 겨우 윤곽만 확인할 수 있을 정도라 자신의 그런 모습을 보지 못했다는 것이었다.

"잠시 올라오시겠어요? 이렇게 아래를 내려다보고 있는 것도 조금 그런데."

난간 밖으로 얼굴을 내밀어 이니안을 내려보고 있는 포르시아가 웃으며 말했다. 떨어지는 빗방울에 젖은 그녀의 머리칼이 묘하게 매력적이었다.

"알겠습니다."

이니안은 짧게 대답하고 벽을 박차고 가볍게 뛰어올랐다. 겨우 이층이다. 이 정도는 이니안에게 있어 한 번만 도약하면 오를 수 있는 높이인 것이다.

"역시, 쉽게 올라올 거라 생각했어요."

그 모습에 포르시아는 고개를 끄덕였다.

"파이어 경은 안에 있습니까?"

"네. 자요. 제법 피곤했나 봐요."

이니안은 포르시아의 대답에 고개를 끄덕였다. 다프네가 얼마나 피곤할지 그도 짐작이 되었기 때문이다. 아무리 기사로서 단련되어 있다 하더라도 한 사람을 지킨다는 것은 쉬운 일이 아니다. 항상 신경을 곤두세우고 있어야 하는 무척이나 피곤한 일인 것이다.

"이곳이 사연이 있는 곳인가 봐요?"

포르시아는 시선을 테라스 밖을 향한 채 이니안에게 지나가듯 말했다.

"네?"

갑작스러운 말에 이니안은 당황해했다.

"아니오. 이 근처에 온 이후로 경의 얼굴이 조금 어두워 보여서요. 게다가 이 깊은 밤에 비를 맞으면서 정원을 서성이기도 하고… 제가 알고 있는 경의 모습과는 많이 달라서 이곳 때문에 그러는 건가 하고 생각해 본 것뿐이에요."

포르시아는 이니안을 돌아보며 생긋 웃었다. 예쁜 웃음이다.

이니안은 걸음을 한 발 내딛어 테라스의 난간을 짚었다. 빗방울이 이니안의 머리를, 어깨를 때린다. 하지만 그는 아랑곳 않고 테라스 밖을 내다보았다.

"사연이 있는 곳이지요."

이니안은 느릿느릿 말했다. 이니안에게서 두 발짝 정도 뒤에 서 있는 포르시아는 그런 이니안의 등을 가만히 바라보았다.

"누구나 사연 한두 가지 정도는 가지고 있는 법이에요."

조용한 목소리다. 그리고 포근한 목소리이기도 했다. 듣고 있는 사람의 마음을 따뜻하게 감싸주는 그런 목소리였다.

이니안의 입술이 천천히 움직이기 시작했다. 자신도 왜 그런지 알 수 없었다. 하지만 이니안의 의지와는 상관없이 그의 입과 혀는 이곳에 얽힌 사연들을 음성으로 만들어 내보내고 있었다.

"쉐이나라는 아이가 있었습니다. 바로 이 별장의 주인인 미에른 후작가의 외동딸이었죠. 친구였습니다. 아니, 동생이자 연인이었죠."

쿠쿵.

먼 곳을 응시하며 느릿느릿 꺼낸 이니안의 말에 포르시아는 가슴 한쪽이 떨어지는 듯한 충격을 느꼈다.

'연인… 연인이라……'

포르시아의 가슴에 가장 큰 충격을 선사한 단어였다. 하나 이내 포르시아는 그 말에 대한 미련을 버리고 이니안의 말에 집중했다.

"저도 카일로니아의 귀족입니다. 지금은 이름없는 평민 용병이지만요."

그럴 것이라 생각했다. 그냥 보통 용병이라 생각하기에는 이니안이 보여주는 그 기품은 납득하기 어려운 것이었다. 그것은 날 때부터 귀족인 자들이 가지는 고유의 기품이었다.

"남들보다 늦게 왕립학교에 들어갔죠. 그리고 그곳에서 만났습니다. 공부에는 취미가 없었던 관계로 두 살 어린 아이들과 함께 다녔죠. 좋은 아이였습니다. 사랑스러운 아이였죠. 어느 순간 사랑을 느끼고 있다는 것을 깨달았으니까 말입니다. 훗."

가슴이 아렸다.

자신이 이곳의 사연을 듣기를 원했음에도 불구하고 너무나 슬픈 얼굴로 이야기를 하는 이니안의 모습을 보고 있자니 포르시아는 자신의 가슴이 너무나 아렸다. 이니안의 표정과 이야기가 그녀를 아프게 했다.

"사 년 전의 일입니다. 왕립학교가 여름방학을 맞이했고 쉐이나와 또 다른 두 친구와 이곳에 휴양차 왔었지요. 그리고 어느 밤 어새신들이 습격해 왔습니다. 저는 최선을 다해 검을 휘둘렀지요. 그때도 이미 제법 강했었으니까요. 정말 제 몸에 있는 힘이란 힘은 모조리 끌어내 싸웠습니다. 그러나 역부족이었죠. 쉐이나는 제 눈앞에서 죽었습니다. 왜 그들이 이곳을 습격했는지, 왜 이곳의 사람들을 그렇게 무자비하게 죽였는지 알 수 없었습니다. 그 사건이 있은 후 미에른 후작 가에서는 이곳을 폐쇄했으니까요. 그리고 저도 카일로니아를 떠났습니다."

이니안은 입을 닫았다.

머리에 떨어진 빗방울이 머리를 축축하게 적신 한 후 얼굴을 따라 흘러내렸다. 적지 않은 비였기에 이미 이니안의 머리칼에서는 물방울이 뚝뚝 떨어지고 있었다. 얼굴도 빗물에 완전히 젖어 있었다.

붉게 물든 이니안의 눈. 빗물이 눈에 들어간 것일까? 가만히 테라스 밖의 어둠을 향해 시선을 던지고 있는 이니안의 두 눈은 붉게 물들어 있었다.

테라스에서 이니안의 등을 바라보고 있는 포르시아의 눈도 붉었다. 비를 맞고 있지 않음에도 눈이 붉었다. 그리고 얼굴에 물방울이 흘러내렸다. 비를 맞고 있지 않음에도 말이다.

"쓸데없는 소리를 했군요. 이만 가보겠습니다."

이니안은 그 말을 남기고 테라스에서 훌쩍 뛰어내렸다. 그리고 어둠 속으로 사라졌다.

"이니안······."

이니안의 뒷모습이 사라진 어둠 속으로 포르시아의 나직한 한마디가 스며들었다.

어둠을 바라보던 포르시아는 곧 몸을 돌려 방 안으로 들어갔다. 더 이상 테라스에 있을 기분이 나지 않았다. 계속 있으면 더욱 슬퍼질 것만 같았다.

방 안으로 들어온 포르시아는 수건으로 젖은 머리칼을 대강 닦고 침대에 누웠다. 어떻게 청소를 한 것인지 오랜 시간 방치되었다는 것이 믿어지지 않는 폭신한 이불이다.

포르시아의 눈이 감겼고 곧 그녀는 잠에 빠져들었다. 가슴 한곳에 새로이 가진 슬픔 때문일까, 잠에 빠져드는 그녀의 얼굴은 조금 어두웠다.

새하얀 눈밭이 펼쳐졌다.

손이 시렸다. 얼굴에서 감각이 사라진 지 오래다. 눈밭에서 사람을 파내 조그만 동굴로 옮겼다. 마법으로 불을 피우고 사람을 살렸다. 그 남자는 먹을 것을 요구했다. 아주 건방진 얼굴이다.

그 남자가 밖으로 나간다. 밖에서 요란한 소리가 들린다. 그리고 한쪽 다리에 상처를 입은 그 남자가 들어왔다.

"내 이름은 로즈."

분명 자신의 목소리다. 그런데 이상했다.

자신의 이름은 포르시아인데, 로즈라니? 대체 누구의 이름인 걸까?

그렇게 생각하는 순간 사방의 전경이 사라졌다. 조그만 동굴과 그 남자는 사라지고 암흑만이 가득한 공간이 나타났다.

어둠 속에는 작은 빛이 두 개 있었다. 둘 중 하나가 조금 큰, 크기가 다른 빛이다.

천천히 걸음을 옮겨 빛이 있는 곳으로 다가갔다.

"언니! 왔구나!"

"왔네."

자그마한 귀여운 여자 아이가 품에 폭 안기며 무척이나 반가워한다. 그리고 또 다른 한 명. 그저 살풋 웃으며 자신을 반긴다.

그런데 이상하다. 똑같아도 너무 똑같았다.

마치 거울을 보고 있는 듯한 착각을 자신에게 주는 여인.

포르시아 자신과 똑같이 생긴 이가 방긋 웃으며 시선을 던진다.

"어… 어떻게… 여긴……."

떨리는 목소리로 간신히 몇 개의 단어만을 입 밖으로 꺼냈다. 그 말에 자신을 보는 여자의 표정이 변한다.

"응? 그런가? 아직은 올 때가 아니었나 보구나. 그럼 어쩔 수 없지, 뭐."

그 말을 하는 이의 얼굴에 왠지 쓸쓸함이 어린다.

"괜찮아. 그래도 너라면 언젠가 꼭 다시 제대로 와줄 거라고 믿고 있으니까. 됐으니까 이만 가봐. 다음에 올 때를 기다릴게."

그녀는 그렇게 말하며 손을 내저었다.

어느새 품에서 빠져나온 조그만 여자 아이도 자신을 향해 손을 흔든다. 그러고 보니 그 여자 아이의 모습이 낯이 익었다. 그렇다. 자신의 어린 시절의 모습과 꼭 같았다.

'어, 어떻게 된 일이야.'

혼란스러웠다. 이해할 수 없었다. 무서웠다.

"아가씨! 아가씨!"

그 순간 귀에 친숙한 캐서린의 목소리가 들렸다. 그 목소리에 포르시아는 두 눈을 떴다.

꿈이었다. 자신은 꿈을 꾼 것이다.

악몽일까? 그런 것 같지는 않았다. 대체 무슨 꿈일까?

"어떤 악몽을 꾸셨기에 그렇게 괴로워하세요? 어휴! 이 땀 좀 봐."

곁에 다가온 캐서린이 물수건으로 얼굴의 땀을 닦아준다. 그리고 보니 포르시아의 온몸은 식은땀으로 젖어 있었다.

'대체 뭘까, 그 꿈은?'

풀리지 않는 의문만이 머릿속에 맴돌았다.

날이 밝았다. 전날의 비 때문인지 더욱 청명하게 푸른 하늘이다.

이른 아침부터 일행은 분주히 떠날 차비를 했다. 포르시아가 악몽으로 일찍 깬 데다 이니안도 심기가 썩 좋아 보이지 않은 탓이 컸다.

그렇게 하룻밤의 갑작스러운 비를 피하게 해준 고마운 별장을 다섯 사람은 떠났다.

다시 이니안의 길 안내로 일행은 행로를 잡았다. 이 별장은 출입로를 지키는 사람이 있다 했기에 이동이 조심스러웠다. 별장 앞으로 난 편한 길로는 얼마 움직이지 못했다. 하지만 검문소를 지나면 다시금 편한 길로 들어설 수 있을 것이다.

좁은 산길로 검문소를 우회한 후 다시 일행은 대로에 들어설 수 있었다. 이제 산을 거의 넘은 상태였기에 오늘 저녁이면 산 아래에 있는 마을에 도착할 수 있을 듯했다.

"다행이에요. 별일없이 뉴레이안 산맥을 넘을 수 있어서요."

"그렇습니다, 공녀님. 참으로 다행스러운 일이에요."

포르시아의 말에 곁에 있던 다프네가 고개를 끄덕이며 답했다. 이니안은 아무런 말이 없었다. 어젯밤의 그 일 이후 두 사람은 거의 대화를 나누지 않았다. 누가 먼저 그런 것도 아니었다. 왠지 모르게 두 사람 사이에는 어색한 침묵이 감돌았다.

'내가 어젯밤에는 왜 그런 것일까?'

이니안의 머리는 혼란스러웠다. 자신은 왜 그때 테라스에 올라가 그렇게 지난 일을 모두 이야기한 것일까? 앞으로는 절대 말하지 않겠다고 다짐한 과거인데도 말이다.

이니안은 포르시아 앞에서는 왠지 무방비 상태로 변하는 자신을 조금씩 느끼고 있었다.

'세이버 경은 괜찮을까? 어제 무척 슬퍼 보였는데……'

두 사람은 각자의 생각에 잠겨 서로의 눈치만 볼 뿐이었다.

그렇게 얼마나 걸었을까? 점점 길이 평탄해지고 있었다. 산을 거의 다 내려온 것이다. 멀리 보이는 모퉁이만 돌면 더 이상 경사진 길은 없을 듯했다.

이윽고 모퉁이를 돌았다.

그리고 이니안은 걸음을 멈췄다.

대로의 한가운데에 떡하니 버티고 서 있는 사람은 덕이었다.

그는 로브를 두른 채 당당히 대로에 서서 자신들을 바라보고 있었다. 그 모습이 말해주고 있었다. 그는 이니안 일행에게 볼일이 있어 이곳에서 기다리고 있는 것이었다.

"오랜만에 보는군. 아니, 실제로 보는 것은 처음인가?"

이니안이 가만히 서 자신을 응시하고 있자 길을 막은 이의 입이 열렸다.

"누구시죠?"

이니안의 뒤에 있던 포르시아가 한 발 앞으로 나서며 물었다.

"처음 뵙겠습니다, 포르시아 공녀님. 저는 칸세르 공작 각하와 일황자 저하를 모시고 있는 바실러스 자작이라 합니다."

바실러스는 포르시아의 모습을 보자 격식있는 몸동작으로 허리를 숙이며 인사를 했다. 귀족다운 모습이었다.

'바실러스 자작.'

이니안의 눈에서 불이 튀었다. 그리고 케라우의 눈에서 또한 불이 튀었다.

악연으로 얽힌 그가 갑자기 이곳에 나타나다니, 어떻게 이런 일이 있을 수 있을까? 게다가 칸세르 공작과 일황자의 밑에 있다니 대체 어찌 된 일이란 말인가.

"그렇군요. 반가워요, 바실러스 자작님. 그런데 이 먼 타국까지는 어인 일이신지요? 이곳은 미오나인 제국이 아니라 카일로니아 왕국입니다만."

포르시아는 차분한 얼굴로 바실러스를 보며 물었다.

"공작 각하와 황자 저하의 명령을 받잡고 왔습니다. 이만 여행을 끝내시고 본국으로 돌아오시라 하시더군요. 호위기사들과 병사들을 모두 잃은 이상 더 이상의 여행은 위험하다 하시면서요."

바실러스는 웃음 띤 얼굴로 말했다. 하나 포르시아는 그의 말에 천천히 고개를 저었다.

"저는 그 말을 믿을 수가 없군요. 저는 여행을 떠나면서 아버님과 연락할 수 있는 수단은 단 하나만을 지니고 있어요. 그것도 아버님만의 일방적인 호출이 가능하죠. 때문에 아버님은 저의 일은 거의 모른답니다. 게다가 아버님의 호출 또한 없었고요."

포르시아의 말에 바실러스의 얼굴이 살짝 굳었다. 그것으로 그는 스스로 거짓말을 했음을 시인한 꼴이 되어버렸다.

"하하. 설마 그럴 줄은 몰랐군요. 공녀님을 기만하려 한 점 진심으로 사죄드립니다."

바실러스는 다시 한 번 허리를 숙였다.

"하지만 제가 일황자 저하의 명을 받잡고 공녀님을 모시러 온 것은 분명한 사실입니다. 단지 일을 조금 더 편하게 하려고 공작 각하의 명을 사칭했습니다만, 그 점은 정말 죄송합니다. 이것이 제가 황자 저하의 명을 받잡고 있다는 것을 증명해 줄 것입니다."

그러면서 바실러스는 품에서 하늘로 날아오르는 독수리가 양각된 문장을 꺼내 보였다.

그것은 일황자의 문장이었다.

제국 내에서 오직 일황자 카르발 칼 폰트 미오나인만이 사용할 수 있는 문장이다. 일개 자작이 아무렇지도 않게 품에 지니고 다닐 수 있는 물건이 아니었다.

"그 말은 사실인 듯하군요."

포르시아의 말에 바실러스는 빙그레 웃었다.

"물론입니다."

"그래서 황자 저하께서 절 데려오라고 하셨다고요?"

"네, 그렇습니다. 저하께서는 현재 공녀님께서 이런 작은 인원으로 여행하고 계신 것을 무척 걱정하고 계십니다."

바실러스가 눈을 반짝이며 말했다.

"저하께서는 참으로 대단하시군요. 아버님께서도 모르시는 일을 알고 계시다니."

"저하께서 그만큼 공녀님을 걱정하고 계시다는 것입니다."

"그래요? 하지만 저는 갈 수가 없군요. 이 여행은 결혼 전 저에게 주어진 마지막 자유입니다. 이 여행을 끝내는 것은 저의 의지로 결정할 거예요. 저하께도 그렇게 전해주세요."

포르시아의 단호한 거절에 바실러스의 안색이 살짝 변했다.

"공녀님의 여행이긴 합니다만 규모가 이렇게 작아져 버리면 공녀님의 자유 이전에 안전에 심각한 문제가 생깁니다. 그러니 이만 돌아가시지요. 황자 저하도 그 점을 염려하고 계십니다."

"이곳에서 제국으로 가는 길이 더욱 위험할 거라 생각되는데요."

포르시아의 대답에 바실러스의 얼굴에 웃음이 맺혔다.

"그 점은 염려 마십시오. 부족하나마 제가 마법사입니다. 무사히 제국까지 모실 수 있을 것입니다."

바실러스의 대답에 이니안은 황자 측에서는 포르시아의 몸에 펼쳐진 대법에 대한 사실을 모른다고 생각했다. 만일 알고 있다면 저렇게 섣불리 공간 이동 마법으로 데려가겠다는 말을 하지 않을 테니 말이다.

하지만 이니안의 생각과는 달리 황자는 이미 포르시아의 몸에 펼쳐진 대법에 대한 내용을 시메티딘을 통해 들은 터다. 다만 공간 이동 마법이 대법에 이상을 초래할 수 있다는 사실을 모를 뿐이었다.

"후우. 자작님은 제가 왜 이 험한 산맥을 도보로 넘었다고 생각하시나요? 편한 공간 이동 마법을 놔두고 말이지요. 저는 현재 공간 이동 마법으로 이동을 할 수 없는 상태입니다. 개인적인 몸 상태 때문에요."

포르시아의 말에 바실러스의 얼굴에서 웃음이 사라졌다. 설마 그런 상황에 있는 줄은 몰랐던 것이었다.

'설마, 그 대법 때문에?'

바실러스가 알고 있는 사실로는 추측할 수 있는 포르시아가 공간 이동 마법을 이용할 수 없는 이유는 그것이 한계였다. 그리고 그의 추측은 맞았다.

"그러시군요. 정말, 그런 사실까지는 몰랐습니다. 하지만 어쩌지요?

저는 반드시 공녀님을 모셔오라는 황자 저하의 명을 받아서요. 정말 어 길 수 없는 절대적인 명령을 받아서 말입니다."

그 말을 하는 바실러스의 분위기가 바뀌었다. 조금 전과는 확연히 다 른 모습이다. 강제로라도 데려가겠다는 의지가 그의 몸에서 풍겨 나왔 다. 포르시아가 그 기세에 밀려 주춤거렸다.

"자작님께서는 절 납치라도 하시겠다는 건가요?"

하지만 주춤거린 것도 잠시, 포르시아는 바실러스를 쏘아보며 당차게 외쳤다.

"황자 저하께서는 여의치 않을 경우 무력을 사용하는 것도 허락하셨 습니다."

바실러스는 낮은 목소리로 대답했다.

물론 카르발 황자는 그런 적 없었다. 하지만 바실러스는 '납치' 해 오 라는 명령을 그렇게 해석했다.

"훗. 과연 그렇게 마음대로 될까요? 저를 지키고 계신 분들은 수는 적 지만 그 실력은 그렇게 호락호락하지 않습니다."

포르시아의 얼굴에 웃음이 떠올랐다. 이미 이니안의 실력은 숱하게 봐 오지 않았던가. 아니, 상대가 마법사인 데다 이렇게 근거리에 있다면 이 니안이 나설 것도 없이 다프네만으로도 충분했다.

포르시아의 말이 떨어짐과 동시에 다프네와 이니안이 한 발 앞으로 나 섰다.

"흐음……."

두 사람의 행동에 바실러스는 잠시 침음을 흘렸다.

"다프네 파이어라 합니다. 무례를 범할지도 모르겠습니다. 그러니 일 단 물러서시지요. 저는 공녀님을 지키는 검. 설사 황자 저하의 명을 받들 고 오셨다 하더라도 공녀님께서 거부하시면 전 그 뜻을 따를 겁니다."

다프네가 절도있는 모습으로 바실러스를 향해 말했다.

"이니안 세이버입니다. 저 역시 파이어 경과 같습니다."

이니안은 짤막하게 말했다. 하지만 그의 말을 들은 바실러스의 얼굴에는 놀람의 기색이 역력했다.

"이… 니안 세이버?"

"네, 그렇습니다."

이니안은 바실러스가 자신의 이름을 알고 있으리라는 것은 예상했다. 이미 바실러스의 영지에서 그의 성 지하 감옥에 한 번 갇힌 전적이 있지 않았던가.

"하하하. 그랬군요. 어째서 저자가 이곳에 있나 했더니 바로 당신이 공녀님을 지키고 있었군요. 하하하. 그래요. 이럴 수도 있었겠군요. 내가 왜 그 생각을 못했을까. 그때 분명 제 영지를 벗어난 분이신데 말이지요."

이니안을 보는 바실러스의 눈이 빛났다.

이니안은 그의 말에서 어쩌면 그가 포르시아가 현재 처한 상황을 알고 있는 것은 아닐까라는 의문이 들었다. 이니안의 손이 천천히 검병을 향했다.

"무슨 말이지요?"

포르시아가 끼어들었다. 갑작스레 변한 바실러스의 변화가 불안했던 것이다.

"아닙니다, 공녀님. 저기 있는 세이버 경과는 약간의 인연이 있어서요. 이름만 알 뿐, 멀리서 지켜본 적이 한 번 있는 것이 전부였기에 마주하고 있으면서도 이제야 알았군요. 물론 그쪽에 사나운 얼굴로 저를 노려보고 있는 케라우 씨는 구면이지요. 제법 오랫동안 얼굴을 봐온 사이라고나 할까요?"

바실러스는 유들유들한 얼굴로 능청스레 말을 이었다.

"이놈……."

바실러스의 입에서 자신의 이름이 나오자 케라우의 전신에서 살기가 폭사했다.

갑작스러운 그의 행동에 포르시아를 비롯한 다프네와 캐서린은 깜짝 놀랐다.

이니안은 차가운 눈으로 바실러스를 노려보고 있었다.

"그래도 다행입니다. 사실 다른 호위 분이라면 어떻게든 무력화할 자신이 있었습니다만 세이버 경은 별개거든요. 워낙 대단하신 분이라 말이죠."

바실러스는 이니안의 과거에 싸우던 모습을 똑똑히 보았었다. 그리고 그날 이후 더욱더 강해졌다는 것도 알고 있다.

"그래요, 세이버 경이 있으니 저는 별다른 위험이 없다는 거예요."

포르시아의 말에 바실러스는 고개를 저었다.

"이런, 제 말을 오해하셨나 보군요. 다른 호위 분이라면 제가 공녀님을 모셔가는 데 전혀 어려움이 없을 텐데 세이버 경이 계시면 이야기는 달라지지요. 일이 어렵게 되는 거지요. 하지만 케라우 씨가 함께 있다면 이야기는 쉬워집니다. 그래서 다행이라고 한 것이지요."

"무슨……."

바실러스의 뜻은 분명했다. 어떻게 해서든 포르시아 자신을 데려가겠다는 거다. 포르시아는 다시 한 번 주춤거렸다.

"그게 무슨 뜻이지?"

이니안이 차가운 목소리로 물었다. 이미 상대에게 적의를 느끼고 있기에 예의 따위는 차리지 않았다.

"후후후. 이런 뜻이지요."

그 순간 바실러스는 마법으로 몸을 뒤로 홀쩍 띄웠다. 그와 동시에 그의 손에서 검은 빛이 땅을 향해 쏘아졌다. 그의 손에서 나온 검은 빛은 곧바로 땅속에 스며들었다.

"뭐야?"

이니안이 거칠게 검을 뽑았다. 다프네의 손에도 어느새 검이 들려 있었다.

그 순간 땅에서 변화가 일었다. 곳곳의 흙이 들썩이기 시작한 것이다.

"후후. 이곳은 예전부터 제법 많은 이들이 죽은 땅이더군요. 그래서 제가 이곳에서 기다리고 있었던 겁니다. 혹시나 이런 일이 있을까 염려해서 말이지요."

바실러스의 말이 끝나는 순간 들썩이던 땅에서 시체들이 튀어 올랐다. 아니, 시체가 아니라 뼈다귀들이었다. 살은 모두 부패해 사라지고 오직 뼈만이 남아 일어서는 마물들.

"스켈레톤들인가……."

이니안은 나직이 중얼거렸다.

"이런, 아무래도 이곳에 있는 이들은 모두 제법 긴 세월을 보냈군요. 좀비는 하나도 없다니 말이에요. 그건 조금 아쉽군요."

바실러스는 아래를 내려다보며 진정 아쉽다는 듯 중얼거렸다.

"쳇."

이니안은 짧게 혀를 차며 스켈레톤들을 향해 달려들었다. 어쨌든 이들을 모두 처리해야 했다.

'잘 될지 모르겠군.'

어쨌든 현재 이니안이 사용하고 있는 마나는 마이너스 마나. 이들을 움직이는 흑마법에 쓰이는 마나와 그 성질이 비슷했기에 얼마나 타격을 줄 수 있을지 의문이었다.

다프네 역시 스켈레톤들을 향해 검을 휘둘렀다.

두 사람의 공격에 느릿느릿 움직이던 스켈레톤은 조각조각 부서져 내렸지만 곧 다시 조립이 되어 흐느적거리며 몸을 일으켰다.

"젠장. 역시 스켈레톤이란 말이지?"

그 모습에 다프네는 짜증난다는 듯 중얼거렸다.

"태어나서 처음으로 신관이 아쉽군."

이니안도 작게 중얼거렸다. 이니안은 신전을 그다지 좋아하지는 않았다. 그래서 신관을 찾을 일도 거의 없었다. 어지간한 상처는 그냥 치료했고 자연 치유만으로 힘들 경우는 마법사를 찾았었다.

하지만 어둠의 힘에 의한 마물을 앞에 두자 이번만은 신관이란 존재가 미치도록 절실했다. 이들은 신관의 신성 마법 한 번이면 모두 아무것도 아닌 뼈다귀로 돌아간다는 것을 알고 있었기 때문이다.

그러는 와중에도 이니안은 열심히 검을 휘둘렀다.

"어디 가루가 되어서도 다시 일어서나 보자."

케라우는 포르시아의 곁에서 가만히 상황을 지켜보았다. 자신은 뱀파이어다. 그가 싸움에 가세한다고 그다지 도움이 되지도 않을 것이고 게다가 공중에 둥둥 떠 이쪽을 내려다보고 있는 저 기분 나쁜 바실러스의 행동도 수상했다.

'흐흐흐. 역시 내 생각대로군. 설마 케라우 저 녀석과 이니안이 함께 움직일 거라고는 생각지 못했지만 말이야.'

칸세르 공작도 카르발 황자도 바실러스에게 현재 포르시아를 호위하고 있는 인물에 대한 정확한 정보를 준 적이 없었다. 그랬기에 바실러스는 이니안을 상대하기에는 상당히 부족한 전력으로 모습을 드러냈지만 케라우가 그러한 오산을 충분히 메워주었다.

그 사실을 이니안도 케라우도 모르고 있지만 말이다.

'후후후. 이용해 먹기도 전에 탈주해 버려서 아까웠는데 이렇게 다시 만나니 무척이나 반갑구나. 그리고 이렇게 결정적인 쓰임으로 말이야.'

케라우를 내려다보는 바실러스의 입가에 미소가 걸렸다.

"그럼 슬슬 끝내도록 할까요?"

바실러스의 말에 일순 아래에 있던 이들의 시선이 그를 향했다.

그 순간 바실러스의 두 눈이 검게 빛났다. 무척이나 기분 나쁜 빛이었기에 다른 이들은 모두 시선을 돌렸지만 오직 케라우만은 그의 두 눈을 계속 응시하고 있었다.

"어둠의 자식이여, 그대를 어둠에서 해방시킨 존엄한 이로서 너에게 명령을 내리니 포르시아 오마 칸세르를 데리고 이곳으로 오라."

과연 살아 있는 이의 음성일까라는 의구심이 들 정도로 기분 나쁜 목소리로 바실러스가 주문처럼 말했다. 그러자 그의 두 눈을 계속 응시하던 케라우의 몸이 잽싸게 움직였다. 그의 양팔에는 영문을 몰라 하는 포르시아가 안겨 있었고, 그는 공중을 유유히 날아 바실러스의 곁으로 떠올랐다.

"어떻게 이런 일이!"

너무나 갑작스러운 상황의 변화에 이니안은 당황했다. 다프네 역시 어쩔 줄을 몰라 한 채 공중을 보며 발만 동동 굴렀다.

현재 두 사람의 능력으로는 공중에 떠 있는 바실러스와 케라우를 어찌할 방도가 없었다.

"그럼 잠시 잠들어 주셔야겠습니다. 이곳에서 발버둥이라도 치시면 곤란하거든요. 슬립."

바실러스의 마법과 함께 포르시아의 두 눈이 스르르 감겼다.

"호호호. 이 상황이 믿어지지 않는가, 이니안?"

바실러스의 시선이 이니안을 향했다.

"뿌드득."

이니안의 입에서는 이가 갈리는 소리가 울렸다. 두 눈 멀쩡히 뜨고 순식간에 당해 버렸으니 그럴 수밖에 없었다.

케라우가 포르시아를 안아 들고 공중으로 향하는 그 순간 스켈레톤들은 평범한 뼈다귀로 돌아갔다. 그럼에도 검을 쥔 다프네의 손에는 더욱 힘이 들어갔다. 자신이 지켜야 할 고귀한 이가 지금 적의 손에 넘어가 잠들어 있지 않은가? 그 모습을 두 눈 뜨고 보면서도 자신은 아무것도 할 수 없는 현실에 절로 손에 힘이 들어가는 것이다.

"내가 왜 이유도 없이 밤낮이 바뀐 뱀파이어에게 귀중한 피까지 먹여 가며 살려뒀다고 생각하나?"

그의 말에 다프네와 캐서린의 표정이 급변했다. 지금 바실러스가 말하는 대상이 케라우라는 것을 알아차린 것이다. 인간이 아닌 뱀파이어였다니, 믿을 수가 없었다. 그들의 눈에 보인 케라우는 너무나 아름다운 인간이었지, 절대 뱀파이어가 아니었던 것이다.

"후후후. 매일 조금씩 우리 가문 사람의 피를 먹였다. 바로 이 대법을 위해서 말이야. 정해진 주문에 의해 절대적인 충복이 되는 대법. 그것을 위해 귀중한 피를 매일매일 먹였지. 몇백 년을 살려두면서 대대로 말이야. 솔직히 네놈이 이 녀석을 빼내줬을 때는 상당히 당황했어. 그간의 노력이 허사로 돌아간 것이 무척이나 아까웠거든. 그런데 이렇게 유용하게 쓰일 줄이야. 크크크. 고맙네, 고마워. 우하하하하!"

바실러스의 커다란 웃음이 나무 사이를 흔들고 지나갔다. 그 모습을 지켜보는 이니안은 자신의 입술을 세게 깨문다.

현재 케라우의 두 눈동자는 완전히 초점을 잃고 있었다. 현재 제정신이 아니라는 뜻이었다.

"케라우."

이니안은 작은 소리로 지금 정신을 잃고서는, 잠이 든 포르시아를 품에 안고 있는 자신의 친구 이름을 작게 중얼거렸다. 설마 이런 대법이 있는 줄은 몰랐다. 그저 갇혀 있었던 것이라고만 생각했는데 설마 그런 수작을 부려놓았을 줄이야.

자신의 불찰이었다.

"후후후. 그럼 난 이만 가보겠네. 자네도 그만 집으로 돌아가게나."

바실러스는 품에서 한 장의 카드를 찢었다.

"이동."

그리고 작은 주문을 남기고는 케라우와 포르시아와 함께 사라졌다. 바실러스로서도 자신의 마법만으로 먼 거리를 이동하는 것은 무리였기에 스크롤 카드를 사용한 것이다.

이니안은 그런 그의 모습을 멍하니 지켜만 보고 있어야 했다.

"아, 아가씨!"

캐서린이 바닥에 털썩 주저앉으며 외치는 소리에 이니안은 정신이 번쩍 들었다. 너무 순식간에 벌어진 일이라 잠시 넋을 놓고 있었다.

"바실러스 자작."

이니안은 한자한자 씹어뱉듯 중얼거렸다.

"공녀님."

다프네는 힘없는 목소리로 중얼거렸다. 그녀는 자신의 임무를 다하지 못했다.

Chapter 5

너, 나 믿을 수 있지?

너, 나 믿을 수 있지?

"하아……."

입에서 한숨이 절로 새어 나왔다.

어느덧 다시 찾아온 초여름의 날씨에 눈앞의 정원은 푸르게 물들어 있지만 어느새 자신의 입에 습관처럼 붙은 한숨은 다시 한 번 입술 사이로 흘러나왔다.

"어머. 이렇게 좋은 날씨에 한숨이라니 어울리지 않네요. 아마 하늘에 있는 해가 기분 상해할 거예요."

등 뒤에서 들려오는 목소리에 캐서린은 고개를 돌렸다. 역시 이 집안의 셋째 딸이라는 메이린이었다.

"안녕하세요, 아가씨."

캐서린은 웃음 띤 얼굴로 인사했다. 하지만 그 웃음의 깊숙한 곳에 자리한 어두운 기운은 쉽사리 사라지지 않았다.

메이린은 캐서린의 웃음에 생긋 웃어주고는 그녀를 지나쳐 테라스의 난간에 팔을 기댄 채 정원을 내려다보았다.

"벌써 일 년이네요."

메이린의 말에 캐서린은 흠칫했다.

그렇다.

벌써 일 년이 지난 것이다. 포르시아 공녀가 자신의 눈앞에서 납치되고 또 이니안을 따라 그의 집으로 들어온 지 벌써 일 년이라는 시간이 지나 있었다.

솔직히 무척이나 놀랐다.

이니안이 무언가 심상치 않은 내력을 지닌 인물이라고 생각은 했지만 설마 대륙제일의 검의 가문이라는 사이몬 공작 가의 아들일 거라고는 생각도 못했다.

"벌써 일 년이나 지났군요."

캐서린은 어두운 목소리로 중얼거렸다. 그녀의 목소리에 메이린이 빙글 몸을 돌리며 밝게 웃었다.

"자자, 얼굴 펴고 활기찬 목소리를 내요. 좀 전에도 말했지만 이렇게 화창한 날 그러고 있으면 이 좋은 날씨에 대한 실례예요."

손가락까지 까딱거리면서 말하는 메이린의 모습에 캐서린은 억지 웃음이라도 지으려 했지만 쉽지 않았다. 지난 일 년 내내 그랬다. 웃음 짓는다는 것이 어쩜 그리도 어려운 일인지…….

"에휴. 오늘도 실패인가?"

메이린이 한숨을 쉰다.

그녀는 캐서린이 이 저택에 들어온 이후 매일같이 찾아와 캐서린의 얼굴에 웃음을 만들어주려고 노력했으나 번번이 실패했다. 그녀의 노력으로 웃음을 찾아주기에는 캐서린의 가슴에 남은 상처가 너무 큰 탓이다.

"저, 파이어 경은 오늘도 그곳에 가셨나요?"

"그래요. 자신이 약해서 공녀님을 지키지 못했다면서 오늘도 우리 가문의 기사들이랑 열심히 대련 중이에요."

다프네도 이니안을 따라 이 저택으로 왔다. 그리고 미친 듯이 검을 휘둘렀다. 일 년 내내 보여준 그녀의 모습은 수련이라기보다는 차라리 혹사에 가까웠다. 그렇게 하지 않으면 견디지 못하는 것이다. 눈앞에서 포르시아가 납치되는 것을 지켜보기만 한 자신의 무력함을 말이다.

"휴우. 너무 걱정하지 말아요. 아직 아무 소식이 없잖아요. 이럴 때는 무소식이 희소식인 법이에요."

그렇다.

일 년 전 그날 이후 포르시아에 관해서는 아무런 소식이 없었다. 분명 일황자가 데리고 갔는데 결혼을 했다는 소식은 없었다. 마차에서 들기로 포르시아는 제국으로 돌아가면 곧 일황자와 결혼할 예정이라고 했는데도 말이다.

그게 이상했다. 그래서 걱정이 되는 것이다.

결혼할 예정인 일황자가 데려갔는데 결혼했다는 말이 없으니. 그리고 칸세르 공작 가에서도 아무런 반응이 없었다.

그것은 예상한 일이다.

칸세르 공작 가에서는 포르시아의 행적을 알 수가 없었으니 말이다. 포르시아와 연락을 취할 수단만 있는데 그녀가 연락이 없으니 가만히 있는 듯했다. 일황자 측에서 결혼을 하자는 의사를 타진하면 가문에서 호출이 있을 것이라 들었는데 가만히 있는 걸로 보아 아직 일황자는 결혼할 생각이 없는 듯했다.

'그런데 대체 왜 그런 식으로 데려간 것일까?'

메이린은 생각에 잠긴 캐서린을 보며 이니안이 돌아온 일 년 전의 그날을 떠올렸다.

그날 이니안은 주변의 모든 것을 부숴 버릴 듯한 기세를 풍기며 가문으로 돌아왔다.

이니안을 맞이한 것은 아버지였다.

사이몬 공작은 이니안이 저택의 정문에 이르기도 전에 먼저 문 앞으로 나가 있었다. 무언가 다가오는 기세를 느꼈다고 하면서 말이다. 그 기세의 주인공이 이니안이었다.

그리고 이니안은 아버지의 서재로 가서 긴 시간을 있었다. 서재에서 나온 직후 그는 저택의 지하 서고와 함께 있는 연무장으로 사라졌다. 그리고 오늘까지 소식이 없었다.

서재에서 이니안과 아버지가 무슨 이야기를 나누었는지 메이린은 몰랐다. 하지만 이니안이 왜 그렇게 화가 나서 들어왔는지는 이제 알았다.

이니안이 데려온 두 손님을 통해 대강의 이야기를 들을 수 있었던 것이다.

어쨌든 이니안과 함께 온 손님이었기에 대우는 극진했다. 원래 시녀였던 캐서린으로서는 무척이나 부담스러웠지만 이니안이 자신의 손님이라 한 이상 그에 걸맞은 대우를 해줘야 했다.

'그 덩치 큰 녀석도 말이지.'

케이로스는 사이몬 가의 정원 어딘가에 한가로이 엎드려 있을 것이다. 그가 이곳에 들어온 이후 하는 일은 정원 주변을 어슬렁거리거나 아니면 엎드려 자는 것이 전부였다.

잠시 동안 더 캐서린의 모습을 지켜보던 메이린이 테라스를 벗어나 저택 안으로 들어섰다.

오늘도 아무런 성과가 없었다.

*   *   *

쾅!

요란한 소리가 울린다.

소리를 낸 것은 탁자 위에 놓인 주먹이었다. 주먹 주인의 얼굴은 한눈에 봐도 무척이나 화가 난 것을 알 수 있었다.

"대체 이게 어찌 된 일이오? 벌써 일 년이오. 포르시아는 대체 어디로 사라졌단 말이오?"

분노한 칸세르 공작의 외침이 연속해서 고막을 자극한다.

하지만 시메티딘과 클레비클은 고개를 숙인 채 잠자코 있었다. 그야말로 증발하듯 사라졌다.

어찌 이런 일이 벌어질 것을 예상이나 했겠는가? 대체 누가 그렇게 감쪽같이 납치한 것일까? 사이몬 가의 소드 마스터가 곁에서 지키고 있는 포르시아를 말이다.

일 년 전 어느 날 갑자기 포르시아의 위치를 알려주던 마법 신호가 사라졌다. 포르시아가 몸에 지니고 있는 마법 통신용 구슬에서 발신되는 마법 신호가 완전히 사라진 것이다.

전에도 이런 적이 있었기에 일단은 한 달의 시간을 기다렸지만 여전히 신호는 다시 나타나지 않았다. 그때부터 은밀히 수색을 시작했지만 여전히 오리무중이었다.

게다가 호위를 하는 이들까지 감쪽같이 사라지지 않았던가.

"크으. 내가 너무 믿었어, 사이몬 가의 그 애송이를."

또 같은 말이다. 이제는 습관처럼 굳어진 상황의 전개다.

시메티딘과 클레비클도 그 사실을 알았기에 잠자코 고개를 숙이고 있었다. 이제 잠시 후 자신들의 무능력에 대해 화를 내며 나가라고 할 것이다.

"어쩜 이리도 능력이 없단 말이오! 대마법사가 두 분이나 되면서 말이오! 이만 나가보시오."

그 말이 떨어지자 두 사람은 미련없이 방을 나왔다.

이제는 거의 일상이 되어버렸기에 아무런 감흥도 없었다. 처음에는 자존심에 상처라도 받았으나 이제는 그런 것도 없었다.

'후우. 저하께서는 대체 어쩌시려고……'

시메티딘은 솔직히 그날 깜짝 놀랐었다.

자신이 온갖 수를 다 동원하고 비장의 한 수까지 던졌음에도 실패한 일을 카르발 황자는 너무도 쉽게 성공시킨 것이다.

잠에 빠져 있는 포르시아 공녀의 모습을 확인한 그는 어떠한 말도 하지 못했다. 그저 황자의 수완이 놀라울 따름이었다. 그 후 바실러스 백작이라는 마법사가 공녀의 곁에 눌러 있다시피 했다. 바로 클레비클이 걸어둔 대법을 해소하는 작업에 착수한 것이다.

그동안 포르시아 공녀는 내내 잠만 잤다. 살아가는 데 필요한 영양분은 마법으로 제조된 시약을 섭취함으로써 생명에는 지장이 없었지만 그녀는 그날 이후 아직까지 꿈속에서 살고 있었다.

일 년이라는 시간이 지났음에도 바실러스라는 자는 아무런 진전을 보이지 못하고 있었다.

그럼에도 카르발 황자는 인내심을 갖고 기다렸다.

그로서는 그럴 수밖에 없었다.

자신이 그토록 사랑하는 포르시아와 결혼하기 위해서는 우선 드래곤의 눈물이라는 것을 사용한 그 대법을 풀어야 했으니 말이다.

*   *   *

드르르릉.

거대한 석문이 움직이면서 요란한 소리를 울렸다. 문이 열린 곳에서 산발을 한 젊은이가 천천히 걸음을 옮겨 밖으로 나왔다. 이니안이었다.

일 년이라는 시간 동안 아무런 신경도 안 썼는지 산발을 한 머리칼과 제멋대로 자란 수염이 절로 인상을 찌푸리게 만들었다. 하지만 이니안은 그런 외모에는 신경도 안 쓴다는 듯 저택으로 향했다.

처음에는 시녀나 시종, 기사들이 그 모습을 보고 제지하려 했으나 이내 이니안의 모습을 알아보고 길을 비켜주었다.

저택에 들어온 이니안이 가장 먼저 한 것은 목욕이었다. 그리고 시녀에게 머리 손질을 맡긴 후 깨끗이 면도한 얼굴로 침대에 몸을 묻었다. 그후 그는 딱 하루 동안 잠에 빠져들었다.

이니안은 눈을 뜨자 익숙한 얼굴들이 자신을 둘러싸고 있음을 볼 수 있었다.

아버지, 형, 그리고 세 누나. 모두들 의문이 가득한 얼굴로 자신을 내려다보고 있었다. 그 곁에는 캐서린과 다프네도 있었다.

"그래, 원하던 것은 얻었느냐?"

"절반 정도 얻었습니다."

침대에서 몸을 일으키며 이니안이 말했다.

"그럼 이제 가려는 게냐?"

"그래야지요. 일 년 전 그렇게 마음먹고 집에 돌아왔으니까요."

이니안의 대답에 사이몬 공작은 고개를 끄덕였다.

"네가 연무장에서 나왔다는 소식을 듣고 그럴 거라 생각했다. 준비는 모두 해두었다. 다녀오너라."

그 말을 남긴 사이몬 공작은 몸을 일으켜 이니안의 침실에서 나갔다.

"그게 무슨 말이죠? 가다니요?"

다프네가 이니안을 향해 물었다.

“그거야 당연한 일이지요. 아직 계약 기간은 끝나지 않았습니다. 당연히 제가 지켜야 할 의뢰인을 찾으로 가야지요. 설사 제 실수로 납치를 당하게 내버려 뒀다 하더라도 말이지요.”

이니안이 침대 앞으로 발을 디디면 대답했다. 그의 얼굴에는 단호한 결심이 어려 있었다. 분명 이니안의 계약 기간은 이 년이었다. 아직은 그 시일이 조금 남아 있었다.

“같이 가요.”

이니안의 말이 끝나자마자 다프네의 입에서 그 말이 튀어나왔다. 당연하다면 당연한 반응이다.

하지만 이니안은 고개를 가로저었다.

“저 혼자 갑니다.”

“왜, 왜죠?”

이니안의 대답에 다프네는 더듬거리는 말로 물었다.

“방해가 되니까요.”

이니안의 대답은 가차없었다.

하기 힘든 말을 이니안은 너무나 간단히, 그리고 단호하게 자르듯 했다. 그의 말에 다프네의 몸이 파르르 떨린다.

“무… 무슨……”

그녀는 분노하고 있었다.

그런 다프네의 모습을 보는 이니안의 마음도 편한 것은 아니었다. 하지만 이렇게 확실하게 말을 해놔야 떼어내기 쉽다. 미적지근 태도를 보이면 정말로 귀찮아질 수 있었다.

“무슨 말을 그렇게 하는 거죠? 나도 지난 일 년간 미친 듯이 수련했다고요!”

그녀의 발악과도 같은 외침에 세 자매는 고개를 끄덕였다. 그렇다. 그것은 그야말로 미친 듯한 모습이었다. 특히나 다프네의 수련을 직접 봐 주기도 했던 로레인이 가장 잘 알았다.

그녀의 외침에 이니안의 시선이 그녀를 향했다. 심유한 눈빛이다.

"그렇다면 허리에 매인 검을 뽑아봐요. 그러면 데리고 가지요."

이니안이 담담하게 말했다. 그 말과 동시에 다프네의 오른손이 왼쪽 허리에 있는 검병으로 뻗어갔다.

그러나 그뿐이다.

검병을 꼭 움켜쥐는 것까지는 순조로웠지만 도무지 검을 뽑지 못했다. 아니, 정확히는 옴짝달싹도 하지 못했다. 모두 이니안이 그녀에게 쏘아 보내는 사나운 기세 덕이었다. 그 기세 속에 휘말린 다프네는 온몸에서 식은땀을 흘릴 뿐, 어떠한 대응도 하지 못했다.

분했다.

억울했다.

하지만 이것이 현실이다. 사실 일 년 전에도 이니안이 마음만 먹는다 면 자신은 검도 뽑지 못할 실력 차였다. 자신이 일 년간 미친 듯이 수련 한 만큼 이니안도 지하에 숨어서 실력을 갈고닦았을 것이다.

그도 그날 자신만큼이나 분했을 테니까.

인정해야 했다. 그런 대단한 실력을 가진 이니안도 일 년이나 다시 자 신의 실력을 갈고닦았다. 그런데 알량한 실력을 믿고 자신이 따라나선다 면 분명 방해가 될 것이다. 잔인하게 가슴을 후벼 파는 말이지만 분명 사 실이다.

지금은 물러서서 기다려야 할 때이다.

"알겠어요."

다프네의 입에서 항복 선언이 떨어지는 순간 그녀의 주위에서 휘몰아 치고 있던 사나운 기세는 씻은 듯 사라졌다.

'후우. 이제는 도저히 상대가 안 되겠는걸.'

그 모습을 지켜보고 있던 로레인은 아무도 모르게 작게 한숨을 쉬었다. 지난 일 년 사이 그녀의 귀여운 막내 동생은 정말 괴물같이 강해져 있었다.

침대에서 내려온 이니안은 자신의 드레스 룸으로 들어갔다. 이미 그곳에는 아버지가 준비해 놓은 기사의 정복이 있었다. 격식있는 디자인이면서 또한 검을 휘두르는 것과 같은 격렬한 움직임도 부드럽게 소화해 낼 실용적인 디자인이기도 했다.

정복의 왼쪽 가슴에는 사이몬 공작 가의 문장인 붉은 불사조 피닉스가 빛을 발하고 있었다.

이니안은 모든 옷을 갖춰 입고 마지막으로 허리에 검을 찼다. 빛의 일족의 마을에서 새로이 손을 본 바로 그 검이다.

"그럼 갔다 올게."

이니안은 그 한마디를 남기고 성큼성큼 자신의 방을 벗어났다. 방 안에 남은 여섯 사람은 그의 뒷모습을 볼 뿐이다.

"후우. 정말 강해졌는걸. 이제는 나도 감당할 자신이 없어."

이니안의 모습이 완전히 사라지자 이슈데인이 질렸다는 듯 말했다. 조금 전의 기세에서 그는 동생이 자신을 뛰어넘었음을 분명히 느꼈다.

'녀석, 이제야 그 재능을 제대로 꽃피우는구나. 그래, 너는 나와는 비교도 안 되는 천재야. 단지 그 재능을 꽃피우지 못하고 있었을 뿐이다.'

동생이 사라진 곳을 바라보는 이슈데인의 입가에는 한줄기 미소가 걸려 있었다.

*　　　　*　　　　*

"일 년 반 사이에 머리가 많이 길었구나, 페르마타."

카르세온 백작은 수련을 마치고 나온 아들을 대견한 얼굴로 바라보고 있었다. 그는 자신의 아들이 얼마나 많은 성취를 얻었는지 직감적으로 느낄 수 있었다. 자신을 바라보는 아들의 눈빛이 그것을 말해주고 있었다.

"신경을 못 썼습니다."

아들의 대답에 카르세온 백작은 고개를 끄덕였다.

"그래, 그간 수련한다고 고생이 많았을 테니 오늘은 푹 쉬도록 하거라."

"네. 그럼."

아버지의 말에 페르마타는 고개를 숙여 보이고 자신의 방으로 향했다. 따뜻한 물에 온몸을 담근 목욕과 푹신한 침대에서의 잠이 무척이나 간절했다. 지난 시간 동안의 수련은 그에게 그 정도로 가혹한 것이었다.

"뭐, 꼭 지금 말할 필요는 없겠지."

흐뭇한 얼굴로 아들의 뒷모습을 바라보던 카르세온 백작은 작은 소리로 중얼거렸다.

오랜만에 보는 햇살은 눈부셨다. 아데노마는 갑자기 눈에 쏟아져 들어온 빛에 인상을 찡그렸다. 길다면 길고 짧다면 짧은 시간이다.

그동안 얻은 성취를 생각한다면 결코 짧은 시간은 아닐 것이다.

이제는 카르세온을 꺾을 자신이 생겼으니 말이다.

카르세온 역시 일황자로부터 고대의 검법서를 얻었을 테지만 자신 역시 얻었다. 그리고 정말로 피나는 수련을 했다. 먹는 시간도 잠자는 시간도 아껴가면서 말이다.

그래서일까?

얼굴이 일 년여 전에 비해 조금 더 야위어 있었다.

"기다려라, 카르세온."

아데노마의 두 눈이 승부욕으로 불타올랐다.

"일단, 그전에 조금 쉬어야겠군."

그 역시 지금은 수련에 지친 몸을 쉬게 하고 싶었다. 연무장에서의 지난 시간은 고행의 연속이었기에 몸이 지칠 대로 지쳐 있었다.

*　　　*　　　*

이니안은 천천히 정원을 가로질러 저택의 정문을 벗어났다. 누구 하나 그런 그의 모습에 의문을 표하지 않았다. 일 년 전 불쑥 나타났을 때는 무척이나 놀랐지만 일 년 동안 두문불출하고 수련에 매진했다는 소문은 들은 터다. 일 년이란 긴 시간 동안 연무장에서 수련만 했다면 좀이 쑤실 터, 그렇지 않아도 슬슬 바깥으로 나갈 것이라고 가신들은 생각하던 차였다.

몇몇은 이니안이 처음 외출하는 날짜를 가지고 내기까지 하기도 했다.

[마스터.]

저택의 정문을 벗어나는 찰나, 담장에서 케이로스가 이니안을 바라보고 있었다.

"따라가고 싶어?"

[솔직한 심정으로는 그렇습니다.]

케이로스의 대답에 이니안은 잠시 생각에 잠겼다. 그리고 이윽고 고개를 끄덕였다.

"하긴, 너를 무척이나 좋아했으니까. 같이 가면 좋아할지도 모르겠군."

허락이다.

이니안의 그 말이 떨어지기 무섭게 케이로스는 훌쩍 뛰어올라 너무도 가볍게 공작 가의 담장을 넘었다. 그 모습에 이니안은 빙그레 웃으며 케이로스의 목덜미를 쓰다듬어 주었다.

케이로스를 옆에 데리고 얼마나 걸었을까?

"이니안 형!"

익숙한 목소리와 낯익은 두 얼굴이 보였다. 파르미안과 마일론이었다.

"돌아오셨다는 소식에 매일같이 이곳에서 기다렸어요."

마일론의 말에 이니안은 미소 지었다. 매일같이 기다렸다니 절대 쉬운 일이 아니다. 자신이 돌아왔다는 이야기를 들은 것은 어림잡아도 일 년 전. 그렇다면 일 년 동안 매일같이 자신의 집 앞에 나왔다는 말 아닌가.

"미안하다."

이니안은 짤막하게 말했다. 그 이상의 말은 필요없을 것이다.

"괜찮아요. 우리가 좋아서 그런 것인데요, 뭘."

두 사람은 이니안에게 할 말이 많은 듯했다. 하지만 그 이야기를 나눌 시간이 없을 듯했다. 이니안은 그것이 못내 아쉬웠다.

마일론은 대번에 그런 이니안의 기색을 알아차렸다.

"우린 일 년쯤 전에 그곳에 한 번 더 갔었어요."

마일론의 말에 이니안의 눈에 이채가 스쳤다. 그날 그곳에 남아 있던 사람의 흔적은 이 둘의 것이었던 것이다.

"그날 그곳에 있었던 우리라면 무언가 알아낼 수 있을 거라 생각하고 갔었지만… 아무것도 알아낼 수가 없었어요. 깨끗해도 너무 깨끗했어요."

마일론의 목소리에는 자괴감이 어려 있었다.

"기껏 파르미안이 기사의 작위를 얻었는데도 말이죠. 나 자신이 그렇게 한심하게 느껴지기는 처음이에요."

이니안은 조용히 마일론의 어깨에 손을 올렸다.

"나도 그곳에 들렀다 왔다. 너희가 떠나고 얼마 되지 않았을 때일 거야, 아마."

이니안의 말에 두 사람의 눈이 커졌다. 설마 그랬을 줄은 생각도 못한 것이다.

"나 역시 아무것도 발견하지 못했어. 그곳은 너무 깨끗했지. 보통 사람이라면 절대 아무 단서도 못 얻어. 보통 사람이라면 말이야. 사람을 뛰어넘는 어떤 능력을 지니고 있다면 모르지만……."

마일론은 이니안의 그 말에서 무언가를 느꼈다. 아니, 확신했다. 이니안은 그곳에 다시 가서 그날의 일에 대한 어떠한 단서를 얻었다. 인간의 한계를 뛰어넘는 어떤 능력을 사용해서 말이다.

"이니안 형……."

마일론이 이니안의 두 눈을 바라보았다. 마일론의 시선에 이니안은 미소 지었다.

"너, 나 믿을 수 있지?"

"네."

이니안의 물음에 마일론은 고개를 끄덕이며 대답했다. 그의 목소리에는 믿음이 가득했다. 그것은 파르미안 역시 마찬가지였다.

"그렇다면 기다려라. 다녀와서 모두 말해주마. 그날 일의 매듭을 짓고 말이야."

두 사람과 나눌 이야기는 산더미보다도 컸다. 하지만 지금은 때가 아니었다.

이니안은 마일론의 어깨를 가볍게 두드린 후 파르미안의 어깨도 가볍게 두드려 주었다. 그리고 걸음을 옮겼다. 뒤는 돌아보지 않았다. 그저 시가지의 공간 이동 마법진을 이용하러 가는 걸음을 빨리했을 뿐이다.

마일론과 파르미안은 그런 이니안의 뒷모습을 가만히 쳐다보았다. 듬직하면서도 믿음이 가는 참으로 넓은 등이다.

"이니안 형, 믿어요. 꼭 모든 결말을 내고 오리라는 것을요. 기다리겠습니다."

마일론의 눈이 붉게 물들었다.

그는 자신이 왜 그러는지 몰랐다. 하지만 눈이 붉게 물들었다. 그것은 파르미안도 마찬가지였다.

두 사람은 느낄 수 있었다. 그날 이후 한시도 마음이 편치 못했던 사건. 지금 떠나는 이니안이 돌아올 때는 그 사건에 대한 모든 짐을 내려놓을 수 있을 것이라는 것을.

그랬기에 두 사람의 눈이 붉게 물드는 것이리라.

오랜만에 걷는 이니안의 눈에 들어온 사우론의 시가지는 새로운 느낌이었다. 일 년 전 가문으로 돌아오는 날도 걸었던 길이지만 그때는 아무것도 보이지 않았다. 아니, 정확히는 주변을 둘러볼 여유가 없었다.

눈앞에서 포르시아가 납치당하는 모습을 지켜보기만 했던 무력함에 대한 분노로 말이다.

일 년이란 시간이 이니안에게 여유를 준 것일까? 이제는 자신이 떠나 있는 동안 변해 버린 왕도의 모습을 감상할 수 있었다.

이니안은 익숙한 길을 따라 걸어갔다. 길과 건물들은 거의 그대로였다. 단지 건물에 들어가 있는 가게의 상호나 간판, 그리고 업종이 제법 바뀌어 있을 뿐이다.

그것도 이니안에게는 새로웠다.

이니안이 걸어감에 따라 주변 사람들이 그를 힐끔힐끔 쳐다보았다. 그럴 수밖에 없었다. 이니안의 곁을 걷고 있는 커다란 늑대를 보고 무심할 수 있는 사람이 어디 있겠는가?

얼마나 걸었을까?

일단의 무리들이 이니안을 향해 달려왔다. 수도 경비대였다. 아마도 누군가가 케이로스의 모습에 신고를 한 것이리라.

"멈추시오."

다섯 사람을 이끌고 온 기사로 보이는 인물이 이니안의 앞으로 나서며 말했다.

"무슨 일이십니까?"

"왕도 안에서 이렇게 위험한 맹수를 데리고 다니다니, 제정신입니까? 만약 날뛰기라도 하면 어쩌려고 그러십니까? 목줄도 없다니요."

그러고 보니 일 년 전 그날은 어떻게 집까지 갔는지 모르겠다. 겨우 이 정도 걸었는데 수도 경비대가 달려올 정도로 치안이 확실한 곳이 사우론이다. 그날도 역시 케이로스를 데리고 들어갔는데 이렇게 제지를 받은 기억은 없었다.

사실 그날은 이니안과 다프네가 사방에 뿜어대는 살기가 워낙 매서웠기에 누구도 감히 신고할 생각도 하지 못했었다. 이니안은 그날의 자신의 모습이 얼마나 공포스러웠는지 전혀 알지 못했다. 그때 그는 자신에 대한 분노, 오직 그 하나만을 생각했기에.

"괜찮습니다. 이 녀석은 얌전해서요. 지금도 보십시오. 입도 벌리지 않고 있지 않습니까?"

이니안이 따뜻한 시선으로 케이로스를 바라보았다. 하나 그것은 어디까지나 이니안만의 생각일 뿐이다. 케이로스를 바라보는 수도 경비대의 병사들은 케이로스의 무시무시한 눈에 오금이 저릴 정도였다.

"그거야 주인 된 입장에서는 그럴지 모르나 다른 사람들의 시선도 생각하셔야지요."

수도 경비대의 조장으로 보이는 기사가 시종일관 예의에서 어긋나지 않는 자세로 이야기했다. 이니안은 그 모습이 무척 마음에 들었다. 자신이 지금 사우론에 있다는 사실이 실감났기 때문이다.

어쨌든 그의 고향 아니던가. 곧 떠나야 하지만 그래도 오랜만에 고향에 돌아왔다는 사실을 이니안은 수도 경비대의 조장으로부터 느끼고 있었다. 그랬기에 기분도 좋았다.

이니안은 미소를 지었다.

"제가 보장하지요. 이 녀석이 어떤 사고도 치지 않는다는걸요. 그리고 만일 사고를 일으킨다면 나의 명예를 걸고 책임지겠습니다."

이니안은 당당하게 말했다.

"하지만……."

조장이 무어라 말을 하려는 찰나 이니안은 손을 들어 자신의 왼쪽 가슴을 가리켰다.

찬란히 빛나고 있는 붉은 불사조 피닉스의 문장. 그것이 조장의 눈에 들어왔다.

"헉!"

그것을 보자마자 그의 입에서 나온 소리다.

왜 자신이 지금까지 저 문장을 알아차리지 못했는지 신기할 뿐이다. 어쩌면 왕가의 문장보다도 더 경외의 대상이 되고 있을지도 모르는 문장이다.

대륙제일의 검가 사이몬 공작 가의 문장.

그것도 직계 가족만이 가진다는 붉은 문장. 그렇다면 눈앞의 이는 분명 사이몬이라는 성을 가졌으리라.

"몰, 몰라뵈서 죄송합니다."

경비대 조장의 허리가 직각으로 꺾였다. 그 뒤의 병사들 역시 마찬가

지다. 그들도 이니안의 손을 따라 그의 문장을 확인한 터다.

"사, 사이몬 자작님이시라면 당연히 믿을 수 있습니다. 가시던 길을 방해해서 대단히 죄송합니다."

그는 떠듬거리는 목소리로 말했다.

"자작?"

처음 듣는 이야기다. 자작이라면 형인 이슈데인이 아닌가?

"아, 저는 이니안이라고 합니다."

형과 착각했다는 생각에 이니안은 자신의 이름을 이야기했다.

"네, 알고 있습니다. 이니안 케이 사이몬 자작님."

이니안이 돌아오고 수련을 위해 지하 연무장으로 들어간 이후 사이몬 공작이 손을 쓴 것이다.

공작 가의 아들이라면 당연히 받을 수 있는 작위가 자작이었다. 물론 영지는 없는 작위다. 성년이 되면 받을 수 있는 작위지만 이니안이 집을 뛰쳐나가는 바람에 지금까지 내리지 못하던 작위이기도 했다.

본래 국왕 앞에 나가서 받아야 할 작위이지만 이번만은 특별히 사이몬 공작의 힘으로 그 절차를 생략했다. 사이몬 공작이 태어나서 처음으로 국왕에게 부탁이란 것을 한 것이 이니안의 작위 문제였다. 물론 국왕은 허허 웃으며 그의 부탁을 들어주었다.

지금까지 자신이 작위를 얻었다는 사실을 모르고 있다가 뜻밖의 일로 이니안은 그 사실을 알았다.

지금으로부터 10개월쯤 전에 왕의 명으로 그에게 작위가 내려졌다 한다. 수도 경비대는 이니안에게 그 이야기를 해준 후 인사를 하고 다른 곳으로 사라졌다. 그들의 얼굴에는 사이몬 가의 사람을 만났다는 기쁨이 가득했다.

"흐음. 자작이라… 뭐, 나쁘지는 않지. 작위라는 것은 또 다른 힘이니까.”

용병 생활을 하면서 귀족의 힘이 어떤 것인지를 온몸으로 체험했다. 공작 가의 아들로만 있었다면 너무나 당연한 것이기에 모르고 지나쳤던 것들. 그것을 이니안은 집을 나간 후 깨달았다.

이니안은 다시 자신이 알고 있는 길을 따라 걸음을 옮겼다. 일단 제국으로 가야 한다.

제국의 황자가 포르시아를 데려갔다고 하니 그를 만나야 했다. 그렇다면 지금까지 묘연한 포르시아의 행방에 대한 단서를 얻을 수 있을 것이다.

“아니, 어쩌면 일황자가 데리고 있는지도 모르지. 후후.”

보통 사람이라면 제국의 황자를 만난다는 것은 꿈도 꾸지 못한다. 왕국의 고위 귀족이라 하더라도 무척이나 힘든 일이다. 하지만 이니안이라면 가능했다.

왼쪽 가슴에 달린 붉은 불사조 피닉스의 문장과 자신이 가진 자작의 작위면 충분했다.

오래지 않아 이니안은 작은 탑에 도착했다. 공간 이동 마법을 이용해 대륙의 각 지점으로 이동할 수 있는 곳이다. 마법사 협회에서 운영하는 곳으로 마법사 협회에 상당한 수익을 안겨주는 사업이었다.

“어디로 가시겠습니까?”

탑 안으로 들어가자 작은 안내대가 있었고 그곳에 로브를 입고 앉아 있는 젊은 마법사로 보이는 여인이 웃으며 물었다.

“미오나인입니다.”

“제도 말씀이십니까?”

“네.”

이니안은 짧게 대답했다.

"흐음. 상당히 멀리 가시네요. 그곳까지라면 요금이 상당합니다만… 게다가……."

그녀의 시선이 이니안 뒤의 케이로스에게로 향했다. 거대한 덩치의 늑대를 보고 있음에도 그녀의 얼굴에는 동요하는 기색은 없었다. 대신 난감함이 어려 있었다.

"함께 가시려는 거죠?"

"네."

이니안은 그녀가 말하는 것이 케이로스라는 것을 알아차리고 대답했다.

"조금 곤란한데요. 저 늑대 정도의 덩치면 보통 사람 다섯은 이동시킬 정도라서요. 아니, 다섯보다도 더 많을 듯하네요."

당연한 말이지만 공간 이동은 사람 수가 많을수록, 거리가 멀수록 힘들어진다. 그에 따라 요금도 올라가는 것은 너무나 뻔한 사실이다.

"요금이 얼마 정도지요?"

이니안은 여전히 담담한 얼굴로 물었다.

"어디, 사우론에서 미오나인까지라… 거기에 인원은 여섯? 일곱?"

요금을 계산하는 그녀의 얼굴에 난감함이 어렸다.

계산을 하던 도중에 고개를 들고 이니안을 보았다.

"죄송하지만 저 늑대의 무게를 달아도 될까요? 무게를 알아야 요금이 나올 것 같네요."

"알겠습니다."

이니안은 순순히 허락했다. 그러자 그녀는 곧 무슨 주문을 외우더니 케이로스를 향해 손을 뻗었다. 곧 케이로스의 몸은 빛에 휩싸였다가 원래대로 돌아왔다.

"으음. 열두 사람 분이네요. 엄청나네요."

말을 하는 그녀도 놀란 듯했다.

"그럼… 열세 사람이 미오나인까지라… 휴우. 엄청난데요. 우리 탑 개설 이래 최고 요금이에요."

그녀의 시선이 이니안을 향했다.

"얼마죠?"

"으음. 4,320골드입니다."

잠시 머뭇거리던 그녀는 짧게 대답했다. 이럴 때는 오히려 길게 말하는 것이 안 좋은 인상을 줄 수 있다는 것을 잘 알고 있었다.

4,320골드.

엄청난 금액이다.

보통의 사 인 가족 한 달 생활비가 10골드다. 무려 천팔백 명에 가까운 사람이 한 달을 살 수 있는 돈이라는 소리다.

"생각보다 비싸군요."

이니안의 말에 안내대에 앉은 그녀는 얼굴이 붉어질 뿐 아무런 대답도 하지 않았다. 그녀의 일은 이곳에서 적절한 요금을 받고 고객을 이동 마법진으로 안내하는 것이 전부였기 때문이다. 하지만 늑대 한 마리에 사람 한 명이 이동하는 데 4,320골드라는 거금이 든다는 것은 그녀로서도 조금은 납득하기 힘든 사실이었다. 하지만 규정이 그런 것을 어찌하겠는가.

"여기 있습니다. 이 정도면 4,500골드는 나올 겁니다."

이니안은 품에서 주먹만 한 보석을 꺼내 내밀었다. 물론 칼의 레어에서 가지고 나온 보석이었다.

"저리로 가면 되나요?"

"네, 네."

보석에 넋을 잃은 그녀는 이니안이 알아서 이동 마법진을 향해 가는 것을 그저 멍하니 바라보았다.

"아, 참. 손님, 거스름 돈은……."

"필요없습니다."

채 말을 다 마치기도 전에 이니안이 대답했다. 이미 그와 늑대의 모습은 그곳에서 사라지고 없었다.

이니안은 케이로스와 함께 이동 마법진을 통해 미오나인 근처의 도시로 이동할 수 있었다.

보통 왕도나 제도에서 밖으로 공간 이동을 하는 것은 허락이 되었지만 안으로 공간 이동을 하는 것은 엄격한 제한이 걸려 있다. 무척 복잡한 절차를 거쳐 허가를 받지 않으면 불가능했다. 물론 일부 예외도 존재했지만 그것은 왕족이나 황족에게만 해당하는 사항이다.

"확실히 빠르군."

공간 이동을 해서 도착한 탑 밖으로 나온 이니안이 담담히 중얼거렸다. 그 먼 거리를 움직여서 미오나인에서 뉴레이안 산맥 너머까지 도착했었는데 마법을 사용하니 순식간이었다.

물론 엄청난 거금이 들었지만 말이다.

"그럼, 이제 황자 저하를 만나러 가보실까?"

이니안은 케이로스를 데리고 제도 미오나인을 향해 걸음을 옮겼다.

암흑이다.

사방이 아무것도 보이지 않는 암흑으로 휩싸여 있다. 끝이 어디인지도 알 수 없는 넓은 공간. 그리고 그 공간 전체를 뒤덮고 있는 어둠.

그 속에 세 개의 빛이 있었다.

작은 빛 하나와 조금 큰 빛 둘.

그 셋은 서로를 둘러보며 작은 원을 만들고 있었다.

똑같이 생긴 여인 둘과 앙증맞은 외모의 귀여운 어린 소녀 한 명. 셋은 서로를 보며 이야기를 나누고 있다.

서로가 가진 기억들에 대한 대화.

셋 모두 하나로 같은 존재이되 또한 서로 다른 존재.

포르시아는 이 어둠 속에서 로즈라는 인물을 알게 되었다. 또한 포르시아 라온 메이지아라는 꼬마 숙녀도 알게 되었다. 그리고 그 둘 또한 자신의 일부임도 알게 되었다.

포르시아는 혼란스러웠다.

왜 자기가 셋으로 나뉘어 있는지, 왜 이런 어둠 속에 이렇게 있어야 하는지 알 수가 없었다.

도대체 자신에게 무슨 일이 벌어지고 있는지 두려웠다. 무서웠다. 그리고 단 하나의 얼굴만이 떠올랐다.

항상 웃음 띤 얼굴로 자신을 바라봐 주던 인물.

"이니안……."

포르시아는 작게 중얼거렸다. 아무도 없는 공간이다.

오직 자신만이 존재하는 공간. 이곳에서는 이니안의 이름을 부르는 데 거리낌이 없었다. 세이버 경이 아닌 이니안이다.

"설마 사이몬 가의 인물이었을 줄은……."

로즈에게서 그가 사이몬 가의 인물이라는 사실을 알았다. 그리고 로즈는 그를 오빠라 불렀다는 사실도 들었다.

"당신은 저를 찾아온 것이 아니라 로즈를 찾아온 것인가요?"

조금은 서글펐다.

자신이 그에게 느낀 무수한 감정들이 왠지 초라해 보였다. 그는 자신을 보되 자신을 보지 않았다는 것을 깨달았기에. 그가 포르시아를 보는 것이 아니라 로즈를 보고 있다는 사실을 이곳에서 알게 되자 왜 그렇게 서글픈 걸까?

이곳은 그녀에게는 익숙했다.

언젠가 갑자기 들어왔다가 로즈가 나타나면서 떠나게 된 공간.

사실은 잊고 있었다.

자신이 이곳을 떠날 때 남은 둘을 반드시 기억해 내겠다고 한 것도 생각이 났다. 우스웠다. 그런데 자신은 다시 이곳에 들어올 때까지 완전히 이들의 존재를 잊고 있지 않았던가.

"포르시아, 괜찮아. 우리는 반드시 다시 하나가 될 수 있을 거야. 그리고 왜 우리에게, 아니, 나에게 이런 일이 일어났는지 알 수 있을 거야."

로즈가 포르시아의 어깨를 감싸 안으며 말했다. 포르시아가 시선을 들어 그녀를 본다. 웃고 있었다.

믿음직스러웠다.

같은 자신인데 자신과는 어쩜 이다지도 다를까. 로즈가 부러웠다. 자신이 자신에게 부러움을 느끼다니 우스웠다.

로즈는 그런 포르시아의 감정을 느낀 것일까? 다시 한 번 부드러운 미소를 지어주었다.

"나도 너에게 부러운 것들이 많아. 후훗. 우습지? 우리는 같은 나인데 서로에게 부러움을 느끼다니. 너도 나도 자신 안에 있는 미처 발견하지 못한 그런 잠재성을 가진 거야. 그것이 인격이 나뉘면서 드러난 거고. 우리가 다시 하나가 되면 모두 하나가 될 거야. 내가 너를 부러워하는 것이나 네가 나를 부러워하는 것이나 말이지."

"나도."

로즈가 그렇게 말하자 꼬마 포르시아가 두 사람의 품에 안겨든다.

"그래, 포르도 분명 우리와 하나가 되는 거야."

꼬마 포르시아를 두 사람은 포르시아와 구분하기 위해 포르라 부르고 있었다.

"그런데 얼마나 됐을까? 내가 이곳에 들어온 지."

"글쎄, 이곳은 시간의 흐름을 알 수 없는 곳이니까."

"그래도 이번에는 무척 시간이 많이 흐른 것 같아. 전에는 우리 셋이 만났을 때 아주 잠깐 같이 있었을 뿐이잖아."

포르시아의 말에 로즈가 고개를 끄덕였다.

두 사람의 시선은 동시에 포르를 향했다.

사실 이곳에 가장 오래 있었던 것은 포르였다. 포르로부터 포르시아가 갈라져 나왔고 다시 그녀로부터 로즈가 갈라져 나왔다.

따지고 보면 포르시아가 이곳에 있었던 시간은 반년 남짓이었다. 로즈 역시 반년 남짓 이곳에 있었다. 물론 두 사람은 그 사실을 알 리 없지만 말이다.

그리고 일 년이라는 시간을 지금은 셋이서 함께 보내고 있다. 셋은 그 시간의 흐름을 모른 채 서로에 대해 알아갔다. 그것은 곧 자신 스스로에 대한 이해였다.

"왜 우리 중 누구도 밖으로 나갈 수 없는 걸까? 대체 어떻게 되는 거지? 설마 또 다른 나가 생긴 걸까?"

포르시아는 고개를 숙이고서는 작은 소리로 중얼거렸다.

"괜찮아. 나갈 수 있을 거야. 이번에 나갈 때는 왠지 우리 모두 함께 나갈 것 같아. 난 그런 예감이 들어."

로즈의 말에 포르시아가 그녀를 쳐다본다. 그리곤 웃었다.

그녀도 이번에는 반드시 그렇게 되었으면 하고 바랐다.

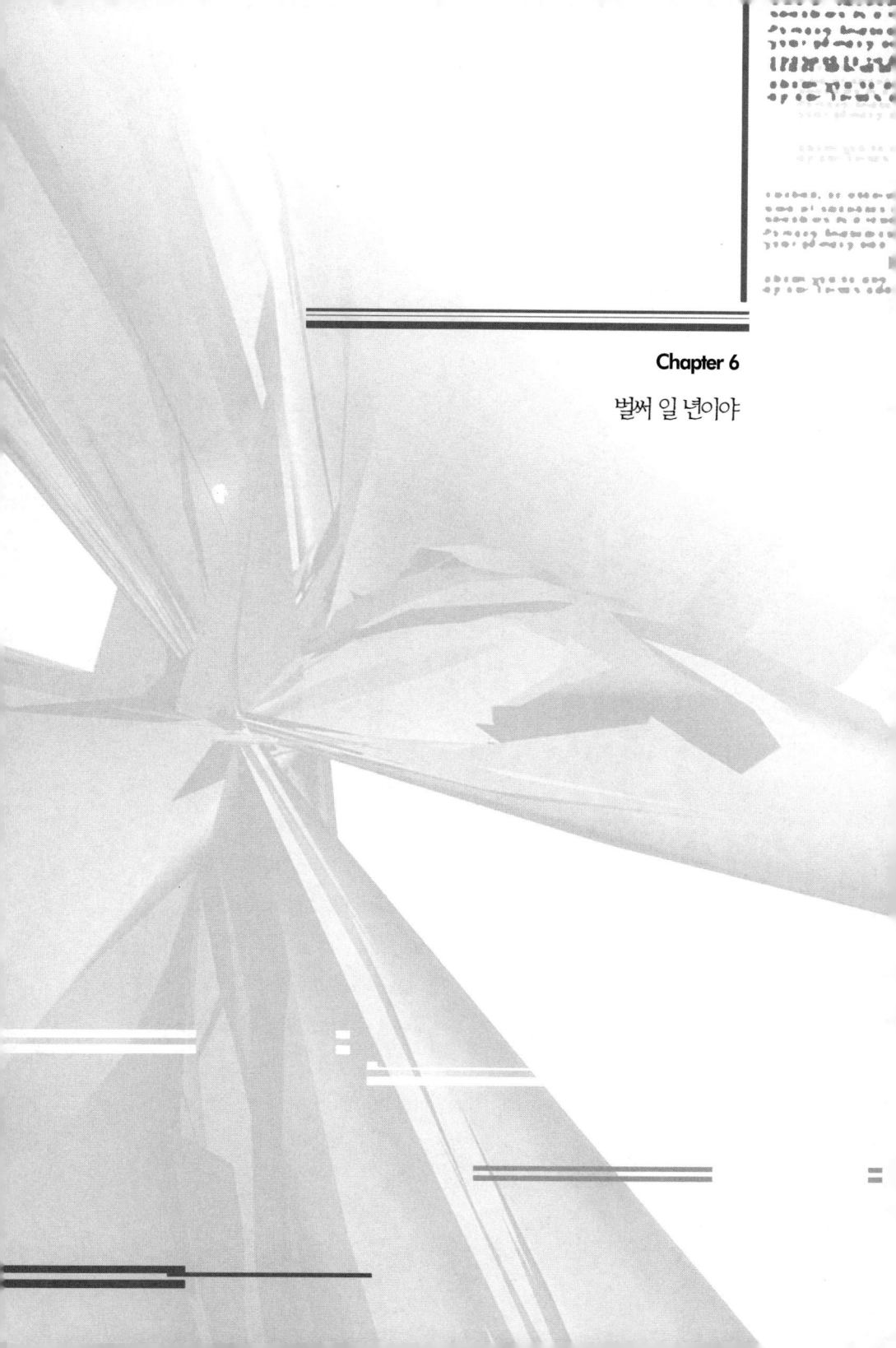

Chapter 6

벌써 일 년이야

벌써 일 년이야

세상 모든 것을 압도하겠다는 위엄이 풍겨져 나온다. 과연 제도의 중심이자 황제의 거처인 황궁다운 모습이었다.

이니안은 곁에 케이로스를 대동하고는 물끄러미 황궁의 정면에 서 있었다. 황궁 앞을 지나는 이들은 수상하다는 얼굴로 이니안을 힐끗거렸다. 목줄이 매어져 있기는 했지만 늑대가 보여주는 그 위압감이란 엄청난 것이다.

사실 칸세르 공작 가의 기사라는 것으로 이니안은 케이로스를 쉽게 제도에 데리고 들어올 수 있었다. 지난번에 한 번 데리고 온 전력 덕이다. 그러나 이번에는 목줄을 매야 했다.

다른 곳으로 향하는 것도 아니고 황궁으로 향하는 것이기에 조심할 필요가 있었던 것이다.

이니안은 황궁의 앞에 이르러서야 주머니에 넣었던 가문의 문장을 꺼내 왼쪽 가슴에 달았다. 미오나인에 들어올 때의 신분은 이니안 세이버

였지만 지금부터는 이니안 케이 사이몬이다.

천천히 황궁 정문의 경비병을 향해 다가갔다. 그의 얼굴에는 경계의 표정이 어렸다. 그야 당연한 일이다. 거대한 늑대를 맨 줄을 잡고 황궁의 정문으로 다가온다면 어느 누가 경계하지 않겠는가.

"이니안 케이 사이몬 자작이라 합니다. 일황자 저하를 뵙고 싶어 찾아왔습니다만."

경비병은 눈앞의 인물이 하는 말을 듣고 피식 웃었다. 미친놈이었다. 황궁의 정문으로 와서는 대뜸 일황자 저하를 뵙고 싶다니 정신이 나가지 않고서야 할 수 있는 행동이 아니었다.

경비병의 눈이 이니안을 위아래로 찬찬히 살피고 지나간다. 그로서는 이 미친놈의 인상착의를 제대로 기억해 두려는 것이다. 그래야 다음번에 또 찾아오면 두말 않고 바로 쫓아낼 수 있으니 말이다.

그런 그의 눈이 한 부분에 딱 멈췄다.

그리고 그는 몸을 떨기 시작했다. 그가 보고 있는 것은 미친놈의 왼쪽 가슴에 달린 문장이었다. 하늘을 향해 날아오르는 붉은 불사조 피닉스의 문장.

그제야 그는 눈앞의 사내가 자신의 신분을 밝힐 때 한 말을 떠올릴 수 있었다.

'이니안 케이 사이몬 자작이라고 했어, 분명. 세상에! 그 사이몬 가의… 내가 미쳤지.'

비로소 경비병은 자신이 엄청난 착각에 빠져 어쩌면 자신의 목을 날릴 수도 있는 실수를 할 뻔했다는 것을 깨달았다. 그리고 상대를 한 번 찬찬히 살핀 자신의 두 눈에 무한한 고마움을 느꼈다. 그러지 않았다면 자신이 어떻게 되었을지 상상만 해도 끔찍했다.

"자, 잠시만 기다려 주십시오. 안에 기별을 넣겠습니다."

그는 후다닥 안으로 달려들어 갔다.

그가 들어가고 오래지 않아 근엄한 얼굴의 노기사가 황궁의 정문으로 나왔다.

"처음 뵙겠습니다. 저는 황궁 근위기사단의 부단장을 맡고 있는 프랑로디만 백작이라 합니다. 카일로니아의 사이몬 가의 자작께서 오셨다 하여 이렇게 나왔습니다."

"처음 뵙겠습니다. 카일로니아의 이니안 케이 사이몬 자작이라 합니다."

이니안은 품에서 자신의 신분을 증명할 문장을 로디만 백작에게 건네주었다. 그것이 아니라도 상대는 이미 자신의 왼쪽 가슴의 문장을 보았지만 그래도 절차라는 것이 있었다.

"분명 사이몬 가의 문장입니다. 검의 길을 걷는 자로서 대륙제일의 검가인 사이몬 가의 자작을 만나다니 무한한 영광입니다."

그는 이니안의 어린 나이에도 불구하고 진심으로 경의를 표했다.

"과분한 예는 부담스럽습니다."

이니안은 차분히 대답했다.

"일황자 저하를 뵙고 싶으시다고요?"

"네, 그렇습니다."

"어떤 일로 뵙고 싶으신 겁니까?"

"일황자 저하의 인품은 카일로니아에서도 소문으로 많이 들었습니다. 이제 성년이 지나 자작의 작위를 받으니 꼭 명성이 높은 일황자 전하를 뵙고 싶더군요. 저보다 조금 나이가 많으신 걸로 알고 있습니다만, 만나뵙고 그 인품을 배우고 싶습니다."

"허허허. 그러십니까?"

로디만 백작은 이니안의 대답에 기껍게 웃었다. 자신이 모시고 있는 주인이자 차기 제국의 황제가 될 인물이 전 대륙에 명성을 떨치고 있는 가문의 사람에게 칭찬을 받는다는 것은 분명 기쁜 일이다.

"사이몬 공작 가의 자작이시라면 황자 저하께서도 기꺼이 맞이하실 겁니다. 자, 따라오시지요."

"감사합니다."

이니안은 고개를 숙여 인사하고는 로디만 백작의 뒤를 따라 황궁으로 들어갔다. 케이로스는 황궁의 정문에 남겨두었다. 데리고 가려 하자 로디만 백작이 작게 고개를 저었기 때문이다. 일단 이곳은 제국의 황궁, 조심할 필요는 있었다.

로디만 백작은 이니안을 곧장 일황자궁으로 안내해 주었다. 황궁의 중앙궁을 지나 조금 더 뒤로 들어가자 중앙궁에는 못 미치지만 위엄이 가득한 궁전이 나타났다.

"일황자 저하께서 기거하시는 궁전입니다."

궁의 모습이 보이자 로디만 백작이 웃으며 설명해 주었다.

"과연 제국의 일황자께서 머무르실 만한 궁입니다."

입에 발린 소리였지만 이니안의 그 말은 로디만 백작의 기분을 한층 더 좋게 만들어주었다.

로디만 백작은 궁의 정문 경비들에게 손을 한 번 들어주고는 안으로 곧장 들어갔다. 이니안은 그 뒤를 따랐다. 로디만 백작과 함께 가는 그를 제지하는 이는 없었다.

화려한 궁 내부로 들어선 로디만 백작은 곧장 층계를 올랐다. 3층에 이르자 그는 층계 앞에 쭉 뻗은 복도로 걸음을 옮겼다. 이니안은 잠자코 그 뒤를 따랐다. 복도를 조금 걸어 들어가 그는 걸음을 멈췄다. 그가 멈춘 곳은 평범한 문 앞이었다.

똑똑.

백작의 노크 소리가 울렸다.

"로디만 백작인가?"

방 안에서 목소리가 들려왔다. 아마 일황자의 목소리일 것이라 이니안은 생각했다.

"네, 저하. 사이몬 자작을 모셔왔습니다."

"들어오시라 하여라."

일황자의 대답에 로디만 백작은 문을 열며 한쪽 옆으로 물러섰다.

"들어가시지요. 제가 자작을 모시는 것은 여기까지입니다."

이니안은 그에게 가볍게 목례를 한 후 안으로 들어섰다.

방 안에 들어서자 가장 먼저 눈에 띈 것은 문의 맞은편 벽을 전부 차지하고 있는 커다란 유리창이었다. 그리고 유리창 앞에 놓은 티 테이블과 그 앞의 의자에 앉은 젊은이의 모습이 눈에 들어왔다.

이니안은 한눈에 그가 미오나인 제국의 일황자 카르발 칼 폰트 미오나인임을 알아보았다.

어차피 이 방에는 그 혼자 있었다.

"처음 뵙겠습니다, 황자 저하. 저는 카일로니아 왕궁의 사이몬 공작가의 차남인 이니안 케이 사이몬이라 합니다."

이니안은 그의 모습을 확인하자 곧바로 한쪽 무릎을 꿇으며 예를 표했다. 본디 기사는 주군의 앞에서만 무릎을 꿇는다. 예외는 레이디 앞에서 무릎을 꿇을 때 정도일까?

하지만 제국의 황제나 황자라면 충분히 그 예외에 속할 만했다. 이니안이 아무리 공작 가의 자제라 할지라도 공작은 아니었고 왕국의 일개 자작일 뿐이다. 아무리 사이몬이라는 성을 쓴다 할지라도 말이다.

"반갑습니다. 카르발이라 합니다."

카르발 황자는 간단하게 자신의 소개를 마쳤다.

"그만 편히 일어나도록 하십시오. 대륙제일이라는 검의 가문의 자작을 무릎 꿇리고 있으려니 이거 등에서 식은땀이 다 납니다. 하하."

카르발 황자는 가벼운 농담을 던졌다. 그의 말에 이니안은 몸을 일으켰다.

"이리 앉으시지요. 마침 티타임을 즐기던 차였습니다. 오늘은 차 맛이 한층 좋군요."

카르발 황자는 자신의 맞은편 자리를 권하며 손수 찻잔에 차를 따라주었다.

"황공합니다."

이니안의 말에 카르발 황자는 입가에 웃음을 띠었다.

"후후. 사이몬 가의 분이 황공이라는 말을 입에 담는군요."

"저도 일개 왕국의 신하일 뿐입니다."

어쩌면 비꼬는 것일 수 있는 말을 이니안은 담담히 받아넘겼다.

"하하하. 카일로니아의 국왕 전하가 정말로 부럽군요. 사이몬 가의 인물들이 그저 신하일 뿐이라 하니 말이오. 어째 우리 제국에는 귀가와 같은 신하가 없는지 참으로 안타깝습니다."

카르발 황자의 눈에는 진실로 안타까운 빛이 역력했다.

"그래, 어쩐 일로 저를 찾아오셨습니까? 로디만 백작에게 한 말씀은 전해 들었습니다만 자작의 눈이 실은 그런 용건이 아니라 말해주고 있군요."

카르발 황자의 눈이 순간 날카롭게 빛났다. 그는 이니안이 이 방에 들어온 순간부터의 일거수일투족을 놓치지 않고 똑똑히 살피고 있었다. 이니안이 이 방의 곳곳을 살피고 있음을 그는 이미 파악하고 있었다.

'과연 대단한 인물이로군.'

이니안은 이미 처음 카르발 황자를 보는 순간부터 그가 무언가를 숨기고 있다는 것을 느낄 수 있었다. 자신도 정확히 측량할 수 없는 거대한 힘을 지닌 인물, 그것이 자신과 마주 앉아 한가로운 얼굴로 차를 즐기고 있는 카르발 황자였다.

'이럴 때는 정공법으로 가는 것이 낫겠지.'

카르발 황자가 보통 인물이 아니라는 것을 파악하자 이니안은 바로 부딪치기로 결정을 내렸다.

"실은 한 사람을 찾아왔습니다."

이니안의 말에 카르발 황자의 눈에 이채가 서렸다. 자신이 찌르기는 했지만 설마 바로 본론을 말할 줄은 예상하지 못한 것이다.

"허어. 어떤 사람이기에 본인을 찾아오셨습니다. 이 궁에는 저와 저의 신하들밖에는 없습니다만."

카르발 황자는 도통 모르겠다는 얼굴로 능청을 떨었다.

"그렇습니까? 저는 왠지 다른 한 사람이 더 있을 듯하군요. 칸세르 공작 가의 공녀 말이지요."

이니안이 그 말을 하는 순간 카르발 황자는 두 눈을 부릅떴다.

설마 이 정도로 직접적으로 치고 나올 줄은 정말로 몰랐다. 조금 전의 말도 예상 밖이었지만 이건 도를 넘어섰다.

"허어. 칸세르 공작 가의 공녀 말입니까? 포르시아라면 제 약혼녀이지요. 그렇지 않아도 그녀가 사라져서 몹시도 걱정하던 차였습니다. 한데 자작께서는 어인 일로 그녀를 이곳에서 찾으시는지요? 아니, 그녀를 알고 있기는 한 겁니까?"

그 말을 하는 카르발 황자의 두 눈은 사납게 빛나고 있었다.

"제가 잠시 방황하던 때가 있었지요."

이니안 역시 두 눈을 사납게 빛내며 입을 열었다.

"그때 우연한 기회에 칸세르 공작 가의 계약 기사로 들어가게 되었습니다. 그 계약은 아직도 유효한 상태입니다. 그때 이 년의 기한으로 계약을 했으니 아직 한 달 정도 시일이 남았지요. 그때 전 한 인물을 호위했었습니다. 바로 포르시아 오마 칸세르 공녀를요. 그리고 바실러스 자작이라는 자에게 눈앞에서 납치를 당했지요. 그는 황자 저하가 시켰다고 하더군요. 그래서 이렇게 찾아왔습니다."

이니안이 말을 맺었다. 카르발 황자는 가만히 이니안을 바라본다. 그의 뺨이 실룩거린다.

"푸하하하하하! 설마, 두 이니안이 한 사람일 줄이야. 하하하. 그래, 이상하다 여겼었지. 하지만 그렇게 드문 이름은 아니기에 그냥 넘어갔었는데 설마 같은 인물일 줄이야…… 큭큭큭."

카르발 황자는 커다란 웃음을 터뜨렸다. 이니안은 그런 그를 가만히 지켜볼 뿐이다.

카르발 황자는 이미 카르세온에게서 이니안에 대한 이야기를 들었다. 사이몬 가의 막내와 싸워 겨우 이겼다는 이야기를 할 때 카르세온의 눈은 호승심에 불타고 있었던 것을 똑똑히 기억하고 있었던 것이다.

그리고 또한 칸세르 공작에게서 받았던 포르시아의 여행 호위들의 명단에서 이니안 세이버라는 이름도 확인했었다.

하지만 그 두 사람이 동일인이라는 것은 생각지 못했다. 포르시아를 납치해 온 바실러스가 이니안에 대한 이야기는 하지 않았던 것이다.

한참을 웃던 카르발 황자는 웃음을 뚝 그쳤다. 그리고 자리에서 일어났다.

"따라오지."

이니안은 몸을 일으켜 그의 뒤를 따랐다.

그는 방 안에 있는 또 다른 문을 열었다. 그곳은 아름답게 치장된 여인의 방 같았다. 방 한가운데에 있는 침대에 그녀가 누워 있었다.

깊은 잠에 빠진 듯 포르시아가 그곳에 다소곳이 누워 두 눈을 감고 있었다.

이니안은 벼락을 맞은 것처럼 부르르 떨었다.

일 년 만에 보는 얼굴이다. 이제야 이니안은 자신의 감정의 정체를 확인할 수 있었다.

일 년 전 그날, 포르시아가 납치당했을 때 자신의 무력함에 대한 분노와 함께 가슴 한구석에 자리했던 감정. 그때는 그 감정의 정체를 알 수 없었다.

예전에 어디선가 한 번 느껴본 적이 있는 것만 같았지만 그 정체를 도무지 알 수가 없었다. 아니, 어쩌면 의도적으로 외면한 것인지도 모른다.

지금 이 자리에서 그 감정의 정체를 확인하자 그런 생각이 들었다.

이니안이 포르시아를 잃고 그날 느꼈던 감정, 그것은 쉐이나에게서 느꼈던 감정과 같은 것이었다. 또한 쉐이나를 잃고 느낀 감정과 같은 것이었다.

오늘 그것을 깨달았다.

이니안은 포르시아가 누워 있는 침대를 향해 한 발짝 움직였다. 그리고 두 번째 걸음을 옮기려는 찰나 카르발 황자가 그의 앞을 가로막았다.

카르발 황자의 두 눈은 활활 타오르고 있었다. 그도 눈치 챈 것이다. 이니안이 포르시아에게 품고 있는 감정을 말이다.

그의 두 눈에 피어난 불꽃은 이니안에 대한 질투의 그것이다. 포르시아의 감정과는 상관없이 자신이 사랑하는 여인을 다른 누군가가 역시 자신과 같은 감정으로 바라보고 있다는 것이 마음에 안 들었다.

카르발 황자는 이니안을 노려보았다. 그와 함께 그의 몸에서 무시무시한 살기가 쏟아져 나왔다. 그 살기가 향하는 방향은 바로 이니안이 서 있는 자리다.

하지만 이니안은 피하지 않았다. 그도 온몸의 기운을 끌어올려 카르발 황자의 기운에 맞부딪쳐 갔다. 이제는 그 누구와 싸우더라도 지지 않을 자신이 있었다. 설사 그 대상이 아버지라 할지라도 말이다.

두 사람의 기운이 포르시아가 누워 있는 방에서 부딪쳤다.

강대한 기운이 부딪쳤으나 방에는 아무런 변화도 없었다. 포르시아가 잠든 곳이다. 두 사람은 그것에 신경을 썼기에 어마어마한 기운이 부딪치는 가운데 고요를 유지할 수 있는 것이다.

하지만 그 고요함 아래에는 무지한 광포함이 자리하고 있었다. 두 맹수의 기세 싸움은 그야말로 격렬했다.

당장이라도 이 방에 자리한 고요를 찢어발기려는 순간 마치 약속이나 한 것처럼 두 사람의 기운은 씻은 듯 사라졌다. 이 이상의 다툼은 포르시아에게 피해가 감을 둘 모두 알고 있었기 때문이다.

"나가지."

카르발 황자의 말에 이니안은 고개를 끄덕였다. 다시 처음의 그곳으로 돌아왔다.

"후우."

카르발 황자가 한숨을 쉬었다. 이니안은 여전히 매서운 눈으로 그를 바라보고 있었다.

"벌써 일 년이야."

밑도 끝도 없는 말.

"그녀가 저렇게 잠이 든 지 벌써 일 년이란 말이지."

이니안의 얼굴이 급변했다. 설마 그날 이후 지금까지 계속 잠에만 빠져 있을 줄은 상상도 못했었다.

"어떻게 된 거지?"

어느새 두 사람은 모두 서로에게 반말을 하고 있었지만 둘 모두 그것에 관해서는 아무런 말도 하지 않았다, 특히나 황자라는 신분을 가진 카르발 역시도.

"그녀의 아버지가 문제였지."

"칸세르 공작 말인가?"

"그래. 자신의 딸에게 아주 못된 짓을 해놨어."

"드래곤의 눈물이겠군."

이니안의 말에 카르발 황자는 의외라는 얼굴을 했다. 설마 그가 그것을 알고 있으리라고는 생각도 못한 것이다.

"알고 있었나?"

"나와는 관계가 깊은 물건이라서."

이니안은 담담하게 대답했다. 하지만 그의 얼굴에 아주 짧게 아픔의 기색이 스쳐 지나갔다. 카르발 황자도 알아차리지 못할 정도로 찰나간의 일이었다.

"그랬군. 그렇다면 그것이 어디에 쓰이는지도 알고 있겠지?"

"물론."

이니안은 고개를 끄덕였다. 그것의 쓰임 때문에 로즈가 사라지고 포르시아가 나타나지 않았던가.

하지만 그런 것은 아무래도 좋았다. 이니안 자신이 로즈를 보면서 느꼈던 감정이나 포르시아를 보면서 느꼈던 감정이나 다른 것이 아니었으니까.

로즈도 포르시아도 결국은 이니안에게 있어서는 같은 사람이다.

"칸세르 공작은 그 일을 자신의 딸에게 무려 세 번에 걸쳐서 진행시켰지. 아주 못돼먹은 인간이야. 그리고 그 부작용으로 포르시아는 일 년 정도는 마법에 노출되면 안 되는 상태였어. 공간 이동 마법이나 체력 회복

마법, 그리고 치유 마법 같은 것들에 말이지. 뭐, 신체 밖에 펼쳐지는 방어 마법이나 공격 마법은 상관이 없는 것 같았지만. 내가 그런 사실을 안 것은 아쉽게도 그녀를 이곳에 데려온 후였어. 그 멍청한 바실러스 녀석이 공간 이동 마법으로 그녀를 나의 궁에 데리고 온 후지. 아니, 정확히는 그녀가 잠에서 깨어나지 않음으로 해서 알게 된 거야. 바실러스 녀석이 조사를 해서 말이야. 후우."

카르발 황자의 얼굴에는 후회와 회한이 가득했다. 결국 자신이 그녀를 억지로 이곳에 데려왔기에 그녀는 잠에서 깨지 못하고 있는 것이 아니던가.

"왜 그랬지? 어차피 너는 그녀와 결혼할 예정이었는데."

"킥. 그랬지. 결혼할 예정이었지. 그런데 말이야, 그렇게 하면 난 죽어. 난 죽기는 싫었거든."

카르발 황자는 실성한 사람과 같은 웃음을 짧게 터뜨린 후 멍한 시선으로 창밖을 내다보며 말했다.

"결혼을 하면 죽는다고?"

이니안의 얼굴에 의문이 떠올랐다. 조금 전 자신의 앞을 막았던 카르발 황자의 얼굴은 분명 포르시아에게 자신과 같은 감정을 가지고 있다고 말하고 있었다.

"궁금한가? 후후. 하지만 내가 말해줄 수 있는 것은 여기까지야. 더 많은 내용을 알고 싶으면 칸세르 공작을 찾아가 보는 것도 좋을 거야. 아, 혹시 찾아가거든 내가 모든 걸 알고 있다고 전해줘. 다시 올 때는 그 친구 목을 가져와 줘도 좋고 말이야. 후후."

그 말을 끝으로 카르발 황자는 미련없이 몸을 돌렸다. 그 방에 연결된 또 다른 방의 문을 열고서는 모습을 감췄다. 더 이상 할 이야기는 없으니 이만 돌아가라는 뜻이다.

이니안은 잠시 카르발 황자가 모습을 감춘 문을 바라보았다. 그리고 미련없이 몸을 돌렸다.

"칸세르 공작이란 말이지… 역시 모든 일의 원점은 그인가?"

작은 중얼거림과 함께 이니안은 황자궁 밖으로 향했다.

"응? 뭐지?"

포르시아와 로즈가 동시에 고개를 들었다. 어둠 밖에 있으리라 생각되는 공간. 생각만 할 뿐 느끼지도 못하던 그런 공간이 느껴졌다. 분명 존재가 느껴졌다.

포르시아와 로즈가 서로를 마주 본다.

"느꼈어?"

두 사람이 동시에 서로를 향해 던진 물음. 두 사람은 동시에 고개를 끄덕인다.

둘 모두 바깥의 존재를 느꼈다.

포르가 어리둥절한 얼굴로 두 사람을 번갈아 본다.

"무슨 일이야, 언니들?"

아무래도 포르는 느끼지 못한 듯했다.

"무언가 익숙한 것이 느껴졌어, 이 어둠 너머 어딘가에서."

"그래."

로즈와 포르시아가 번갈아 대답했다.

두 사람의 눈이 다시 마주쳤다.

"분명… 이니안의……."

"그래, 이니안 오빠의 기운이야."

두 사람은 서로가 느낀 것을 확인했다. 어둠 너머에서 느껴진 익숙한 기운, 그것은 이니안의 기운이었다.

카르발 황자와 대치한 가운데 이니안이 뿜어낸 기운이 잠들어 있는 포르시아의 내면에까지 영향을 미친 것이다. 카르발 황자를 향한 적대감이 가득한 기운이었지만 이니안의 기운이라는 것만으로 포르시아와 로즈는 익숙하게 느낀 것이다.

그녀들은 상대의 기운을 느낀다거나 하는 능력은 없었다. 하지만 어둠의 공간 속에서는 분명하게 느껴졌다. 그녀 자신들도 어떻게 그런 일이 가능한지는 몰랐다. 아니, 알려고 하지도 않았다. 그저 느끼는 대로 인지할 뿐이다.

"왠지 길이 보이는 것 같지 않아?"

"맞아."

포르시아도 로즈도 어둠 너머에서 느껴지는 기운이 있는 곳을 알 수 있을 것 같았다. 어디로 가야 하는지도 모르는 이 어둠 속의 외딴 곳에서 가야 할 길이 보인 것이다. 망망대해를 떠도는 배와 같은 두 사람에게 나침반이 떨어진 듯했다.

로즈와 포르시아는 서로를 마주 보며 고개를 끄덕였다. 그녀들은 결정을 내린 것이다, 이니안이 열어준 그 길로 나가보기로.

두 사람이 동시에 자리에서 일어섰다.

"응?"

가만히 앉아 있던 포르가 고개를 갸웃거린다. 그런 포르를 향해 두 사람은 동시에 손을 내밀었다.

"가자, 포르."

포르시아의 말에 포르가 묻는다.

"어딜?"

"우리 셋이 원래 있어야 할 곳으로, 우리 셋이 하나가 되는 곳으로."

로즈가 웃으며 대답했다.

"응!"

고개를 끄덕이며 당찬 대답을 한 포르는 자리에서 일어나 두 사람의 손을 잡았다.

그렇게 셋은 한 길로 걸어갔다, 이니안의 기운이 느껴지는 곳으로. 어디에도 길은 없었다. 하지만 세 사람이 향하는 곳이 곧 길이 되었다. 위에서 이니안의 기운이 느껴지면 계단을 올라가듯 발을 올렸다. 그러면 발아래에 길이 생겼다.

그렇게 세 사람은 한곳을 향해 꾸준히 걸었다.

숨이 차지도 힘들지도 않았다. 오히려 그곳이 가까워질수록 온몸에 활력이 돌았다.

세 사람의 얼굴에는 웃음이 떠올라 있었다.

"이제 다 온 것 같지?"

"그래."

이니안의 기운이 너무나 강렬하게 느껴졌다. 마치 태양의 바로 곁에 있는 것과 같은 느낌이다.

포르시아와 로즈는 서로를 마주 보고 고개를 끄덕였다.

모퉁이가 없는 그저 넓게 펼쳐진 공간이지만 두 사람은 사이에 포르의 손을 꼭 잡고 모퉁이를 돌 듯 걸었다. 두 사람에게 느껴지는 기운이 그렇게 하라고 말하고 있었기 때문이다.

그렇게 가상의 모퉁이를 돌자 빛이 쏟아져 들어왔다.

그곳은 어둠 따위는 없었다.

태양의 광휘가 온 세상을 지배하듯 빛으로만 가득 찬 공간이었다.

"따뜻해."

포르가 작게 중얼거렸다.

부드러운 빛이었다. 모든 곳을 가득 채운 빛이었지만 뜨겁다거나 눈이 부시다거나 하지 않았다.

신기했다. 본래 이 정도의 빛이라면 눈을 뜨고 앞을 볼 수도 없다. 눈을 감고 있어도 눈꺼풀을 뚫고 들어오는 빛에 눈이 아플 정도여야 한다.

하지만 그렇지 않았다.

마치 아기를 부드럽게 감싸 안아주는 엄마의 품과도 같은 빛이다.

"이곳이야."

"그래."

포르시아와 로즈는 서로 마주 보며 말했다.

두 사람은 한 걸음 앞으로 내딛었다. 빛이 그녀들의 몸을 감싼다. 가만히 두 사람을 올려다본 포르가 뒤늦게 한 걸음 앞으로 내딛었다.

"기분 좋다."

포르의 얼굴에 미소가 감돈다.

"이곳이 원래 우리가 있어야 했던 곳이야."

포르시아가 담담하게 말했다.

"그래, 이곳이 우리가 있었던 곳이야. 우리가 하나였던 곳."

로즈가 웃으며 고개를 끄덕인다.

"정말로 기분 좋은 곳이야."

포르는 다른 것은 모르겠다는 듯 단지 기분이 좋다는 말과 함께 웃었다.

"가자."

세 사람은 망설임없이 빛 속으로 걸음을 옮겼다. 온몸을 감싼 빛이 이제 몸 안으로 들어왔다. 세 사람의 꼭 잡은 손이 맞붙는다. 이윽고 팔이, 어깨가, 그리고 몸이 하나가 된다.

셋은 하나가 되어 빛 속으로 사라졌다.

카르발 황자와 이니안이 동시에 문을 닫고 나간 직후, 포르시아의 눈꺼풀이 파르르 떨렸다. 그리고 서서히 눈이 뜨였다.

일 년의 긴 잠에서 포르시아는 드디어 깨어났다.

"여긴?"

포르시아가 힘없는 목소리로 중얼거렸다.

낯선 공간에 있다는 두려움 같은 것은 없었다. 세상에 있을 것 같지 않은 어둠밖에 없는 공간도 무섭지 않았는데 이런 곳이 단지 낯설다는 이유로 두려울 이유는 없었다.

그저 돌아왔다는 사실이 기뻤다.

하나가 되어 돌아왔다는 사실이 기뻤다.

머릿속에 그동안의 일이 빠르게 지나간다.

포르의 기억이 지나간다. 뒤이어 포르시아의 기억이 지나간다. 그리고 로즈의 기억이 짧게 지나간 후 다시 포르시아의 기억이 지나갔다.

포르시아는 드디어 포르시아가 되었다.

"포르, 로즈, 포르시아, 모두 나야. 나는 포르시아 라온 메이지아야."

포르시아는 힘없는, 그러나 의지로 가득 찬 목소리로 중얼거렸다.

포르시아가 침대에서 몸을 일으켰다. 한쪽 발이 침대를 벗어나 바닥을 디뎠다. 작고 앙증맞은 예쁜 발이다. 다른 한 발도 땅을 디뎠다. 포르시아는 침대에서 일어나 두 다리로 바닥을 딛고 꼿꼿이 섰다.

기품이 넘치는 잠옷이 걸쳐져 있었다. 최고급 실크의 부드러운 재질이 몸을 부드럽게 감싸고 있다.

"이곳은 어딜까?"

포르시아는 방을 둘러보았다.

처음 보는 낯선 방이다. 하지만 친근한 무언가가 느껴졌다. 꼭 언젠가 한 번은 본 듯한 방이다.

방 안을 둘러보는 그녀의 눈에 문이 들어왔다.

"밖으로 나가는 문인가?"

문으로 다가간 포르시아가 문을 열었다. 그러자 나타나는 또 다른 방. 더욱 익숙한 분위기의 방이다.

"언젠가 한 번은 와본 것 같은 방인데?"

고개를 갸웃거리면서 중얼거렸다.

"응?"

가만히 창밖을 내다보던 카르발 황자는 방 안에 낯선 기운이 나타난 것을 느끼고 고개를 갸웃거렸다. 이니안이 나간 이후 자신의 방에 들어 올 사람은 없었다.

"가만."

카르발 황자는 가만히 기운이 느껴진 방향을 다시 생각해 보았다.

"설마!"

카르발 황자는 황급히 문을 열고 옆의 방으로 뛰어갔다. 분명 포르시 아가 자고 있던 방으로부터 인기척이 느껴졌다. 그렇다면 포르시아가 깨 어난 것이리라.

세차게 문을 연 카르발 황자는 그대로 굳었다.

눈앞에 그녀가 서 있었다. 여전히 아름다운 얼굴에 매력적인 눈이다. 녹색의 눈동자가 자신을 향해왔다. 감격에 몸이 떨려온다.

"포, 포르시아."

떨리는 목소리를 주체할 수가 없다.

"황자 저하? 그렇다면 이곳은 황자궁인가요?"

갑자기 나타난 카르발 황자의 모습에도 포르시아는 크게 동요하지 않 았다. 어둠 속에서의 오랜 시간이 그녀의 정신 세계를 한층 성숙시켜 놓 은 것이다.

"그, 그렇소. 그런데 어떻게 깨어난 것이오? 그대는 무려 일 년 동안이

나 잠들어 있었소.”

“일 년이요?”

포르시아의 눈이 동그랗게 변했다. 그녀 자신이 일 년이나 자고 있었다는 사실이 놀라운 것이다. 그렇다면 자신은 그 어둠 속에서 일 년이란 시간을 보낸 것이니 말이다.

포르시아는 자신이 잠에 빠져들기 전의 상황을 떠올렸다. 분명 바실러스 자작이라는 자가 일황자가 자신을 데려오라 했다고 하며 케라우가 자신을 제압했었다. 그리고 바실러스 자작이 자신에게 슬립 마법을 사용했었다. 그녀의 기억은 거기까지였다.

‘그렇다면 그 후 일 년이나?’

시간의 흐름은 정말 빨랐다. 어둠 속에서 얼마인지 모를 시간을 있었을 뿐인데 일 년이라는 시간이 지나 있다니.

하지만 그것도 잠시 놀라는 정도로 끝이었다. 확실히 그녀는 성장해 있었다.

“저는 바실러스 자작이 사용한 마법에 의해 잠이 들었어요. 그것이 제가 가진 잠들기 전의 마지막 기억이에요. 그런데 그전에 그가 그러더군요. 저하께서 절 데리고 오라고 하셨다고요. 제가 거부하더라도 억지로라도 말이지요.”

카르발 황자를 바라보는 포르시아의 눈은 깊게 가라앉아 있었다. 카르발 황자는 그 눈에서 그 어떠한 감정도 느낄 수 없었다. 그가 알 수 있는 것은 그녀가 그 말의 뜻에 대해 궁금해한다는 것뿐이었다.

‘바실러스 녀석, 쓸데없는 말을……’

이 순간만은 조금 더 융통성있게 말하지 못한 바실러스의 그때의 처사가 그렇게 화가 날 수가 없었다. 바실러스가 무사히 포르시아를 데리고 왔을 때의 그 기쁨은 이미 멀리 사라졌다.

"으음. 분명 내가 그렇게 시켰소."

카르발 황자는 이미 포르시아가 자신이 시켰다는 것을 믿고 있는 이상 순순히 인정하는 편이 낫다는 결론을 내렸다.

"왜 그러셨죠?"

"너무 위험해 보였기 때문이오."

"전 전혀 위험하지 않았어요. 소드 마스터가 함께 있으면서 지켜주고 있었는걸요. 게다가 파이어 경도 함께 있었어요."

"아무리 그렇다 하더라도 그런 소수의 사람만이 남아 호위를 한다면 나도 불안할 수밖에 없다오. 아무리 곁에 소드 마스터가 있다 하더라도 말이오. 그리고 나는 그대가 소드 마스터와 함께라는 이야기는 들은 적이 없소. 그러니 더욱 걱정이 되지 않겠소?"

카르발 황자의 두 눈에는 그러한 그의 진정이 담겨 있었다. 사실 절반쯤은 진정이었으니 그런 모습을 보이는 것은 어렵지 않았다. 아니, 그가 포르시아를 데려오라고 한 것은 정말로 그녀를 사랑했기 때문이다. 그것은 변함없는 사실이다. 그러한 그의 감정이 고스란히 그의 눈을 통해 포르시아에게 전해졌다.

포르시아는 어쩔 수 없다는 얼굴로 고개를 끄덕였지만 마음 한구석 석연치 않게 여기는 부분은 남아 있었다.

"하아. 알겠어요, 저하."

포르시아의 그 말에 카르발 황자의 얼굴이 눈에 띄게 밝아졌다. 늘 그랬다. 포르시아와 만날 때면 그는 포르시아의 표정 하나에 웃고, 인상을 썼으며, 또 울었다.

지금 그는 환하게 웃고 있었다.

"그런데 어째서 제가 일 년이나 잠이 든 것이죠?"

세 사람의 기억이 합쳐진 지금 포르시아도 짐작이 가는 것은 있었다.

하지만 그것은 어디까지나 짐작일 뿐이다. 그 기억 속에도 자신의 기억을 잃고 또 기억이 바뀌는 과정은 불확실했기 때문이다.

"그건 나도 모르겠소. 어떤 마법적 이유인 것 같아서 그대를 데리고 온 바실러스 백작이 백방으로 조사 중이었소만……."

"백작이요? 일 년 사이에 백작으로 승작하였나요?"

"그는 마법사로서 그만한 재능을 가지고 있다오. 단지 그동안 그 재능이 알려지지 않았을 뿐이었소."

바실러스는 일 년 전 포르시아를 데리고 온 공으로 백작이 되었다. 카르발 황자는 확실히 약속을 지켰다.

"그렇군요."

포르시아는 짧게 대답한 후 고개를 돌려 창밖을 내다보았다. 예전에 가끔 들렀을 때 본 그때의 풍경 그대로였다.

"이곳은 여전하네요."

무언가 많은 의미가 담긴 말 같았다.

"그렇소. 여전하오. 내가 그대를 생각하는 것처럼 말이오."

카르발 황자의 말에도 포르시아는 별다른 변화를 보이지 않았다. 그저 계속 창밖을 볼 뿐이었다.

"이제 그만 집에 가야 할 것 같은데요. 일 년이나 잠에 빠져 있었다면 아버님도 걱정하실 것 같고요."

포르시아는 카르발 황자에게 시선을 맞추지 않은 채 말했다. 그녀의 말에 카르발 황자는 내심 당혹스러웠다. 일어나자마자 집에 가겠다는 말을 꺼내다니.

그것은 곤란했다. 그녀가 집으로 돌아간다면 곧 혼담이 추진될 것이다. 그것이 곤란했다.

일 년 동안이나 자신이 포르시아를 숨겨놓고 있었다는 것은 차후의 문제다.

"이미 내가 칸세르 공작께 말을 전해놓았소. 이곳에 있는 것을 알고 계시니 조금 더 쉬다 가도록 하오. 오랜 잠에서 이제 막 깨어나 몸도 좋지 않을 테니 말이오. 사실 일 년 내내 잠만 자느라 많이 야위었소. 내가 영양 공급에 신경을 쓰긴 했지만 아무래도 직접 음식을 먹는 것에 비해 손색이 있을 수밖에 없으니 말이오."

카르발 황자의 말대로였다.

포르시아는 자신의 팔로 시선을 돌렸다. 앙상했다. 확실히 일 년 전보다 많이 말라 있었다.

그러고 보니 조금 피곤한 것 같기도 했다.

하지만 그것보다는 어서 이곳을 벗어나 이니안을 찾고 싶었다. 그것이 솔직한 그녀의 심정이었다.

"그건 아무래도 상관없어요. 다만 어서 이곳을 나가 찾고 싶은 사람이 있을 뿐이에요."

"누구를 말이오? 말만 한다면 내 신하들을 시켜 이곳으로 데려오도록 하겠소. 그러니 이만 방으로 돌아가 쉬도록 하시오."

카르발 황자의 말에 포르시아는 천천히 고개를 저었다. 그럴 수는 없었다. 자신이 직접 찾아야 했다. 그리고 직접 할 말이 있었다.

"아니요. 제가 직접 찾겠어요."

포르시아의 단호한 말에 카르발 황자는 정말로 곤혹스러웠다.

"대체 누구기에 그러는 것이오?"

"이니안 세이버, 아니, 이니안 케이 사이몬이에요."

쿠쿵.

포르시아의 그 말이 카르발 황자의 머릿속에 울렸다. 그리고 귀에서 계속 그 대답이 맴돈다.

이가 갈렸다. 그가 태어나서 이토록 강하게 이를 갈아본 적이 있었던가?

질투. 그것은 질투였다.

"왜, 왜 그를 찾으려는 것이오?"

카르발 황자의 목소리가 살짝 떨렸다.

"하지 못했던 말을 하기 위해서예요."

포르시아는 담담한 눈으로 카르발 황자를 마주 보았다. 그의 눈을 피하지 않고 시선을 맞췄다.

"그것이 무엇이오?"

카르발 황자는 두근거리는 가슴을 억지로 억누르고 힘겹게 물었다. 물론 겉으로는 태연을 가장하고 있었다.

"그건…… 예요."

포르시아가 작게 대답했다.

그 순간 카르발 황자의 눈에 핏발이 섰다. 그는 몸을 휙 돌렸다. 포르시아를 등지는 순간 그의 얼굴은 흉악하게 일그러졌다.

"허락할 수 없소. 이곳에서 쉬고 계시오. 그리고 무언가 잊은 것 같은데, 그대의 약혼자는 나요."

그 말을 끝으로 카르발은 방을 나가 복도로 걸음을 옮겼다. 카르발이 방을 벗어나자 어디에 숨어 있었던 것인지 네 사람이 그의 주변을 에워쌌다.

"그녀가 저 방 밖으로는 한 발자국도 나가지 못하게 해라."

"네."

카르발 황자의 명령에 대한 대답은 사방의 벽과 천장에서 들렸다. 그는 분노한 얼굴을 가진 그대로 복도를 따라 걸었다.

어딘가에서 이 화를 풀지 않는다면 미칠 것만 같았다.

이니안이 황궁의 정문을 나오자 그곳에는 여전히 케이로스가 앉은 자세 그대로였다. 경비병들이 불안한 듯 계속 케이로스를 힐끔거렸지만 케이로스는 그런 시선에는 아랑곳 않고 가만히 앉아 있었다.

"가자."

이니안의 그 말에 케이로스는 바닥에서 엉덩이를 떼고 당당히 네 발로 섰다. 이니안이 걸음을 옮기자 그 뒤를 사뿐거리는 걸음으로 따랐다. 목에 매인 목줄은 장식에 불과하다는 듯 이니안은 그것을 잡지 않고 그냥 걸었다.

뒤의 황궁 경비병들은 그 모습을 신기하다는 듯 쳐다보았다.

"칸세르 공작 가라……."

이니안은 천천히 예전에 갔던 길을 더듬어 걸음을 옮겼다. 제도의 고위 귀족가는 사우론과 같이 북서쪽 구획에 몰려 있었다.

"북서지구 가장 안쪽이었지? 그렇다면 다시 이니안 세이버인가?"

이니안은 걸음을 옮기며 왼쪽 가슴의 문장을 떼서 품에 넣었다.

황궁에서 칸세르 공작 가까지는 그렇게 멀지 않았다. 조금의 시간을 소비한 후 이니안은 칸세르 공작 가의 정문 앞에 설 수 있었다.

정문의 경비는 이 년 전 그대로였다.

그는 멀리서 케이로스가 보이는 때부터 딱딱하게 굳어 있었다.

"이니안 세이버입니다."

이니안은 경비병에게 품에서 칸세르 공작 가에서 받은 신분 증명패를 꺼내 보여줬다.

"드, 들어가십시오. 공작 각하께서 기다리고 계실 것입니다."

그는 떨리는 목소리로 재빨리 말했다. 그는 어서 이니안이 들어가 케이로스가 사라져 주기를 간절히 바라고 있었다.

케이로스가 멀리서 보일 때 이미 안에 기별은 넣어둔 상태였다.

이니안은 경비병을 뒤로하고 저택 안으로 발을 들였다. 커다란 정원을 가로지르며 천천히 저택의 건물을 향해 갔다.

여전히 잘 정비된 정원이었다.

이니안이 저택의 현관에 도착하자 이미 집사가 나와서 허리를 숙이고 있었다.

"어서 오십시오, 세이버 경. 이 년만이로군요."

칸세르 공작 가의 집사인 스테판의 모습은 변함이 없었다. 하지만 이 년 전과 바뀐 것이라고는 이니안을 보는 눈빛이었다. 그의 눈에는 이니안을 향한 강한 적대감이 어려 있었다.

"오랜만입니다."

"계약이 다 끝나갈 때가 되어서 무슨 일이십니까? 아가씨도 행방불명이 된 이때에 말입니다. 대체 지난 일 년간 어디서 무엇을 한 겁니까?"

포르시아가 행방불명된 가운데 나타난 이니안, 역시 좋은 대접을 받지는 못했다.

"약간의 일이 있었습니다. 공녀님의 행방은 알고 있습니다."

이니안의 대답에 스테판의 얼굴이 급변했다. 얼굴 가득 안도감이 자리한 것이다.

"그렇습니까? 정말로 아가씨의 행방을 알고 있는 것이겠지요?"

"저는 기사입니다. 거짓말은 안 합니다."

이니안의 대답에 고개를 끄덕인 스테판은 급히 몸을 돌려 걸음을 옮겼다. 어쨌든 빨리 공작에게 데려가야 그토록 간절히 찾던 포르시아의 행방을 알 수 있을 것이다. 그는 너무나 급한 마음에 이니안에게 따라오라는 소리도 하지 않은 채 바삐 걸었다. 이니안은 그의 그런 모습에 살짝 미소를 지으며 그 뒤를 따랐다.

"고, 공작 각하, 세이버 경이 오셨습니다. 아가씨의 행방을 알고 있다고 합니다."

얼마나 급했던 것일까? 스테판은 노크도 없이 칸세르 공작이 있는 서재의 문을 열고 들어서며 말했다. 살짝 찡그려진 공작의 얼굴을 보는 순간 그는 자신의 실수를 눈치 챘다.

"죄, 죄송합니다. 제가 너무 기쁜 나머지……."

스테판은 차마 말을 끝맺지를 못했다.

"됐네."

칸세르 공작은 그 한마디로 그의 실수를 덮어주었다.

이니안이 그 뒤를 따라 서재로 들어왔다. 전에 왔던 응접실과는 달리 착 가라앉은 분위기의 방이었다. 스테판의 너머로 칸세르 공작의 얼굴이 보였다. 그리고 그 옆으로 낯선 얼굴이 하나 더 있었다.

칸세르 공작의 아들인 아데노마였으나 이니안이 그를 알 리 없었다.

"오랜만이로군."

칸세르 공작은 스테판 너머에 서 있는 이니안을 보며 말했다.

"오랜만에 뵙습니다."

이니안은 스테판 앞으로 걸어나와 허리를 숙이며 인사를 했다.

"그래, 포르시아의 행방을 알고 있다고?"

"네."

"그동안 무얼 했기에 이제 온 건가?"

"여러 가지 일들이 있었습니다."

의심이 가득 들어찬 눈빛을 보내는 칸세르 공작의 물음에 이니안은 짧게 답했다. 그 와중에 이니안의 시선은 아데노마를 향했다.

"아, 내 아들일세. 포르시아의 오빠지."

"처음 뵙겠습니다. 이니안 세이버라고 합니다."

이니안의 소개에 아데노마의 눈이 빛났다. 그는 이미 이니안의 정체에 대해 들어서 알고 있었다.

'이자가 그 사이몬 가의 인물이란 말이지. 수많은 어새신들은 상대한 후에도 카르세온을 궁지에까지 몰아붙인 실력자.'

그의 눈은 승부욕으로 불타올랐다.

"아데노마 오마 칸세르라고 하네."

아데노마는 소파에 앉은 자세 그대로 짧게 자신의 소개를 마쳤다. 상대가 아무리 사이몬 가의 인물이라고 하더라도 이 자리에서는 자신이 우위에 있다는 것을 분명히 보여줄 필요가 있었다. 어쨌든 자신은 제국 공작 가의 자제이자 자작의 작위를 가진 인물이었다.

'제법 강한 자다.'

이니안은 거만한 모습의 아데노마가 가지고 있는 힘의 크기를 느낄 수 있었다.

'하지만 카르발 황자에 비하면 훨씬 못 미치는군.'

카르발 황자가 가진 힘은 정확히 느낄 수 없었지만 적어도 아데노마의 힘은 정확히 알 수 있었다. 그렇다면 결국 두 사람의 힘의 우위는 분명한 것이다.

"그래, 포르시아는 어디에 있는 것인가?"

이니안과 아데노마가 마주 보고 있는 가운데 옆에서 칸세르 공작의 목소리가 들렸다. 이니안의 시선이 다시 칸세르 공작을 향했다.

이니안은 지그시 칸세르 공작을 바라보았다.

"그전에 여쭙고 싶은 것이 있습니다."

이니안은 강렬한 눈빛을 칸세르 공작에게 보내며 입을 열었다. 칸세르 공작은 이니안의 눈빛을 피하지 않고 마주 보았다.

"무언가?"

칸세르 공작이 느릿느릿한 어조로 대답했다.

"정녕 지난 일 년간 공녀님의 행적을 전혀 모르고 계셨던 것입니까?"

이니안이 보기에 칸세르 공작은 그렇게 허술한 사람이 아니다. 분명 포르시아의 행방을 추적할 수 있는 어떠한 수단을 지니고 있었기에 그렇게 포르시아가 여행을 하도록 내버려 둔 것이었을진대 스테판은 포르시아가 그동안 행방불명이 되었다고 했다. 이니안으로서는 이해할 수 없는 일이었다.

"후후. 원래라면 알아야 하겠지. 하지만 모르네. 어떻게 된 일인지 내가 포르시아의 행방을 알 수 있도록 하기 위해 준비해 둔 것들이 하나같이 소용이 없더군."

그의 대답에 이니안은 고개를 끄덕였다. 분명 카르발 황자가 사전에 추적을 차단한 것이리라. 그가 본 카르발 황자 정도의 인물이라면 능히 그럴 수 있었다.

단지 이니안은 카르발 황자가 한 말의 진실이 궁금했을 뿐이다. 그래서 그 여부를 알아보기 위해 칸세르 공작에게 물었다. 그리고 그에 대한 칸세르 공작의 반응은 그가 정말로 포르시아의 행방을 전혀 모르고 있다고 확신하게 해주었다.

"포르시아 공녀님은……."

그 사실을 확인한 이니안이 천천히 입을 열었다. 스테판의 시선이 이니안의 입에 고정되었다.

반면 칸세르 공작과 아데노마는 자신의 딸이자 동생인 포르시아의 행방을 듣는 데도 한 점의 동요도 보이지 않았다.

"일황자궁에 있습니다."

짤막한 대답.

그 대답에 칸세르 공작은 작게 고개를 끄덕였다.

아데노마의 두 눈은 부릅떠졌다.

스테판은 영문을 모르겠다는 얼굴이다.

이니안의 한마디에 다양한 표정들이 나타났다.

Chapter 7

저는 포르시아 라온 메이지아입니다

"황자궁이란 말이지? 그렇다면 저하께서 포르시아를 데리고 계신 것인가?"

"그렇습니다."

"그렇다면 왜 지금까지 나에게 아무 말을 하지 않았던 거지?"

이니안은 칸세르 공작에게서 뜨거운 열기가 느껴진다고 생각했다. 그 열기는 분노로 인한 것이었다. 소파의 팔걸이에 올려진 그의 주먹이 작게 떨린다.

"저는 지난 일 년간 다른 곳에 있었습니다. 소식을 전할 수 있는 상황이 아니었습니다."

"왜지?"

"포르시아 공녀님은 황자 저하의 부름에 그곳으로 가신 것이 아닙니다. 황자 저하께서 보낸 바실러스 자작이라는 자에게 납치당하다시피 가셨습니다. 저는 제 실력 부족이란 생각 때문에 실력을 쌓기 위해 모처로

갔었지요."

이니안의 말에 칸세르 공작의 몸은 더욱 격렬히 떨렸다.

"바, 바실러스라고?"

"네."

"뿌드득. 바실러스 그놈이……."

칸세르 공작의 목소리는 분노로 가득했다.

무언가 이상하긴 했다. 영지에 내려보냈는데 그 이후 소식이 없었다. 포르시아의 행방불명으로 영지 쪽에 아무 신경을 못 썼는데 설마 그가 황자 쪽에 붙었을 줄이야.

그가 영지의 저택에서 무언가 발견한 것이 틀림없었다. 그렇지 않고서야 어떻게 자신의 휘하에 들어온 지 일 년도 되지 않아 배신을 하고 황자 측에 붙는단 말인가?

'클레비클, 그자가 설마 저택에 무언가를 남겨놓은 것인가?'

본디 흑마법사라는 인종들은 남의 말을 잘 듣지 않았다. 공작의 수하로 있기에 그의 말은 충실히 듣는 것 같았지만 보이지 않는 곳에서까지 그런지는 알 수 없었다.

칸세르 공작은 분명 클레비클이 자신의 지시를 지키지 않고 저택에 무언가 흔적을 남겼을 것이라 추측했다. 바실러스가 배신할 수 있는 가능성은 그것밖에는 없었다.

그리고 그런 그의 추측은 거의 사실에 근접해 있었다.

"그런데 자네는 어떻게 포르시아가 황자궁에 있다고 확신하는가? 포르시아는 어디까지나 바실러스 그 녀석에게 납치된 것 아닌가?"

'바실러스, 칸세르 공작과 무언가 있었구나.'

이니안은 바실러스라는 이름이 나올 때마다 살기가 치솟는 공작의 모습에서 두 사람 사이에 모종의 관계가 있었음을 알 수 있었다.

"제가 직접 일황자궁에 가서 공녀님의 모습을 확인했습니다."

"으음……."

이니안의 대답에 칸세르 공작이 신음을 흘렸다.

이니안은 이제 자신이 이곳에 온 목적을 이룰 때라 생각했다. 지금 바실러스의 이야기로 인해 칸세르 공작의 심리가 상당히 어지러워져 있었다.

"그리고 카르발 황자 저하께서 저보고 공작 각하에게 가보라고 하더군요. 제가 궁금해하는 것들에 대한 대답을 해줄 것이라면서요. 그리고 또한 돌아올 때는 공작 각하의 목을 들고 와주면 고마울 거라고도 하셨습니다."

이니안의 그 말에 칸세르 공작의 몸이 딱딱하게 굳었다. 이니안이 한 말의 의미는 컸다. 특히나 자신의 목을 가져오라는 말, 그 말은 황자가 자신을 쳐내기로 결심했다는 뜻이었다.

'설마? 그가 그 사실을 안 것일까?'

칸세르 공작은 등줄기가 축축이 젖어드는 것을 느꼈다. 어렸지만 천재적인 재능을 가진 일황자였다. 그랬기에 그를 처음 본 순간 제국의 정치판에서 닳고닳은 칸세르 공작 자신이 두려움을 느끼지 않았던가.

"허허허. 저하께서도 농이 심하시군. 제국의 공작인 이 나의 목을 가져오라고 하시다니 말이야."

칸세르 공작은 태연한 얼굴로 웃었지만 이니안은 속지 않았다. 이미 그의 흐트러진 기운을 느낀 것이다.

"드래곤의 눈물이라는 것 때문이라는 말씀도 하셨습니다."

그 말에 칸세르 공작의 얼굴에는 명확한 변화가 생겼다. 두 눈을 부릅떴으며 온몸을 벌벌 떨었다. 황자가 거기까지 알고 있다면 이미 거의 모든 것을 다 알고 있다고 봐도 무관했다.

그렇다.

칸세르 공작은 카르발 황자가 자신의 계획 대부분을 알아차렸다고 결론 내렸다.

"크음……."

헛기침이 짧게 터져 나왔다. 어느새 그의 몸의 떨림은 멎어 있었지만 얼굴에는 낭패의 기색이 역력했다.

아데노마의 얼굴에도 당황의 기색이 역력했다. 그 모습으로 보아 그도 포르시아에 관련된 모든 사실을 알고 있는 것이 분명했다.

스테판 역시 온몸을 덜덜 떨고 있었다.

'대체 이들은 무엇을 꾸민 것이란 말인가?'

이니안은 몇 가지 추측은 할 수 있었지만 도통 확신을 할 수 없었다. 자신이 떠올린 몇 가지의 추측은 모두 말도 안 되는 일이었기 때문이다. 설마 그런 일이 가능할까란 생각에 애써 이곳에 오는 동안 자신이 떠올린 가정들을 떨쳐 버렸다.

자신의 생각대로라면 포르시아가 너무 불쌍했기 때문이다.

"그리고 제가 개인적으로 묻고 싶은 것도 있습니다."

앞으로의 대책에 골몰하던 칸세르 공작의 시선이 이니안을 향했다. 그 말을 할 때 그의 기세가 갑자기 변했기 때문이다. 말속에도 힘이 있었다.

갑작스러운 변화에 칸세르 공작은 이니안에게 눈을 맞췄다. 그의 눈은 불타오르고 있었다.

'혹시?'

그의 눈에 어린 분노를 읽은 칸세르 공작은 짚이는 것이 있었다. 그것은 모두 이니안의 진정한 정체를 알고 있기에 가능한 일이었다.

"카일로니아 왕국의 미에른 후작 가의 별장에서 벌어진 참사에 관해서 알고 계신 것이 없습니까? 제가 알기로 그곳에 드래곤의 눈물이라는 것이 있었다고 합니다만."

이니안은 칸세르 공작을 직시했다. 감히 자신에게서 시선을 돌리지 못하게끔 그는 온몸의 기운을 방출하여 칸세르 공작을 옭아맸다. 보통 사람이라면 어마어마한 압력을 느끼고 있을 텐데도 칸세르 공작은 얼굴색 하나 변하지 않았다.

과연 거물다웠다.

"후후. 알면 어떻고 모르면 어떤가? 자네는 지금 내가 그 사실을 말하지 않으면 당장에 찌그러뜨려 죽이겠다고 협박하는 것인가?"

칸세르 공작은 오히려 침착했다.

카르발 황자가 자신이 꾸민 일을 알아차렸다는 사실에 대한 당황스러움도 어느새 사라져 있었다. 이니안의 물음이 오히려 그를 침착하게 만들어준 자극제가 된 것일까? 아무튼 칸세르 공작은 과연 당대의 효웅다운 모습을 보여주었다.

"알고 계신다고 알아듣겠습니다."

"자네 편한 대로 하게. 하지만 이제 좀 편하게 해주면 좋겠구만. 내가 아무렇지도 않은 얼굴을 하고는 있네만 사실 숨 쉬기도 힘들군."

칸세르 공작이 너스레를 떨었다. 하지만 그것은 괜한 너스레가 아닌 사실이다. 그가 태연을 가장하고 아무렇지도 않게 말을 해서 그렇지, 사실 그가 얼마만큼 고통을 받고 있는지는 기운을 방출하고 있는 이니안이 가장 잘 알고 있었다.

"그럼 말씀해 주시지요."

이니안은 칸세르 공작을 감싸고 있던 기운을 풀었다.

"후우. 이제 좀 편하군."

소파에 앉은 채로 칸세르 공작은 잠시 심호흡을 했다.

"흐음. 자네가 원하는 대답들은 결국 하나로 이어져 있다네. 자네도 대강 짐작하는 것 같지만 말이야. 안 그런가? 이니안 케이 사이몬 자작?"

칸세르 공작은 이미 이니안이 자작의 작위를 받은 것까지 알고 있었다. 하지만 이니안은 놀라지 않았다. 처음 이 저택을 찾았을 때부터 그가 자신의 정체를 알고 있을 것이라 이미 짐작하지 않았던가.

"그런가요? 그렇다면 천천히 이야기해 주십시오."

"그러도록 하지. 그렇다면 우선 좀 앉겠나? 서 있는 자네를 계속 올려다보려니 목이 아프군."

칸세르 공작의 말에 이니안은 그의 맞은편에 있는 소파에 걸터앉았다. 그리고 눈빛으로 이야기를 재촉했다.

"허허. 성격도 참 급하군, 그래."

아데노마와 스테판은 그런 두 사람을 가만히 쳐다보고 있었다. 지금은 그들이 둘 사이에 끼어들 때가 아니었다.

"카르발 칼 폰트 미오나인 황자. 그래, 그가 모든 일의 시작이었지. 나는 그가 어릴 때 한 번 본 적이 있었네. 그때 나는 제국 정계의 일인자의 자리에서 아주 조금 떨어진 곳에 있었지. 그때 그를 보고 나는 직감했네. 제국 역사에 길이 남을 성군의 자질을 타고난 이라고 말이지. 그런데 그건 나에게는 곤란한 일이었어. 이제 겨우 정계의 숙적들을 물리치고 내 세상을 만들 찰나에 아직 어린아이라고는 하지만 그런 재질을 가진 이가 나타났다는 것이 말일세. 자고로 성군이 나타나면 신하들의 힘은 작아지는 법이거든. 난 그것을 원치 않았지. 신은 공평하다고 할까? 그에게 황제로서의 모든 재능을 물려주었기 때문인지 그의 동생에게는 황자라는 신분 외에는 아무런 재능도 주지 않았더군. 이황자인 티게르 칼 폰트 미오나인이 가진 것이라고는 황가의 혈통뿐이었지."

거기까지 말한 칸세르 공작은 소파 사이의 테이블에 올려진 차 주전자에서 차를 따라 마셨다. 눈짓으로 이니안에게도 권했지만 이니안은 고개를 저으며 거절했다.

"두 사람의 서열이 뒤바뀌었다면 제국은 참으로 재미있었을 텐데 아쉽게도 신은 혼란을 원하지 않는 것 같더군. 나로서는 아쉬운 일이지. 신이 그런 평화를 원한다 하더라도 나는 내가 노력해 얻은 힘을 잃기 싫었네. 그렇다면 방법은 하나지, 이황자를 황제로 만드는 것. 하지만 자네도 알다시피 제국은 장자 계승의 원칙이 아주 확고히 지켜지고 있는 나라지. 그러니 방법은 하나야. 일황자를 제거해야지."

그의 말에 아데노마와 스테판의 표정이 급변했다. 그들은 알고 있기는 했지만 그렇다고 저렇게 입에 담는 것은 위험한 일이다. 그 말 한마디만으로도 반역인 것이다. 하지만 칸세르 공작은 개의치 않았다.

"그래서 준비한 것이 포르시아야. 자네도 짐작했는지 모르겠지만 내 친딸이 아니네. 우리 제국의 또 다른 공작 가인 메이지아 공작 가의 딸이지. 아주 어릴 때 납치했다네. 후후. 미인계로 황자를 암살하려 하는데 내 딸을 이용할 수는 없지 않은가? 나도 그렇게 냉혈한은 아니고 더군다나 나에게는 딸이 없었지. 그 아이가 나의 딸로 커서 일황자의 사랑을 얻고 그를 죽이게 하기 위해서는 강력한 최면이 필요했지. 클레비클이 알려주더군. 그것을 가능하게 하는 물건이 드래곤의 눈물이라고 말이야. 더군다나 그것은 최면 정도가 아니라 아예 기억을 재창조하는 것이라 하더군. 그때 마침 나에게 드래곤의 눈물의 일부가 있었지. 그것으로 어린 포르시아의 기억을 조작했다네. 한데 문제가 생겼어. 앞으로 기억 조작을 더 해야 하는데 드래곤의 눈물이 더 이상 없는 것이야."

그때 이니안의 눈이 번쩍 빛났다. 필요한 드래곤의 눈물을 얻은 곳, 그곳이 분명 미에른 후작 가의 별장일 것이다. 이니안은 그렇게 생각했다. 그의 두 눈은 원한에서 나온 살기로 번들거렸다.

"그래서 백방으로 알아보았어. 드래곤의 눈물이 있는 곳을. 그리고 드디어 찾았지. 한데 그 장소가 조금 께름칙했어. 카일로니아 왕국의 후작 가였거든. 카일로니아 하면 아무래도 자네의 가문 때문에 조금 어려운 것은 사실이지. 그래도 필요했기에 결행했네. 이중삼중으로 대리인을 내세워 그 누구도 내가 시킨 일이라는 것을 알 수 없게 해서 말이지. 그때 저 스테판이 고생을 좀 했지."

이니안은 힐끗 스테판을 쳐다본 후 다시 칸세르 공작을 바라보았다.

"그렇게 미에른 후작 가의 별장을 습격했지. 가급적이면 목격자가 없는 것이 좋았기에 모두 죽이라고 했는데 실패를 했다네. 자네 때문이었지. 후후. 자, 이제 궁금증은 모두 풀렸는가?"

칸세르 공작은 담담한 눈으로 이니안을 쳐다보았다. 흡사 모든 것을 포기한 사람과 같은 눈이다.

"그때 죽은 이들 중 미에른 후작 가의 딸이 있었던 것을 아십니까?"

"물론이지. 그것 때문에 카일로니아가 발칵 뒤집힌 것도 말이야."

칸세르 공작은 고개를 끄덕였다.

"그렇다면 그녀가 나의 연인이었단 것도 알고 있었습니까?"

"그건 몰랐군. 미안하게 됐네."

너무나도 성의없는 대답이었다. 마치 옆집 유리창을 깨고 아무것도 아니라는 듯 사과하는 거만한 이웃의 모습과도 같았다. 이니안의 눈이 불을 뿜었다.

"칸세르 공작."

그의 목소리에는 살기가 가득했다.

"후후. 어차피 난 죽을 목숨이네. 그러니 그렇게 힘 빼서 살기를 피울 필요는 없네."

그의 말에 아데노마와 스테판이 놀라서 그를 쳐다보았다.

"그렇게 놀랄 것 없다. 카르발 황자는 치밀한 사람이야. 아마 그는 저 사이몬 자작이 너보다도 강하다는 것을 짐작하고 나를 죽이게 하기 위해 이곳에 보낸 것이야. 후후. 사이몬 가의 자작이 제국의 공작을 죽인다라… 좋지. 이것을 빌미로 전쟁이라도 벌어지면 더욱 좋은 일이고 말이야."

머리의 열기가 싸늘히 식었다.

분노에 사로잡힌 이니안은 생각지도 못했던 일이다. 카르발 황자가 거의 모든 사실을 알고 있음에도 모두 말해주지 않고 자신을 이곳으로 보낸 진정한 이유.

그것은 자신의 손을 빌려 껄끄러운 칸세르 공작을 제거함과 동시에 국경을 마주한 강국 카일로니아 왕국과의 외교에서 우위를 점하기 위해서였다. 일이 악화가 되어 전쟁이 터져도 상관없었다.

카일로니아가 아무리 강한 국력을 가지고 있다 해도 제국의 규모에 비하면 조금 큰 나라일 뿐이다. 능히 제국이 이길 수 있는 전쟁인 것이다.

아무리 카일로니아에 사이몬 공작 가가 있다고 해도 전쟁은 기사로만 하는 것이 아니니 말이다.

카르발 황자는 이미 거기까지 수를 읽고 있었다. 포르시아와 관련해 이니안이 분노할 것을 뻔히 예상하고 말이다. 미에른 후작 가의 일까지 알고 있었는지는 의문이다.

'카르발 황자, 내 지금 받은 것은 반드시 돌려주도록 하지.'

이니안이 입술을 살짝 깨물었다. 그의 손바닥에서 놀아날 뻔한 것이 분했던 것이다.

"후후. 내가 죽이고 싶을 정도로 밉겠지만 어쨌든 자네는 나에게 빚을 하나 졌어. 내가 자네 나라에 전쟁이 터지는 것을 막아주었으니까."

억지 같았지만 나름대로 일리가 있는 말이었다.

"그래서?"

이니안은 짧게 물었다.

"나 하나로 만족하게."

이니안은 고개를 끄덕였다. 그가 말하고자 하는 바를 알아들은 것이다.

"고맙네. 그리고 미안하다고 전해주게나."

칸세르 공작은 웃으며 말했다. 그의 얼굴에는 만족감이 가득한 평화로운 미소가 피어올랐다. 그리고 입가로 한줄기 피가 흘러내렸다. 그의 눈은 어느새 스르르 감겼다.

"아버님!"

"공작 각하!"

아데노마와 스테판이 놀라서 공작의 곁에 다가가 어깨를 흔든다. 그러자 공작의 목이 힘없이 흔들릴 뿐이다.

입 안에 늘 지니고 다니던 독으로 자살을 한 것이다.

제국의 공작씩이나 되는 인물이 무엇이 두려워 항시 입 안에 독을 숨기고 있었는지는 모르지만 어쨌든 그는 너무나 초라한 죽음을 맞이했다.

가진 바 야망에 비해서는 너무나 허무하고 어이없는 죽음이기도 했다.

이니안으로서도 공작의 자살은 의외였다. 설마 자살을 하리라고는 생각지도 못했었다.

그 하나로 만족하라는 말에서 무언가 불길함은 느꼈지만 그래도 팔 하나 정도로 생각했었지, 설마 목숨을 버릴 줄은 몰랐던 것이다.

이니안은 미련없이 몸을 돌렸다.

더 이상 이곳에 있을 이유는 없었다. 다시 황궁으로 돌아가 카르발 황자와 담판을 지어야 했다. 이니안은 아직 포르시아가 깨어난 사실을 몰랐다.

"잠깐."

서재 밖을 향해 걸음을 옮기는 이니안을 향해 아데노마의 목소리가 들렸다.

"무슨 일이지?"

이니안이 몸을 돌렸다.

그 순간 하얀 장갑이 날아와 이니안의 뺨에 부딪쳤다가 떨어진다.

"결투를 청한다."

"이유는?"

"아버지의 죽음."

간결한 문답.

이니안은 고개를 끄덕였다.

이니안의 입장에서는 칸세르 공작은 죽어야 했기에 죽은 것뿐이다. 그 정도의 야망을 지닌 이가 그렇게 허무하게 죽은 것에는 무척이나 놀랐지만 그뿐이다.

하지만 아데노마의 입장은 달랐다. 결국은 이니안이 옴으로 해서 아버지가 자살한 것이다. 그에게는 이니안에게 도전할 권리가 있었다.

"나가지."

그 말에 아데노마가 앞장서 걸음을 옮겼다. 이니안은 잠자코 그 뒤를 따랐다. 앞장선 아데노마의 꽉 쥔 주먹이 가늘게 떨리고 있었다.

아데노마는 지하로 내려갔다. 그가 지난 시간 동안 고대의 검법서를 수련한 지하 연무장으로 향하는 것이다.

가문의 사람들에게 보여줘서 좋을 것 없는 결투다. 아직 공작의 죽음은 스테판만이 알고 있는 상황이다. 더군다나 아데노마는 결투에서 승리할 자신이 없었다.

고대의 검법을 익히고 이 연무장을 벗어났을 때만 하더라도 세상의 그 누구라도 이길 수 있을 것 같았다. 그 유명한 사이몬 가의 공작이라 하더라도 말이다. 하지만 이니안을 만나고 그 생각은 달라졌다.

짐작할 수가 없었다. 이니안이 가진 실력의 깊이를 알 수가 없었다. 그래서 불안했던 것이다. 아버지의 죽음에 대한 복수의 결투. 그 결투에서 승리의 자신이 없었기에 아데노마는 아무도 없는 지하 연무장으로 향한 것이다.

그르릉거리는 소리를 내며 연무장의 문이 열렸다. 내부에는 마법등이 빛을 발하고 있었다.

"이런 곳, 대부분 고위 귀족가에는 있는 모양이군."

이니안이 주변을 둘러보며 중얼거렸다. 솔직히 이런 지하 연무장은 자신의 집에나 있을 것이라 생각했던 것이다.

"훗. 글쎄. 단지 우리 가문은 비밀이 좀 많아서 말이야."

"뭐, 그게 중요한 것은 아니지."

이니안이 아데노마를 마주 보며 섰다. 둘 사이의 거리는 오 미터 정도였다.

두 사람의 손이 동시에 허리에 걸린 검의 손잡이를 잡았다.

스르릉.

검이 검집을 빠져나오는 소리가 동시에 두 곳에서 울린다.

마법등의 빛을 받아 조금은 어두운 공간에서 검신이 반짝인다. 두 사람은 착 가라앉은 눈빛으로 서로를 응시했다.

누구도 움직이지 않았다. 그저 검을 뽑아 든 그 상태로 마주 보고 있을 뿐이다.

아데노마가 한 발을 스윽 끌면서 조금 앞으로 나왔다. 그 순간 이니안의 몸이 사라졌다. 마령보의 수법으로 재빨리 이동한 것이다. 그와 동시에 아데노마의 모습 역시 사라졌다. 그 역시 고대의 검법서에 있던 몸을 움직이는 법으로 움직이기 시작한 것이다. 두 사람은 조금 전과는 전혀 다르게 맹렬한 속도로 움직였다.

챙채챙!

맹렬한 속도로 움직이는 가운데 있었던 몇 번의 마주침이 검이 부딪치는 소리로 울렸다.

그렇게 몇 번 더 검을 섞은 후 두 사람은 처음의 위치에서 서로를 마주 보며 섰다.

"다르군."

"뭐가?"

"대륙에 퍼진 검법과는 다른 검법을 익혔어."

이니안의 말에 아데노마가 슬며시 미소를 지었다.

"놀랐는가? 이 대륙에 고대라 불리던 시절의 검법이지. 그때는 다른 것은 몰라도 검법만큼은 현재보다 더욱 발전되어 있었으니까."

'고대의 검법이라… 운용법이 우리 가문의 그것과 비슷했어.'

이니안은 아데노마와 부딪칠 때의 느낌을 떠올렸다. 가문의 기사와 대련을 하는 듯한 느낌이었다.

"그럼 이제 본격적으로 해볼까?"

이니안이 검을 살짝 비스듬히 기울였다.

"좋아."

아데노마는 검을 한가운데에 거의 수직으로 곧추세웠다.

두 사람의 눈이 동시에 빛났다.

"마령소혼."

"파이어!"

두 사람의 외침과 동시에 각자의 초식이 검끝에서 뿜어져 나왔다.

쾅!

첫 번째 부딪침은 무승부였다.

'검에서 열기가 느껴졌다. 화기를 다루는 검법이로군.'

사이몬 가에도 그런 검법이 있었다. 자신이 익히지는 않았지만 예전에 메이린에게서 들은 기억이 있었다, 검으로 열기나 냉기를 다룰 수 있는 검법이 존재한다는 말을.

"파이어 월!"

한 번의 맞부딪침이 끝나자마자 아데노마는 재차 검을 찔러왔다. 검에서 불꽃이 피어올라 이니안을 집어삼키려 했다.

"귀혼천검."

무수히 늘어난 검영이 이니안을 덮쳐 오는 불꽃을 갈랐다. 그리고는 오히려 아데노마를 찔러갔다.

"쳇."

아데노마는 재빨리 몸을 구르며 이니안의 검을 피했다. 그리고 굴렀다 일어나는 반동을 이용해 곧장 검을 이니안을 향해 찔러 넣었다.

"파이어 스피어!"

불꽃의 창으로 변한 아데노마의 검은 빛살과도 같은 속도로 이니안의 심장을 노리고 날아왔다.

이니안은 만혼금쇄의 수법을 응용해 자신을 노리는 검을 아래에서 위로 올려쳤다. 그사이 잠시 드러난 빈틈을 향해 이니안은 검을 내리며 청검밀밀의 수법으로 찔러 들어갔다. 엄청난 빠르기의 공격이 실패한 여파로 아데노마는 잠시 몸을 마음대로 움직일 수 없었다.

그 순간을 노리고 이니안의 검이 그의 목젖으로 다가들었다.

아데노마는 이를 악물고 몸을 회전시켰다.

"파이어 소울!"

그 외침과 함께 검에서 뿜어져 나온 불꽃이 곧 그의 온몸을 휘감았다. 그리고 다시 사방으로 퍼져 나가는 불꽃은 무척이나 거셌다, 이니안의 청검밀밀의 공격 궤도를 바꿔 버릴 정도로.

이니안의 검이 약간 빗나가는 순간 제자리에서 몸을 회전시키던 아데노마는 그대로 이니안에게 돌격해 왔다.

"칫."

이니안이 입술을 깨물었다. 자신이 생각한 대로 일이 풀리지 않았기 때문이다.

이니안은 마령보의 방위를 밟으며 재빨리 아데노마의 돌격을 피했다. 하지만 아데노마는 이니안 못지않은 속도로 그 뒤를 쫓았다.

"어쩔 수 없어."

아데노마를 떨쳐 내지 못한 이니안이 낮게 중얼거렸다.

"마령현신."

마령천참검의 후반부 초식을 사용했다.

그와 동시에 검끝에서 피어오른 기운은 마령이 되어 불꽃의 영혼, 즉 화령으로 화한 아데노마를 덮쳤다.

요란한 폭음과 진동 후 아데노마는 멀리 튕겨져 처참한 모습으로 바닥을 굴렀다. 그의 몸을 감싸고 있던 불꽃은 이미 사라진 후였다.

"끝이군. 그럼 난 간다. 내가 결투에서 이겼으니 더 이상 마주 볼 일은 없을 것 같군."

이니안은 그 말을 남기고 미련없이 지하 연무장을 벗어났다. 작게 새어 나오는 아데노마의 분노에 찬 흐느낌 소리를 들을 수 있었다.

땀에 흠뻑 젖은 카르발 황자가 다시 방으로 돌아왔다. 미친 듯이 검을 휘두르자 어느 정도 분노가 가라앉는 듯했다.

문을 열고 들어서자 포르시아가 창가의 의자에 앉아 밖을 내다보고 있는 모습이 눈에 들어왔다.

"오셨나요?"

아무런 말 없이 문을 열고 들어올 수 있는 이는 이 방의 주인인 카르발 황자뿐이었기에 포르시아는 어렵지 않게 그가 왔음을 알 수 있었다. 하지만 시선은 여전히 창밖을 향한 채다.

"그렇소."

카르발 황자는 뚜벅뚜벅 걸어 포르시아를 향해 다가갔다. 땀으로 흠뻑 젖은 그의 얼굴에서 결심에 찬 눈동자가 빛을 발하고 있었다. 그는 이곳으로 오면서 마음의 결정을 내렸다.

"포르시아, 날 보시오."

그제야 포르시아는 의자에서 일어나 돌아섰다. 카르발 황자의 얼굴을 본 그녀의 얼굴에는 약간의 놀람이 떠올랐다.

"몸을 격하게 움직이는 것을 별로 안 좋아하시는 줄 알았는데요."

"사람들이 그렇게 알도록 한 거요."

도대체 속을 알 수가 없는 사람이다. 예전에도 그랬다. 그는 항상 사랑이 가득한 눈으로 자신을 보며 또 항시 자신에게 사랑한다고 속삭였다. 하지만 포르시아는 그의 속을 알 수가 없었다. 그것이 그녀로 하여금 카르발 황자에게 거리감을 느끼게 만든 것이다.

"나와 결혼해 주시오. 아니, 결혼하시오."

포르시아가 잠시 눈을 내리깔고 생각에 잠긴 사이 귀에 들린 카르발 황자의 말이다.

"네?"

갑작스러운 말에 포르시아가 눈을 동그랗게 뜨고 되묻는다.

"결혼해 주시오."

이것이었던가? 조금 전 그가 보여준 결심의 눈빛은 이 말을 하기 위한 것이었다.

"너… 너무 갑작스러운 말씀이시네요. 게다가 전 아까 말씀드렸듯 이……."

"그만! 어차피 나는 그대와 혼약을 한 사이오. 그리고 그대가 일 년이나 잠드는 바람에 오히려 예정된 결혼식 날짜에서 더욱 늦어졌소. 그러니 당장이라도 결혼식을 올려도 이상할 것 없소. 아까 그 말은 못 들은 걸로 하겠소. 내 마음 같아서는 지금 당장이라도 식을 올리고 싶지만 제국의 황자인 이상 절차가 복잡하오. 내 오늘 아바마마께 말씀을 드릴 것이니 그리 알고 마음의 준비를 해두시오."

포르시아의 말을 자르고 카르발 황자는 일방적으로 이야기했다. 포르시아는 잠시 얼떨떨한 얼굴로 카르발 황자를 보았다. 하나 이내 고개를 저었다.

"싫습니다."

단호한 한마디다.

하지만 카르발 황자의 얼굴에 변화는 없었다. 아니, 그럴 줄 알았다는 듯한 얼굴이다.

"그대는 잠에서 깨어난 이후 무언가 변한 듯하오. 내가 알던 그대보다 훨씬 강하고 아름다워졌지. 그래서 더욱 그대를 포기할 수 없소."

"제가 이렇게 변할 수 있었던 것은 추운 겨울 어느 날 어느 동굴에서 그를 만났기 때문입니다."

카르발 황자는 포르시아의 말에서 이상한 것을 느꼈다. 그녀가 이니안을 만난 것은 칸세르 영지의 저택에서였다. 그전에 그를 만나기는 했었다. 하지만 포르시아는 그때의 일을 잊었다고 들었다. 하지만 조금 전의 말로 보아 기억을 하는 듯했다.

"설마 기억을 찾은 것이오?"

카르발 황자가 조심스레 물었다.

"네, 찾았습니다. 아주 어린 시절의 기억도, 그리고 로즈라는 이름으로 제도를 떠나 홀로 떠돌던 때의 기억도 말이지요. 그것도 다 그가 제가 잠든 동안 이곳에 와서 저를 이끌어주었기 때문입니다."

포르시아의 말에 카르발 황자가 한 발짝 뒤로 물러섰다.

"그, 그가 왔던 것을 알고 있단 말이오? 아니, 그 때문에 기억을 되찾았다고?"

"그의 기운이 느껴졌기에 전 긴 잠에서 깨어날 수 있었습니다."

포르시아는 고개를 끄덕이며 또렷한 목소리로 대답했다.

카르발 황자는 다시 한 걸음 물러섰다.

"후우… 그럴 수가……."

무언가 믿을 수 없다는 듯한 모습이다.

포르시아와 보낸 시간은 자신이 훨씬 더 많았다. 그런데 그녀가 잠에서 깨게 한 것이 자신이 아니라 그라니 인정하기 싫었다. 아니, 인정할 수 없었다. 혼란해 보이던 그의 얼굴이 다시 원래대로 돌아왔다. 그리고 그는 한자한자 힘주어 말했다.

"그래도 결혼은 나와 해야 할 거요."

그 말을 끝으로 카르발 황자는 몸을 돌렸다. 더 이상 이야기를 하고 있다간 왠지 자신이 밀릴 것 같은 불안함을 느꼈기 때문이다. 온몸을 흠뻑 적셨던 땀도 이미 다 마른 후다. 그럼에도 그는 차가운 물에 목욕을 하고 싶었다. 몸 안에서 피어오르는 열기가 너무 거센 탓이다.

"잠깐만요."

카르발 황자가 두 걸음쯤 걸었을 때 포르시아의 입이 열렸다. 그는 그 목소리에 걸음을 멈춰서는 안 된다는 느낌을 받았다. 그리고 느낌대로 행동하려 했다. 하지만 뒤이어 나온 말에 그는 걸음을 멈출 수밖에 없었다.

"저는 황자 저하의 약혼녀가 아닙니다."

"그, 그게 무슨 말이오?"

카르발 황자의 목소리가 떨려 나왔다. 그를 멈춰 설 수밖에 없게 만든 말, 믿을 수 없는 말이다. 그녀가 자신의 약혼녀가 아니라니.

"저는 어릴 때도 포함해서 모든 기억을 찾았다고 했습니다."

"그래서?"

"저하께서는 분명 포르시아 오마 칸세르와 약혼을 하셨을 겁니다. 하지만 저는 포르시아 라온 메이지아입니다."

쿠쿵.

이 무슨 마른하늘에 날벼락 같은 소리란 말인가?

설마 그녀가 칸세르 공작에게 납치되기 전의 기억까지 모두 되찾았을 줄은 몰랐다. 그 자신도 바실러스에게서 듣고서야 알게 된 사실이 아니던가.

"그, 그게 무슨 말이오?"

카르발 황자는 분명히 당황했다.

그의 일생 중 오늘처럼 감정의 변화가 극명했던 날이 있었을까?

"저는 저하와 약혼을 한 칸세르 공작 가의 딸이 아니라는 겁니다. 저는 메이지아 공작 가의 딸입니다."

"하지만 내가 약혼을 한 것은 당신이오."

"저이지만 제가 아닙니다."

"궤변이오."

그렇다. 정말로 말도 안 되는 소리다. 분명 약혼을 한 당사자인데도 불구하고 이름이 달라졌다고 자신이 아니라니.

"하지만 분명 아닌 것은 아니지요."

포르시아는 물러서지 않았다. 결국 카르발 황자는 다시 돌아설 수밖에 없었다.

"후우… 내 이 말만은 하지 않으려고 했소."

카르발 황자가 안타까운 눈으로 포르시아를 쳐다보았다. 포르시아는 그 눈을 피하지 않았다.

"그대는 왜 그대의 어린 시절의 기억을 잃고 칸세르 공작 가의 딸이 되었는 줄 아시오?"

포르시아는 고개를 저었다. 모든 기억을 되찾았지만 그 일만은 도무지 알 수가 없었다.

"나도 그 사실은 겨우 일 년 전에야 알았소. 그래서 그대를 이곳으로 부른 것이오."

"저하께서는 진작에 제가 칸세르 공녀가 아님을 아셨군요."

그 말에는 따끔한 질책의 뜻이 포함되어 있었다. 하지만 카르발 황자는 그런 것에는 신경 쓰지 않았다. 이미 물러설 곳이 없어져 버렸다.

"나는 그대와 결혼을 하면 죽소. 그래도 결혼을 할 것이오."

이건 또 무슨 말인가? 자신이 칸세르 공작 가의 딸로 바뀐 사실에 대한 이야기를 해준다더니 갑자기 자신이 그와 결혼하면 그가 죽는다니, 포르시아는 도무지 이해할 수가 없었다. 카르발 황자를 보고 있는 그녀의 시선에는 의문으로 가득했다.

그런 포르시아의 시선을 받으며 카르발 황자는 자신이 알고 있는 이야기를 하나하나 풀어나갔다. 서로 마주 선 그 상태로 카르발 황자의 낮은 목소리가 끊기지 않고 이어졌다.

그에 따라 포르시아의 두 눈이 점점 커졌다. 그녀로서는 믿을 수 없는 이야기가 그녀 앞에 선 황자의 입에서 흘러나오고 있었다.

그런 비밀이 있었다니, 그래서 자신이 메이지아가 아닌 칸세르가 되었다니, 믿을 수가 없었다. 그래도 그녀가 기억하는 칸세르 공작은 자상하고 훌륭한 아버지였다.

그 자상함이 모두 자신을 이용하기 위해 포장된 것이었다니 믿을 수가 없었다. 존경할 수 있는 훌륭한 인품의 아버지의 모습이 꾸며진 것이었다니 받아들일 수 없었다.

최근 아버지의 모습에서 이상함을 느낀 적은 있었지만 설마 자신이 황자를 살해하기 위한 음모의 도구일 줄이야······.

하지만 그렇게 하면 모든 것이 설명되었다. 어린 시절 자신의 이름이 바뀐 것과 아주 오랜 시간 동안 기억을 잃고 지낸 것, 건강을 위한 대법이라고 하기에는 너무 음침했던 그것 등. 포르시아의 가슴에 남아 있던 의문이 모두 풀렸다.

"어떻게··· 그런······."

포르시아는 힘없는 목소리로 중얼거렸다.

"포르시아, 그런 것이 어떻든 난 상관없소. 난 그대를 사랑하오. 그 모든 것을 받아들이며 그대와 결혼할 수 있소."

"저와 결혼하면 죽는데도 말이지요?"

여전히 힘없는 목소리로 묻는 포르시아의 표정은 허탈해 보였다. 믿었던 가족에 대한 배신감 때문이리라.

"물론이오."

카르발 황자의 대답에 포르시아가 고개를 젓는다.

"저하, 유감이지만 제가 저하를 사랑하지 않습니다. 과거에는 그것이 사랑이라고 착각한 적도 있었지만 지금은 아닙니다. 그저 친절하고 자상하신 저하의 모습에 편안함과 고마움을 느꼈을 뿐 사랑은 아니었습니다. 죽음을 각오하고라도 저와 결혼을 하시겠다는 저하의 마음은 감사하나,

받아들일 수 없습니다."

포르시아는 그렇게 조용히 말한 후 걸음을 옮겼다. 자신이 일 년간 죽은 듯 잠들어 있던 방, 그곳에서 무언가 생각을 정리할 필요가 있었다. 잃었던, 아니, 내면에 숨겨져 있던 기억을 모두 찾은 지 하루도 되지 않아 엄청난 이야기를 들어버렸다.

일 년의 긴 잠 끝에 눈을 뜬 오늘은 그녀에게 너무나 많은 혼란을 안겨주었다.

카르발 황자는 돌이라도 된 듯 가만히 서 있었다. 포르시아가 마지막에 한 말이 안겨준 충격이 그로 하여금 입도 떼지 못하게 만든 것이다.

그가 충격에서 벗어나 정신을 차렸을 때 포르시아는 이미 침실로 들어가 문을 닫고 있었다.

"포르시아!!"

그의 입에서 절규와도 같은 외침이 터져 나왔지만 포르시아가 들어간 방의 문은 열리지 않았다.

"이니안!!"

이니안의 이름을 부르는 그의 외침은 절규였다. 그와 동시에 그의 두 눈에는 진득한 살기가 떠올랐다. 얼굴은 흉신악살의 그것과 같이 잔뜩 일그러져 있다.

카르발 황자는 문을 세차게 열고는 방을 나섰다. 분노가 절절히 느껴지는 걸음으로 복도를 걸어가던 카르발 황자는 어느 지점에 멈춰 문을 열고 들어갔다.

"황자 저하를 뵙습니다."

노크도 없이 벌컥 문을 열고 들어간 방에는 바실러스가 여러 가지 서적을 펼쳐 놓고 갖가지 시약으로 마법 실험을 하던 중이었다.

"어떻게 되었나?"

"죄송합니다. 아직."

바실러스는 단번에 지금 카르발 황자의 기분이 좋지 않다는 것을 알아차리고 조심스럽게 행동했다.

"흐음."

벌써 일 년이다. 그런데 아직도 포르시아에게 펼쳐진 대법에서 자신을 죽이게 하는 암시를 해제하는 방법을 찾기는커녕 잠에서 깨울 방법도 찾지 못하다니.

백마법과 흑마법을 모두 익혔기에 어렵지 않게 찾아낼 수 있을 거라 호언장담하던 때의 바실러스의 당당하던 얼굴은 이미 사라지고 없었다. 대신 안절부절못하며 카르발 황자의 눈치만 살필 뿐이다.

"오늘 포르시아가 깨어났네."

"넷?"

바실러스는 너무 놀라 한 걸음 앞으로 나서며 되물었다. 그 와중에 그의 허리에 부딪친 책상 위의 시약병들이 쓰러지며 시약이 책상을 적셨다. 하지만 바실러스는 그런 것은 안중에도 없다는 얼굴이다.

포르시아를 깨우기 위해 연구하던 시약이니 그녀가 깨어난 이상 아무 쓸모가 없는 것들이 되어버린 것이다.

"어, 어떻게 깨어나셨답니까? 잠에 빠져들면서 모든 의식이 드래곤의 눈물로 펼친 대법 아래에 가라앉아 버려 도무지 깨울 수가 없었는데 말입니다."

바실러스는 말도 안 된다는 얼굴로 카르발 황자에게 물었다.

"이니안 그 녀석이 깨웠다더군. 그가 왔던 것이 느껴지면서 자신의 과거 모든 기억을 찾고 깨어났다 하더군."

카르발 황자의 대답에 바실러스는 멍한 얼굴을 했다. 말도 안 되는 일이다. 단지 한 사람의 기운을 느꼈다고 거대한 대법 아래에 가라앉아 있던 의식이 대법의 벽을 뚫고 깨어나다니 말이다.

"기억까지 되찾았다고요? 설마 예전에 대법에 의해 조작되어 지워졌던 기억이 모두요?"

"그렇네."

기억까지 되찾다니 있을 수 없는 일이다. 자신의 마법사로서의 지식을 아무리 뒤져도 이것은 있을 수 없는 일이었다.

"모, 모르겠습니다. 적어도 제가 아는 한 그런 일은 불가능하기에……."

바실러스는 말을 제대로 잇지 못했다. 자신의 지식 범주를 완전히 벗어난 일이 눈앞에 펼쳐진 것이다.

"상관없네, 어차피 이제 포르시아가 깨어났으니까 나랑은 상관없지. 자네는 포르시아에게 걸린 날 죽이라는 암시를 풀 방법을 연구하게, 이제는. 기한은 삼 개월이네."

"네?"

갑작스레 기한까지 걸고 나오는 카르발 황자의 말에 바실러스는 깜짝 놀랐다.

"불가능합니다."

"불가능? 훗. 그럼 자네도 나와 함께 죽는 걸세."

"그게 무슨……."

"포르시아가 사랑하는 이가 있다고 하더군. 그런데 그게 내가 아니라고 했네. 하지만 난 포르시아를 다른 이에게 주기 싫어, 절대로. 그러니 무리를 해서라도 결혼을 할 수밖에 없지. 설령 내가 죽는 한이 있더라도 말이야. 지금 아바마마께 그 이야기를 하러 갈 거야. 최대한 빨리 식을 올리도록 추진할 거야. 그렇다면 삼 개월 정도 걸리겠지. 자네가 포르시아에게 걸린 암시를 풀든 말든 난 포르시아와 결혼식을 올릴 걸세. 대신 내가 죽으면 자네도 죽는다. 그뿐이야."

카르발 황자의 설명에 바실러스는 멍한 얼굴로 그를 바라보았다. 깨우는 것도 일 년 동안 해결을 못했는데 이제는 암시를 풀라니, 그것도 삼 개월 만에 말이다. 힘든 일이다. 아니, 불가능한 일이다.

"그러니 살고 싶으면 불가능을 가능으로 만들어봐."

"아, 알겠습니다."

바실러스는 떨떠름한 표정으로 힘겹게 대답했다. 어쩌면 그의 생명은 앞으로 삼 개월밖에 안 남았을지도 모른다.

"그 말을 하러 왔네. 아, 그리고 저 케라우라는 변종 뱀파이어를 이용해서 이니안을 죽이도록. 죽일 수 있을 거라 생각하지는 않지만 뭐, 노력해 보게."

그 말을 끝으로 카르발 황자는 바실러스의 방을 나갔다.

"으으. 이니안… 그 녀석인가? 포르시아 공녀가 사랑한다는 사람이? 훗. 사랑하는 이의 기운은 흑마법의 대법도 뚫고 느낄 수 있다라… 빌어먹을. 그 녀석, 반드시 죽인다."

바실러스의 두 눈이 분노로 빛났다. 그의 출현으로 인해 자신의 생명이 위험해졌으니 당연하다면 당연한 일이다.

"케라우, 가자."

바실러스가 방문을 거칠게 열어젖히고는 걸어나갔다. 그 뒤로 여전히 눈에 초점이 없는 케라우가 따랐다. 바실러스는 일단 포르시아의 상태를 확인하기 위해 그녀를 찾았다. 그를 기억하고 있는 그녀의 싸늘한 눈빛을 맞으며 바실러스는 포르시아의 몸 상태를 살폈다.

시종일관 자신을 싸늘하게 바라보는 포르시아 덕에 등이 식은땀으로 축축이 젖어들었다. 단지 눈빛만으로 자신을 그렇게 만드는 걸로 보아 확실히 공작 가의 피를 타고난 이는 다른 무언가가 있다고 느끼는 바실러스였다.

포르시아는 간간이 케라우를 바라볼 때는 무척이나 안타까워하는 눈빛을 보였다.

바실러스는 포르시아의 몸을 모두 살피고 그 방을 나왔다.

"알 수 없어."

정말로 알 수 없었다.

"이미 암시는 풀려 있다."

낮은 중얼거림이었다. 주변에 아무도 없었지만 혹시라도 누군가가 들을까 아주 작은 목소리였다.

"드래곤의 눈물로 인한 기운도 이미 모두 사라졌어."

바실러스는 걸음을 옮기며 자신이 살핀 포르시아의 몸 상태에 대해 곰곰이 생각했다.

그녀는 긴 잠에서 깨어나면서 나뉘어져 있던 의식이 모두 하나로 합쳐졌다. 그리고 그와 동시에 그녀의 몸에 펼쳐져 있던 드래곤 눈물의 기운이 모두 사라졌다. 그러니 황자를 죽이라는 암시 역시 이미 풀려 버린 상태다.

하지만 대체 어떻게 된 일인지 영문을 알 수가 없었다.

일 년간 죽은 듯 자던 그녀가 갑자기 깨어나더니 의식을 속박하던 금제가 모두 풀려 버리고 정상의 모습을 찾았다. 마법사인 바실러스의 지식으로도 풀 수 없는 수수께끼였다.

"그렇다면 일단 목숨은 건졌군. 후후."

바실러스의 입가에 미소가 감돈다. 불과 얼마 전에 카르발 황자 덕에 목숨의 위험을 느꼈지만 이제는 그 위협에서 벗어났다. 아니, 오히려 시간을 끌다가 결혼식 직전에야 겨우 완성한 듯 아무런 영향이 없는 눈속임의 대법을 펼치기만 한다면 자신에 대한 신임은 더욱 올라갈 것이다.

"그때 약속하셨던 작위가 후작이었던가?"

그가 처음 카르발 황자를 만났을 때 포르시아에게 걸린 대법을 풀어내면 후작의 작위를 주겠다고 했었다. 그 생각에 더욱 기분이 좋아졌다. 살인의 암시는 이미 풀렸지만 그것을 모르는 카르발 황자에게 있는 대로 생색을 낼 수 있게 되었다.

"후후후. 그럼 느긋하게 이니안 녀석을 처리하러 가볼까?"

이니안이 제도에 있다는 것은 알 수 있었다. 포르시아가 이니안의 기운을 느끼고 깨어난 것이라면 결국 그가 이곳까지 들어왔다가 나갔다는 것이다. 지금은 어디에 있는지 모르겠지만 곧 이곳으로 올 것 같다는 예감이 들었다.

Chapter 8

늘 내 곁에 있었구나

늘 내 곁에 있었구나

카르세온은 바쁘게 말을 달렸다. 제도의 대로에서 급하게 말을 모는 것은 엄격하게 금지되어 있지만 현재 카르세온의 경우는 예외였다. 그는 일황자의 부름을 받고 최대한 빨리 황궁에 도착해야 했기 때문이다.

수련을 어느 정도 마치고 나왔다는 것을 아는 이는 자신의 가족과 카르발 황자뿐이었다. 아직 칸세르 공작 가에는 알리지 않은 상태다. 조금 쉬면서 몸의 상태를 최상으로 만드는 한편 생각할 것이 있어서 일부러 칸세르 공작 가에는 아직 수련 중이라 해놓은 상태다.

그러던 차에 오늘 갑자기 통신 마법으로 카르발 황자가 자신을 황궁으로 불러들였다.

무슨 일이기에 그리도 급하게 자신을 찾을까라는 생각과 함께 카르세온은 힘껏 말을 몰았다. 마차를 타고 가던 귀족들 중 몇몇은 그를 알아보고 놀란 표정을 짓기도 했지만 그런 것에 일일이 신경 쓸 여유는 없었다.

황궁의 입구에서 간단한 신분 확인을 마친 후 카르세온은 말에서 내려 일황자궁으로 향했다. 황궁 내에서는 말을 탈 수 없었기에 그는 걸음을 빨리했다.

"왔어?"

평소 그가 즐겨 있는 방과는 다른 방으로 안내를 받아 들어간 카르세온을 보자마자 카르발 황자가 한 말이다.

"그래."

그 방에는 역시 아무도 없었기에 카르세온은 자신의 친구에게 평소처럼 대답했다.

"그래, 내가 준 책이 도움이 좀 되었어?"

"큰 도움이 되었다."

"새로운 힘을 손에 넣은 것 같군."

카르세온의 대답에 카르발 황자가 고개를 끄덕이며 말했다. 두 눈을 반짝이는 카르세온의 얼굴에는 자신감이 가득했다. 고대의 검법서에서 무엇인가를 얻은 것이 틀림없었다.

"그런데 무슨 일로 날 급히 찾은 거지?"

"문제가 생겼어."

카르세온의 얼굴에 궁금함이 가득 떠올랐다.

"포르시아가 모든 기억을 되찾았어."

그 말에 카르세온은 반색을 했다. 그렇다면 그것은 문제가 아니라 다행스러운 일 아닌가.

"그런데 나랑 결혼하기 싫다는군. 따로 마음에 둔 사람이 있다나?"

그 말에 카르세온은 흠칫했다.

"그… 무슨……."

"이니안이라는 녀석이더군, 네가 예전에 말해주었던."

"그런……."

카르세온은 머리에 강한 충격을 받았다. 이니안에게서 포르시아를 데리고 올 때 어렴풋이 눈치는 채고 있었다. 그래서 그녀가 기억을 찾지 못하게 되면 어쩌나 걱정도 많이 했었다. 그런데 기억을 찾았는데도 불구하고 카르발 황자를 거부하다니 무척이나 곤란한 일이다.

"후우. 그것 말고도 이래저래 복잡한 일들이 많아. 그건 나중에 때가 되면 말해줄게. 하지만 지금 나에게 가장 급한 일은 이니안, 그 녀석이야."

순간 카르발 황자의 눈이 불을 뿜었다. 사랑하는 이를 빼앗긴 남자의 질투심이 가득한 눈이다.

'네가 아닌 다른 사람이 그녀의 약혼자라면 나도 그런 눈을 했겠지. 하지만 이제는 아니야.'

일 년 동안 수련을 하면서 심경의 변화가 생긴 것인지 카르세온의 얼굴은 담담했다.

"이니안, 그는 곧 이곳으로 올 거야."

그 말에 카르세온은 깜짝 놀랐다. 설마 그가 제도에 들어와 있을 줄은 상상도 못한 것이다.

"어떻게?"

"여러 가지 복잡한 사정이 얽혀 있지. 뭐, 모든 것의 시작은 칸세르 공작이지만……."

카르세온의 눈이 빛났다.

"그러게 내가 조심하라고 누누이 말했잖아."

그의 말에는 질책의 뜻이 담겨 있었다. 카르발 황자가 피식 웃었다.

"그렇지. 하지만 그럴 수 없었다는 거 알고 있잖아? 그리고 이제는 상관없는 일이야. 그는 죽었을 테니까."

"뭐?"

제국의 최고 권력자인 공작이 죽었을 거라니 선뜻 이해할 수 없는 말이었다.

"이니안이 죽였을 거야."

"그게 무슨 말이야?"

카르세온은 도무지 알아들을 수 없는 말을 하는 카르발을 다그쳤다.

"내가 그렇게 부추겼어. 그가 칸세르 공작을 죽일 수밖에 없게끔 말이지. 후후. 두 사람 사이에 묘한 은원이 있었으니까."

순간 카르발 황자의 두 눈이 섬뜩하게 빛났다.

"칸세르 공작 각하는 포르시아 공녀의 아버지야. 어떻게 그렇게 할 수가 있지?"

카르세온은 이해할 수 없다는 눈으로 카르발을 바라보며 물었다. 그의 물음에 카르발의 입가에 웃음이 맺힌다.

"포르시아는 그의 딸이 아니야. 내가 조금 전에 말한 여러 가지 복잡한 사정이라는 것 중 하나가 그거야."

들으면 들을수록 알 수 없는 이야기다.

"그 이야기는 그만 하지. 일단 오늘 일이 끝나면 내가 자세한 이야기를 들려줄게. 시간이 별로 없을 것 같아서 말이야. 내가 너를 부른 건 이니안을 막아달라는 거야. 정확히는 제국 공작 살해 혐의로 즉결 처분을 하라는 거지."

순간적으로 카르발의 눈이 요사스럽게 빛났다. 음모를 꾸미는 자의 음침한 눈빛. 그것이 잠깐 사이에 카르발의 눈에 떠올랐다가 사라졌다.

"내가 따로 바실러스를 시켜서 그를 제거하도록 했지만 안심이 안 돼. 고대 검법서의 검법까지 익힌 너라면 믿을 수 있을 것 같아. 그래서 불렀어. 그가 칸세르 공작을 죽인 이상 이건 제국과 왕국 간의 외교 문제로도 끌고 갈 수 있지만 그것은 차후의 일이야. 일단은 이니안을 제거해 줘. 나에게는 그를 명분에 맞게 제거하는 것이 우선적으로 필요하니까 말이야."

'카르발……'

몰랐다. 정녕 카르세온은 모르고 있었다. 자신의 친구 내면에 도사리고 있는 저 간교한 마음이란 어떻게 된 것일까? 지금 자신의 앞에 있는 카르발 황자는 그가 알고 있는 그의 친구 카르발이 아니었다.

'사랑이라는 것이 그런 것이냐?'

아무리 생각해도 이건 아니었다. 아무리 한 여인을 사랑하여 그것을 위해 꾸민 일이라고는 하지만 카르세온의 생각에는 이것은 아니었다.

"알았다."

내키지는 않았지만 카르세온은 그렇게 대답했다. 그것이 친구라는 것이다. 자신은 옳지 않다 생각했지만 그래도 친구였기에 이번만큼은 그의 부탁을 들어주기로 했다.

'하지만 이번이 처음이자 마지막이다.'

카르세온의 그런 마음을 아는 것인지 모르는 것인지 카르발은 그의 대답에 얼굴 가득 웃음을 떠올리며 양손으로 카르세온의 어깨를 짚었다.

"고맙다."

"그럼."

카르세온은 몸을 돌려 방을 나섰다. 이니안이 이곳으로 오는 것을 기다려야 하기에 그는 황자궁의 정문 쪽으로 걸음을 옮겼다. 아무리 공작 살해 혐의라고 해도 황궁의 정문에서 드잡이질을 벌이는 것은 무리였기에 황궁 내로 들어오는 것을 기다리려는 것이다.

"큭큭큭."

카르세온이 나가고 방에 혼자 남은 카르발 황자의 입에서 웃음이 새어 나왔다.

"그래, 그렇게 너도 죽는 거다, 카르세온. 네가 그렇게 내켜 하지 않는 얼굴을 할 것을 내가 모를 리가 있을까. 그리고 너는 결코 이니안 그 녀석을 이기지 못한다, 나도 승리를 장담하지 못할 힘을 느꼈으니까. 그런 만큼 네가 그 녀석의 힘을 많이 빼줘야 하겠어."

유리창에 반사되어 얼핏 보이는 카르발 황자의 얼굴, 그것은 인간의 그것이 아닌 악마의 얼굴이었다.

이니안은 어렵지 않게 황궁의 정문을 통과할 수 있었다. 얼마 전 지나쳤던 곳을 다시 지나치는 것이기에 경비병들도 별다른 제재를 가하지 않았다.

사이몬 공작 가의 아들이자 일황자의 손님인 그를 제지할 담력을 가진 경비병이 있을 리가 없었던 것이다.

처음 왔을 때 갔던 길을 따라 천천히 가던 이니안은 자신의 앞을 막아선 두 사람을 보았다.

"응?"

두 사람은 바실러스와 케라우였다.

일황자궁이 지척에 있는 거리였다.

"오랜만이군."

이니안이 먼저 입을 열었다. 여유있는 모습의 이니안은 입가에 웃음까지 머금었다.

"네놈, 왜 나타난 것이냐? 네놈 덕에 내가 생각하고 있던 것들이 모두 틀어졌어. 뭐, 그중에는 오히려 복이 된 것도 있지만 어쨌든 네가 걸리적거린다는 것은 분명한 사실이다."

바실러스의 눈에 살기가 어렸다.

"그런가? 그거 유감이군."

하지만 이니안의 표정은 그의 말과는 전혀 달랐다.

"그보다 묻고 싶은 것이 있는데."

"뭐지?"

현재의 상황에는 어울리지 않은 이니안의 물음인데도 바실러스는 그의 물음을 받아주었다. 바실러스는 그것이 그에게 죽음을 선사하기 전의 조금의 아량이라고 생각한 것일까?

"케라우는 앞으로 영원히 저렇게 있어야 하는 것인가?"

"아, 그것 말인가? 후후. 우리 가문의 피가 이어지는 한은 그렇겠지. 우리 가문 사람들의 피에 반응하는 것이니까."

"그런 것이로군. 그러하다면 현재 너 말고도 케라우를 부리는 대법을 알고 있는 이가 있는가?"

"없다. 아직 내 아들에게는 가르쳐 주지 않았지. 하지만 대법이 기록된 책은 두고 왔으니 언젠가는 익힐 것이야."

그제야 이니안은 의문이 풀렸다는 얼굴을 했다.

"그러면 일단 네놈을 죽이면 케라우는 원래대로 돌아온다는 것인가?"

그 말에 바실러스의 얼굴에는 비웃음이 어렸다.

"크크. 네가 과연 그럴 수 있을까?"

"쉬워."

이니안은 무료하다는 듯한 얼굴로 짧게 대답했다. 그 대답에 바실러스의 얼굴이 잔뜩 일그러졌다. 자신은 8서클 마스터와 자웅을 결해도 패하지 않을 실력을 가진 마법사다. 그런데 눈앞의 인물이 그런 자신을 아주 우습다는 듯 여기고 있으니 화가 나지 않을 수 없었다.

"케라우! 처리해라!"

짧은 명령에 케라우의 눈이 번쩍이며 이니안을 향해 달려들었다. 순식간에 쭈욱 뻗어 나온 손톱이 날카로운 빛을 발하며 이니안의 목을 향해 날아갔다.

이니안은 즉각 검을 뽑아 케라우의 손톱을 쳐내고는 마령보의 방위를 밟아 바실러스에게 달려들었다. 바실러스만 죽이면 케라우는 원래대로 돌아온다. 그러니 굳이 케라우와 싸울 필요는 없는 것이다.

그런 이니안의 짐작을 눈치 챈 바실러스가 살짝 미소를 짓는다.

"네가 나를 너무 우습게보는구나. 블링크."

이니안의 검은 바실러스가 마법을 이용해 사라진 빈 공간을 갈랐다.

"푸하하하! 검을 사용하는 네가 마법사인 나를 베겠다니, 가소롭다. 다크 파이어 스톰!"

하늘에서 바실러스의 웃음소리와 함께 검은 불꽃이 이니안을 향해 쏟아져 내렸다. 그리고 뒤에서는 케라우가 양손으로 이니안을 찌르며 달려들고 있었다.

절체절명의 순간이라 할 수도 있었다. 보통의 소드 마스터라면 양쪽의 공격을 모두 무력화시키기 위해 상당한 노력을 기울여야 할 것이다. 하지만 이니안의 표정은 여전했다.

이니안은 오른손에 들고 있는 검을 자신을 덮치는 검은 불꽃을 향해 던졌다. 검은 불꽃을 꿰뚫고는 곧장 플라이 마법으로 공중에 떠 있는 바실러스를 향해 날아갔다. 바실러스는 아주 자연스러운 동작으로 자신을 향해 날아오는 검을 피했다.

"푸훗. 공중에 떠 있는 마법사를 공격하기 위해 검을 던진다라. 그런 진부한 방법으로 나를 잡을 수 있을까? 나는 보통의 그저 그런 마법사가 아니다."

바실러스의 얼굴에는 이니안에 대한 비웃음이 가득했다. 소드 마스터라는 인간이 공중의 마법사를 공격하기 위해 선택한 방법이 고작 검을 던지는 것이라니 우스웠다.

마나가 실린 검이었기에 자신이 쏘아 보낸 마법은 검에 의해 소멸되었
지만 아직 케라우의 공격이 남아 있다. 게다가 지금 이니안의 수중에는
검도 없었다. 그야말로 그의 승리가 확실시되는 순간이다.

케라우는 뱀파이어 중에서도 강력한 힘을 지닌 원족이다. 케라우 나이
의 원족 뱀파이어는 결코 소드 마스터에 비해 약하지 않았다. 아니, 오히
려 조금 더 강했다.

바실러스는 승리자의 미소를 띠었다.

간단해도 너무 간단했다.

그 순간이다.

쉐에엑!

그의 귀에 뒤에서 바람을 가르는 소리가 들렸다.

"뭐지?"

고개를 뒤로 돌리는 순간 그는 등허리에서 화끈한 감각을 느꼈다. 불
에 지져지는 듯한 고통이 등허리에서 척추를 따라 올라와 머리를 강하게
두드린다.

"어… 어떻게……."

배를 뚫고 삐죽이 튀어나와 있는 검의 끝. 바실러스는 그것을 내려다
보며 믿을 수 없다는 표정을 지었다. 분명 자신이 피했던 검이다. 그래서
멀리 날아가 버렸던 검이다. 그런데 그것이 되돌아와 자신의 등을 꿰뚫
었다. 이런 일이 있을 수 있단 말인가?

"월 소드(Will Sword)라는 거야. 의지로 검을 움직이는 방법이지. 일
년 전에는 쓸 수 없었지만 이제는 쓸 수 있어."

이니안의 말과 동시에 검이 뽑혔다. 바실러스의 붉은 피가 묻은 이니
안의 검은 천천히 이니안의 오른손으로 돌아왔다.

"믿… 믿을 수… 어… 어떻게… 거… 검이…….."

그 이상의 말을 잇지 못한 바실러스는 바닥으로 허무하게 떨어졌다. 바닥에 떨어졌을 때 그는 이미 목숨이 끊긴 뒤였다.

그와 동시에 케라우의 움직임도 멎었다. 이니안과 불과 한 발자국 떨어진 거리였다.

초점이 없던 눈에 천천히 초점이 돌아온다.

"뭐, 뭐야? 이건? 여긴 어디지?"

바실러스가 죽자 곧 케라우는 정신을 차렸다.

퍽.

"뭐야!"

정신을 차리자마자 뒤통수에서 느껴지는 화끈한 충격. 이니안이 왼손으로 힘껏 그의 머리를 후려친 것이다.

"이걸로 봐준다, 원래는 훨씬 두들겨 패줄려고 했지만."

케라우는 어이없다는 얼굴로 이니안을 쳐다보았다. 그는 바실러스의 종이 되었던 순간의 일을 모두 기억하지 못하고 있었다. 그랬기에 이니안의 그런 행동을 이해할 수 없는 것이다.

"응? 저건 바실러스 녀석 아니야?"

주변을 두리번거리던 케라우의 눈에 바실러스의 시체가 들어왔다. 더욱 알 수 없었다. 대체 자신이 있는 곳은 어디란 말인가?

"가자."

이니안은 앞장서 걸었다. 케라우는 서둘러 그 뒤를 따랐다. 천천히 걸음을 옮기면서 이니안은 케라우의 의문을 풀어주었다. 그동안 있었던 일을 간단히 요약해서 말해준 것이다.

"바실러스, 그 씹어먹어도 시원찮을 녀석이…….."

케라우의 목소리는 분노에 떨렸다. 그럴 수밖에 없었다. 자신이 그 지하 골방에 갇혀 그런 세월을 보낸 것이 바실러스의 종으로 부려지기 위해서였다니. 그리고 실제로 그렇게 행동했다니 분노할 만했다.

"그러니까 앞으로 바실러스라는 성을 쓰는 녀석은 피하는 게 좋을 거야. 그렇지 않았다가는 다시 종이 되어버릴 테니까."

이니안은 진심으로 걱정스럽게 말했다. 하지만 분노한 케라우의 귀에는 그의 말이 들어오지 않았다.

그사이 두 사람은 황자궁의 입구에 도착했다. 본디 바실러스가 있던 곳이 가까운 곳이었기에 오히려 시간이 많이 걸린 것이다.

짝짝짝.

이니안이 황자궁 입구에 도착하자 박수 소리가 들렸다. 카르세온이 벽에 기대선 자세로 가볍게 손뼉을 치고 있었다.

그를 보는 순간 이니안의 눈이 빛났다. 자신에게 가족 이외의 사람에게 패배한 기억을 처음으로 만들어준 이였다. 당연한 반응이다.

"오랜만이군."

카르세온이 벽에서 몸을 떼어 바로 섰다.

"그래, 꼭 한 번 만나고 싶었어."

이니안의 입가에 미소가 어린다. 드디어 지난날의 패배를 설욕할 기회가 찾아온 것이다.

"훌륭한 기술이었어. 던진 검을 자유롭게 조종할 수 있다니 말이야. 그나저나 황자 저하도 대단하신걸. 이 근처에서는 마법을 사용할 수 있게 결계를 재조정하다니 말이야."

황궁 내에서는 아무나 마법을 사용하지 못한다. 그런데 바실러스는 너무나 간단하게 마법을 사용했다. 결국 카르발 황자가 손을 써두었다는 말이다.

"상관없어, 그런 것."

이니안이 짧게 말했다.

"그렇지. 우리같이 검을 들고 사는 이들에게는 상관없는 일이지. 그나
저나 묻고 싶은 것이 있다."

이니안이 눈짓으로 물으라고 대답했다.

"칸세르 공작은 죽었나?"

"그래."

그 대답에 카르세온은 역시 하는 표정을 지으며 검병으로 손을 가져갔
다.

"카르발 황자 저하가 그러시더군. 네가 오면 제국의 공작 살해 혐의로
즉결 처분하라고 말이야."

그 말에 이니안은 고개를 끄덕였다. 역시 칸세르 공작은 그런 카르발
황자의 의도를 짐작하고 자살한 것이다. 자신이 분노에 눈이 멀어 실수
할 뻔한 그때에 말이다. 칸세르 공작으로서는 어차피 죽을 목숨이었기에
최후의 순간만이라도 카르발 황자의 의도가 빗나가게 하고 싶었던 것이
리라.

"공작 살해 혐의라… 그건 자살하는 사람을 지켜보기만 해도 적용되
는 것인가?"

이니안의 말에 카르세온은 가만히 이니안을 바라보았다.

"칸세르 공작 각하는 자살하셨는가?"

"그래."

"어떻게 증명할 수 있지?"

"그의 아들이 함께 있었어, 그리고 집사도."

카르세온은 고개를 끄덕였다. 그렇다면 카르발 황자가 말한 핑계로
그를 죽일 수 없게 되어버린다. 하지만 그것이 묘하게 그를 안심시켰
다.

"카르발 황자의 뜻대로 되게 할 수 없다면서 내가 검을 뽑기도 전에 스스로 독으로 자살을 하더군. 그의 몸에는 검에 입은 상처는 하나도 없어."

칸세르 공작, 과연 간웅다운 최후를 맞이했다고 카르세온은 생각했다.

"그런가? 그렇다면 나는 여기서 너와 싸울 이유가 없어진 셈이로군. 대체 일이 어떻게 진행되고 있는 것인지 도통 알 수가 없어. 칸세르 공작 각하가 자살을 하고, 네가 이곳에 찾아오고 바실러스 자작, 아니, 백작은 너와 싸우다가 죽고……."

"바실러스가 백작이었나?"

"그렇게 됐다고 하더군."

"그래?"

이니안은 미소를 지으며 검을 뽑았다.

"무슨 뜻이지?"

카르세온은 그런 이니안을 보며 의문에 찬 눈으로 물었다.

"난 너에게 갚아줄 빚이 있거든. 그리고 난 네 눈앞에서 제국의 백작을 죽인 귀족 살해범이고 말이야."

카르세온의 입가에도 미소가 걸렸다.

"좋아. 받아주지. 그리고 바실러스 백작은 하늘에서 떨어지는 눈먼 검에 찔려 죽은 거야."

카르세온도 검을 뽑았다.

두 사람은 그렇게 서로에게 검을 겨누고 서 있었다.

얼마나 시간이 흘렀을까? 상당한 시간이 흘렀음에도 두 사람은 꼼짝도 하지 않았다.

"많이 늘었군."

이니안이 담담하게 중얼거렸다.

"저번에 패한 쪽은 너였던 걸로 기억하는데?"

패자가 승자에게 많이 늘었다니 무언가 앞뒤가 안 맞는 말이었다.

"훗. 패자도 승자의 실력 정도는 평가할 권리가 있지. 마나가 움직이는 길은 하나가 아니다. 그 비밀을 풀었나 보군."

메이린에게서 들었다, 그녀가 로레인과 카르세온이 싸운 이후 카르세온에게 그런 힌트를 주었다고.

"그래, 도무지 알 수 없는 말이었는데 카르발 황자 저하께서 주신 고대의 검법서에서 힌트를 풀 실마리를 얻었지."

카르세온의 얼굴에 진한 미소가 걸렸다. 그와 동시에 두 사람의 몸에서 어마어마한 기세가 쏟아져 나왔다.

두 사람 모두 일검에 전력을 다하겠다는 태세였다.

일검승부.

카르세온도 이나안도 자신이 펼칠 수 있는 가장 강한 위력의 수법을 사용할 것이다.

두 사람을 중심으로 퍼져 나가는 마나의 떨림이, 공기의 파동이 그것을 말해주고 있었다.

카르세온의 검끝이 살짝 떨리는가 싶더니 검이 부드럽게 움직인다. 그와 동시에 그의 몸에서 광풍이 몰아친다. 이니안은 집중해서 그의 움직임을 지켜보았다. 그리고 이니안의 검도 천천히 움직이기 시작했다.

"스톰 오브 소드!"

"마령노후!"

두 사람의 검이 서로를 향해 뻗어나가면서 강한 기운이 몰아쳤다. 카르세온의 몸이 태풍의 눈이라도 되는 듯 그 몸을 중심으로 어마어마한 폭풍이 몰아치며 검끝으로 뻗어 나왔다.

이니안의 검에서 나타난 마령은 우렁찬 외침을 토하며 자신을 향해 다가오는 폭풍에 온몸을 던졌다.

콰콰콰쾅!

황자궁은 때아닌 폭음과 함께 건물이 흔들렸다. 하지만 주변에 누구도 나타나지 않았다. 이런 대결을 예상한 카르발 황자가 주변의 사람들을 물리고 누구도 접근하지 못하게 한 것이다.

"쿨럭."

폭발의 먼지가 걷히자 카르세온이 몇 걸음 뒤로 물러서며 피를 토했다. 그의 검은 반쯤 부러져 있었다.

"강했어."

이니안은 짤막하게 말했다.

"후후. 그때와는 정반대로군."

부러진 검과 옷을 적신 피.

바운더리 산맥의 어느 곳에서 대결했을 때 이니안과 그와의 상황이 정반대로 펼쳐져 있었다.

"원래 나는 강했어. 그날은 네가 운이 조금 좋았을 뿐이야."

"후후. 인정하지. 나는 네가 의지로 움직이는 검도 사용하게 하지 못했으니까."

카르세온은 이니안이 바실러스를 죽일 때 사용한 그 검법이 이니안이 가진 최강의 검법이라는 것을 느낄 수 있었다. 이니안은 자신과의 대결에서 그 검법을 사용하지 않았다. 결국 이니안은 최선을 다하지 않고도 자신을 가볍게 이겼다는 것이다.

인정할 수밖에 없었다.

"그럼 난 들어간다, 그 잘나신 황자 저하를 만나러."

이니안은 카르세온을 지나쳐 갔다. 황자궁으로 들어가는 문 앞에서 걸음을 멈춘 이니안이 잠시 뒤를 돌아본다.

"몸이 회복되거든 우리 집에 한 번 들러. 그 정도면 누나를 이길지도 모르니까."

그 말을 끝으로 이니안은 궁 안으로 모습을 감췄다.

"누나를 이길지도 모른다고……."

이니안이 사라지고 홀로 남은 카르세온은 이니안의 말을 가만히 중얼거렸다.

"후훗. 그렇지. 그러고 보니 나도 빚이 하나 있었지."

카르세온은 똑똑히 기억하고 있었다. 아름다운 여인이 떨쳐 내던 붉은 오러 블레이드의 그 아름다운 움직임을 말이다. 불현듯 빚을 갚아야겠다는 생각이 들었다.

"그럼 몸이 회복되는 대로 카일로니아에 가보도록 할까?"

비틀거리는 걸음으로 황자궁을 벗어나며 카르세온이 작게 중얼거렸다. 그의 입가에는 미소가 걸려 있었다.

두 사람이 반대 방향으로 사라진 자리에 케라우만이 덩그러니 남아 있었다. 문 안으로 들어가기 직전 그를 따라가려는 케라우를 이니안이 전음으로 말렸다. 자신이 나올 때까지 이곳에서 기다리라고 한 것이다. 일 년간 바실러스의 꼭두각시 노릇을 하며 그의 몸 상태가 많이 안 좋아져 있는 것을 이니안이 알아본 것이다.

"쳇. 빨리 나와라, 얼음탱이."

황자궁의 벽에 털썩 기대어 앉으며 케라우는 정말로 오랜만에 이니안의 옛 별명을 중얼거렸다.

궁 안으로 들어온 이니안은 소매로 입가를 닦았다. 입가에 살짝 흘러내린 피가 그의 소매에 닦여 나왔다. 카르세온과의 격돌로 인해 입은 내상의 여파로 살짝 피가 흘러나온 것이다. 대단한 내상은 아니었지만 이 정도라면 능히 로레인과 자웅을 결할 수 있을 수준이다. 그랬기에 마지막에 그런 말을 남긴 것이다. 이니안은 곧 무표정한 얼굴로 걸음을 옮겼다.

넓은 궁에는 아무도 없었다. 뚜벅뚜벅 울리는 발자국 소리만이 이니안의 귀에 들렸다.

대체 그 짧은 시간 동안 궁을 분주히 움직이던 시종과 시녀, 기사들을 모두 어디로 물린 것일까?

지금 궁을 잠식하고 있는 분위기는 마치 카르발 황자가 홀로 이니안을 기다리고 있다고 말하고 있는 듯했다.

"이제 마지막인가?"

이니안은 처음 이곳에 왔을 때 포르시아를 봤던 그 방으로 갔다. 여전히 복도는 공허하게 비어 있었다. 하지만 앞으로 갈수록 이니안의 얼굴에 긴장이 어렸다. 이 복도는 완전히 비어 있지 않았다. 특히나 포르시아가 있는 방 주위로 빽빽하게 쳐져 있는 살기의 그물, 그 그물은 이니안이 걸려들기만을 기다리고 있는 듯했다. 하지만 이니안의 걸음에는 여유가 넘쳤다.

긴장한 얼굴로 내딛는 여유로운 걸음. 이니안의 손은 언제라도 검을 뽑을 준비가 되어 있었다.

쉬익!

은밀한 소리와 함께 다섯 개의 단검이 이니안을 덮쳤다. 이니안은 부드러운 걸음과 유연한 몸동작으로 그 다섯 개의 단검을 모두 피했다.

그러자 천장에서 떨어져 내리는 철그물.

철그물이 이니안을 덮치기 전 그의 검이 빛을 발하며 검집을 박차고 나와 아름다운 선을 그리며 철그물을 헤집었다. 이니안의 검에 산산이 잘린 철그물이 철그렁거리는 소리는 내며 이니안의 주변으로 떨어졌다.

이니안의 발이 빠르게 움직였다. 벽을 박차고 천장으로 뛰어오른 이니안의 팔이 바삐 움직인다. 천장의 돌벽을 뚫고 들어갔다 나오는 이니안의 검에는 어김없이 붉은 피가 묻어 있었다.

비명은 없었다.

철저히 수련된 자들인 듯 옆의 동료가 죽어도, 자신의 심장에 검이 박혀도 비명 한 번 없이 이니안에 대한 공격을 계속해 왔다.

이니안도 아무런 소리를 내지 않았다. 침묵한 채 그저 검을 휘두를 뿐이었다.

이 싸움은 카르발 황자가 기다리고 있는 곳으로 가기 전의 몸풀기에 불과할 뿐이다.

포르시아가 있는 방이 가까워질수록 공격은 매섭게 변했다.

하지만 이니안의 옷깃조차도 베지 못했다. 그만큼 이니안의 움직임은 빨랐으며, 정확했고, 단호했다.

이미 일 년 전의 모습과는 완전히 변해 버렸다. 한 명, 한 명 모습도 보이지 않는 적들을 베어 넘기는 그의 눈빛은 낮게 가라앉아 있었다.

얼마나 많은 이들을 베었을까?

이니안은 포르시아가 있는 방문 앞에 당도했다.

그는 잠시 검에 시선을 두었다. 자신에 베어 넘긴 이들의 선혈이 아직도 검신을 타고 흘러내리고 있다. 이런 검을 들고 포르시아가 자고 있는 방에 들어갈 순 없었다. 그건 그녀에 대한 실례다. 이니안은 검에 마나를 주입해 가볍게 털었다. 마나의 힘에 의해 검에 묻은 선혈이 깨끗이 털려 나갔다. 그리고 검을 검집에 넣고 문을 열고 방 안으로 들어갔다.

"왔는가?"

기다리고 있었다는 듯한 말투다. 문을 열면 바로 마주 보이는 곳에 의자를 놓고 다리를 꼬고 앉아 있는 카르발 황자의 거만한 얼굴. 하지만 그 거만함 아래에 초조함이 숨겨져 있음을 이니안은 알 수 있었다.

"와야지, 바라는 대로 칸세르 공작의 목은 가지고 오지 못했지만 말이야."

이니안의 대답에 카르발 황자는 의외라는 얼굴을 했다.

"그런, 반드시 가지고 올 거라 생각을 했는데… 그래서 카르세온이 그냥 보내준 건가?"

"자네의 바람이 내가 칸세르 공작을 죽이는 건지, 아니면 그저 칸세르 공작의 죽음이었는지 모르겠지만 일단 칸세르 공작은 죽었어. 자살이야."

이니안의 대답에 카르발 황자의 눈썹이 꿈틀했다. 공작의 자살은 그로서도 생각지 못한 것이기 때문이다.

"푸하하하. 과연 칸세르 공작다워. 마지막까지 나의 뒤통수를 치는군. 암, 그래야지. 나의 목숨을 노리며 십수 년간 준비해 온 사람인데 그 정도는 해줘야지."

즐거운 것일까, 분노한 것일까? 종잡을 수 없는 웃음이었다.

"그런데 너무 깨끗하군. 그래도 조금은 낭패한 모습으로 들어오기를 바라면서 준비해 둔 것인데 말이야. 더군다나 카르세온 정도라면 어느 정도 힘을 빼놓을 수 있을 거라 생각했는데 말이야. 기껏 고대의 검법서까지 주고 수련을 시켰는데 안타깝게 됐군."

카르발 황자는 이니안의 모습을 살피며 정녕 아쉽다는 듯 말했다.

"아니, 제법 강했어, 카르세온은."

이니안의 대답에 카르발 황자가 다시 이니안을 찬찬히 살폈다. 그리고 이니안의 소매에서 그의 시선이 멈췄다.

"과연, 아주 타격을 입히지 못한 것은 아니군."

카르발 황자의 입가에 가는 미소가 어린다.

"대단한 것도 아니지."

이니안은 대수롭지 않게 말했다. 그의 말에 카르발 황자는 고개를 끄덕였다. 그는 이니안의 말이 진실이라는 것을 알 수 있었다.

"그나저나 잘 다녀왔는가? 칸세르 공작이 죽었다니 조금 아쉽기는 해."

"자살한 것이 아쉽겠지. 후후. 덕분에 대강 모든 일의 전모에 대해서는 알게 되었어."

이니안의 눈이 빛난다.

"그래? 그렇다면 나는 더 이상 설명할 것이 없겠군."

"그래, 없어. 난 이제 공녀님을 모시고 가면 그만이야."

그 말을 마치고 이니안은 포르시아가 잠들어 있던 방으로 걸음을 옮겼다. 그 순간 카르발 황자는 의자에서 일어나 순식간에 이니안의 앞을 막았다. 그러나 이니안은 그럴 줄 알았다는 듯 마령보의 방위를 밟으며 그의 몸을 피해 순간적으로 문 앞에 당도했다. 찰나의 시간을 가르는 극쾌의 움직임이었다.

"강하군."

이니안의 문의 손잡이를 잡는 모습을 보며 카르발 황자가 작게 중얼거렸다.

"너 역시."

문의 손잡이를 돌리며 이니안도 작게 중얼거린다.

"하지만 내가 인정해 주는 것도 여기까지야. 어서 그 손잡이를 놓지 않으면 나의 검이 너의 등을 찢어발길 거다."

카르발 황자는 장식처럼 허리에 달려 있던 검을 뽑았다. 스르릉거리는 차가운 음색과 함께 하얀 검신이 모습을 드러냈다.

하지만 이미 이니안은 그 말을 무시하고 문을 열고 있었다.

"네놈!"

카르발 황자는 커다란 외침과 함께 검을 휘둘렀다. 그러자 검끝에 맺힌 마나가 유형화되어 이니안을 향해 날아갔다.

하지만 이니안은 그 검을 피할 생각을 하지 않았다. 눈앞에 있는 광경이 믿어지지 않았기 때문이다.

침대에는 포르시아가 없었다. 대신 깨끗하게 정돈된 침대가 놓여 있을 뿐이다. 하지만 그런 것은 아무래도 상관이 없었다. 침대 곁에 놓인 안락의자에 다소곳이 앉아 있는 포르시아가 그 녹색빛 눈동자로 자신을 보고 있었던 것이다.

놀라웠다. 무려 일 년 동안 잠들어 있었다는 이야기를 들은 것이 오늘이다. 그런데 지금 이렇게 눈을 뜨고 포르시아가 자신을 보고 있었다.

"고, 공녀님."

이니안은 믿어지지 않는다는 듯 떨리는 목소리로 포르시아를 불렀다. 그의 부름에 포르시아가 생긋 웃었다.

어떻게 이 방에 앉아 있는 포르시아의 기척을 느끼지 못하고 그녀가 계속 자고 있을 거라고만 생각했을까? 역시 선입견이란 무서운 것이었다.

"네 녀석, 정신 좀 차리고 있어라. 샤이닝 실드."

그때 등 뒤에서 칼의 목소리가 들렸다. 그 직후 몸에 느껴지는 마법과 검기의 충돌. 카르발 황자가 쏘아 보낸 검기를 칼이 실체화하면서 마법으로 막은 것이다. 깨어난 포르시아를 본 감격에 아무런 동작도 취하지 않는 이니안을 보다 못해 칼이 나선 것이다.

"응? 자네는 또 뭔가?"

갑자기 나타난 칼의 모습에 카르발 황자는 조금 당황한 듯했다.

"훗. 글쎄… 이니안의 도우미 정도라고나 할까?"

칼이 빙긋 웃었다.

"그래? 우리 둘의 문제에 끼어들지 말고 좀 비켜주는 게 어때?"

"그거야 어렵지 않지. 단, 저 녀석이 정신을 차린 후에."

칼은 샤이닝 실드를 유지한 채 대답했다. 그의 대답에 카르발 황자의 검을 쥔 손에 힘이 들어갔다. 하지만 어찌하지는 못했다. 괜스레 지금 힘을 뺄 이유는 없었던 것이다.

이니안은 멍하니 포르시아를 바라보았다. 이니안의 시선을 받으며 포르시아가 웃으며 고개를 저었다.

"공녀님이 아니에요."

그 말에 이니안의 눈에 의문의 빛이 떠오른다.

"그냥 포르시아에요, 이니안 오빠."

"네?"

포르시아의 말에 이니안이 얼떨떨하게 되물었다.

"그 동굴에서 처음 만났던 로즈. 그 기억도 찾았어요."

이니안의 얼굴을 보며 포르시아는 다시 한 번 생긋 웃어주었다.

"아아."

이니안은 그저 그 소리만을 입 밖으로 냈다. 하지만 심정은 전혀 달랐다. 포르시아를 볼 때마다 느꼈던 가슴 한가운데가 허전하던 그것이 이제는 꽉 채워진 듯했기 때문이다.

"포르시아."

이니안이 다시 한 번 포르시아의 이름을 부른다.

"네, 이니안 오빠. 오랜만이에요."

의자에서 몸을 일으킨 포르시아가 한 걸음 한 걸음 이니안을 향해 다가왔다. 그리고 이니안의 바로 앞에 다다르자 그대로 이니안의 품에 안겼다. 이니안도 자신의 품에 들어온 포르시아를 꽉 끌어안았다.

"이니안!!"

칼의 너머로 그 모습을 본 카르발 황자가 분노의 외침을 토해냈지만 두 사람은 그런 그의 행동에 신경 쓰지 않았다.

"꼭 한 번 이렇게 안겨보고 싶었어요."

품에서 들려오는 포르시아의 목소리. 이니안은 가만히 고개를 끄덕였다. 언제부턴가 그 역시 이렇게 포르시아를 품에 안고 싶었으니까 말이다.

두 사람은 이미 마음이 통하고 있었다.

포르시아가 이니안의 품에서 벗어났다. 두 사람의 눈빛이 허공에서 뜨겁게 얽혔다. 그리고 곧 둘의 시선은 카르발 황자를 향했다.

"됐냐?"

칼의 물음에 이니안이 고개를 끄덕였다. 그러자 칼은 마법을 해제하고 다시 영혼의 상태로 돌아갔다.

"네놈……."

카르발 황자의 목소리가 분노에 떨렸다.

"이것으로 모든 것은 끝난 것 같은데, 그만 포기하는 게 어때?"

이니안의 말에 카르발은 사나운 눈으로 그를 노려보았다.

"크흐흐. 그게 말이나 되는 소리냐? 넌 절대 이곳에서 살아나가지 못한다."

"저하."

포르시아가 안타까운 목소리로 카르발 황자를 불렀다.

카르발 황자의 사나운 눈이 포르시아를 향했다. 그 눈빛에 포르시아는 일순 움츠러들었다.

"감히 나를 능멸하고 저런 녀석을 선택한단 말이오? 크흐흐. 내 그대 앞에서 친히 저놈을 가장 잔인하게 죽이겠소. 그리고 그대를 나의 것으로 취하겠소."

카르발 황자는 냉정을 완전히 잃고 반쯤 정신이 나가 있었다. 분노의 감정이 그의 이성을 완전히 집어삼키고 그를 폭주하게 만든 것이다.

"검을 뽑아라."

그 말에 이니안이 잠시 포르시아를 보았다. 그 눈빛에 포르시아가 고개를 끄덕이고는 뒤로 물러났다.

이니안이 검을 뽑았다.

두 사람은 아무 말 없이 마주 보았지만 표정은 대조적이었다. 당장이라도 모든 것을 파괴해 버릴 듯한 카르발 황자의 얼굴과 고요하기만 한 이니안의 얼굴.

이 대결은 시작하기 전에 얼굴에 드러난 기운에서 승패가 결정난 것만 같았다.

"받아랏!"

카르발 황자의 온몸에서 무거운 기운이 피어올라 이니안을 덮쳤다. 이니안의 몸에서 청량한 기운이 피어올라 카르발 황자의 기운에 부딪친다. 두 기운이 사납게 싸웠다.

그때 카르발 황자가 바닥을 박차고 이니안에게 달려들었다. 거대한 힘이 실린 검이 이니안의 허리를 베어온다. 이니안은 검을 비스듬히 움직여 카르발 황자의 검을 쳐냈다. 그럼에도 불구하고 손바닥이 찌르르 울렸다.

상상을 초월하는 위력의 검이었다.

이니안이 검을 흘려내자 카르발 황자는 한 발을 축으로 몸을 살짝 돌리며 재차 이니안의 어깨를 쓸어왔다. 이니안은 자신의 어깨를 쓸어오는 검을 무시한 채 마령소혼의 수법으로 카르발 황자의 목을 찔러갔다. 이대로 가면 이니안의 검이 먼저 카르발 황자의 목을 뚫을 것 같았다.

그 순간 카르발 황자가 허리를 뒤틀며 이니안의 검을 피하면서 검의 궤도를 바꿨다. 어깨를 쓸어가던 검이 다리를 노리고 움직인 것이다. 그때 이니안은 앞으로 움직이며 카르발 황자의 품으로 뛰어들었다. 카르발 황자의 검이 아무것도 없는 땅에 닿으려는 순간, 이니안은 자신의 검을 밑에서 위로 올려치며 카르발 황자의 상체를 노렸다.

카르발 황자는 재빨리 몸을 빙그르르 돌리며 이니안의 검을 피했다. 제법 멀리 뛰어 피했기에 두 사람 사이에 삼 미터 정도의 거리가 생겼다.

방 안에서의 싸움인데도 불구하고 모든 공간을 활용하는 치열한 싸움이었다.

카르발 황자의 검은 분노에 이성을 잃은 사람답지 않게 차갑고도 날카로웠다.

"퓨리 오브 헬!"

그때 카르발 황자의 입에서 우렁찬 음성이 터져 나오면서 검에서 강대한 기운이 쏟아져 나와 이니안을 쓸어갔다.

"마령현신!"

이니안 역시 검에 모든 기운을 쏟아서 휘둘렀다. 검끝에서 마령이 나타나 카르발 황자를 덮쳤다.

두 기운이 부딪쳤다.

그럼에도 폭음은 없었다. 힘 겨루기를 하다가 소멸되었을 뿐이다. 두 사람 모두 옆방에 있는 포르시아에게 신경을 쓰고 있었기 때문이다.

"티어즈 오브 헤븐!"

두 번째 검이 가로로 베며 이니안을 향해 부드러우나 노도와 같은 기운을 뿜어낸다.

"마령노후!"

마령의 분노한 외침이 천국의 눈물에 부딪쳤다.

두 기운은 다시 동시에 소멸했다. 어느 하나의 기운이 조금이라도 다른 기운보다 더 컸다면 단숨에 상대를 집어삼켰을 테지만 두 힘의 크기가 동등했기에 그냥 소멸해 사라진 것이다.

"갓 핸즈!"

쉬지 않고 터져 나오는 카르발 황자의 공격.

분노에 몸을 맡긴 그는 차갑고도 날카로운 검을 구사하는 가운데 쉬지 않고 공격을 해댔다, 마치 자신의 몸을 분노의 불꽃에 불사르려고 하는 것처럼.

"마령천참멸!"

이니안은 가진 바 힘을 끌어내며 마령천참검법의 마지막 수법으로 검을 휘둘렀다. 여기까지 오자 그도 힘에 부침을 느꼈다.

카르발 황자가 숨기고 있는 힘이 대단하다는 것은 알았지만 이렇게 굉장할 줄은 몰랐다. 만약 다음 공격이 또다시 더 강해져서 덮친다면 승부를 장담할 수 없을 것 같았다.

비장의 한 수가 남아 있지만 아직 그것의 위력은 장담할 수 없었다.

마령의 검과 신의 손이 부딪쳤다. 이번에도 둘은 동시에 소멸했다. 또다시 힘의 크기가 같았던 것이다.

"헉헉헉. 네 녀석, 이렇게 대단한 놈이었나? 지금 나의 힘이면 설사 사이몬 공작이라도 제압할 수 있다고 생각했는데 말이야."

카르발 황자의 얼굴이 땀으로 흠뻑 젖어 있었다. 온몸의 모든 힘을 끌어올려 검끝에서 폭발시키는 공격에 지칠 대로 지친 것이다.

"헉헉헉. 글쎄, 일 년 전이라면 당했을지도."

진실로 그랬다. 포르시아가 사라진 후 일 년 동안 수련을 하지 않은 상태였다면 이니안은 백 번 싸워 백 번을 졌을 것이다.

카르발 황자는 그 정도로 강했다.

"대체 고대의 검법서가 무엇이기에 이렇게 강한 것이지? 아데노마도 그렇고 카르세온도 그렇고 너도 그렇고 말이야."

이니안은 순수하게 지금까지 싸운 세 명에게 감탄하고 있었다. 오직 자신의 가문에만 내려오는 비전을 고대의 검법을 통해 그들은 조금 다르지만 유사한 방법으로 구현해 낸 것이다.

"큭큭큭. 세상은 넓다는 것이지. 아무것도 모르는 이들이 대단한 듯 이름 붙인 그 피어스 브레이크라는 알량한 기술이라니 말이야. 게다가 사이몬 가는 그것을 몇 개나 사용할 수 있는 위대한 가문이라… 후후. 웃기는 말이야."

"그 말에는 동감해 주지."

이니안이 검을 비스듬히 기울이며 대답했다. 이니안도 슬슬 한계가 찾아오고 있었다. 이제 한 번의 공격을 할 힘밖에 남아 있지 않았다.

"이제 마지막이다. 나도 슬슬 한계가 찾아오는군."

이 순간 카르발 황자의 눈에서 분노의 기운이 사라진 채 차갑게 가라앉았다. 필생의 일격을 내지르기 전의 차분한 모습이다. 갑자기 변한 카르발 황자의 기운에 이니안은 침을 꿀꺽 삼켰다. 지금까지 그의 공격으로 보아 이번의 공격도 결코 호락호락하지 않을 것이라고 쉬이 짐작할 수 있었다.

마령천참검법의 마지막 일격인 마령천참멸이 막힌 지금 그가 믿을 것은 이제 하나밖에 없었다.

'천령… 마령천참검이 진 천령의 끝…….'

이니안은 자신이 수련을 하는 동안 발견한 그것이 그 천명이 맞는지는 몰랐다, 어렴풋이 깨달은 것이 있어서 검으로 펼쳤던 그것이.

메이린이 건네준 운용편의 책에도 천령에 대한 내용은 없었다. 그저 실마리가 아주 조금 있었을 뿐이고 이니안은 수련 중에 그 실마리로부터 하나의 깨달음을 얻었을 뿐이다. 그것이 천령이 맞는지 확신할 수는 없지만 이제 믿을 것은 그것밖에 없었다.

"대륙을 지배하고 있는 사이몬 가의 신화 따위 내가 부숴주마. 크크. 보아라, 신의 기적을! 미라클 오브 갓!"

카르발 황자의 검에서 광휘가 쏟아져 나왔다. 일견 성스러워도 보이는 황홀한 빛이 온 방 안을 가득 채웠다. 감히 마주할 수조차 없는 엄정한 기운.

이니안은 절로 그 기운에 고개가 숙여지려는 자신을 발견했다.

"이익. 가라, 천령개벽!"

맞는지는 모른다. 하지만 자신이 얻은 깨달음대로 검을 휘둘렀다.

이니안의 검이 손을 떠났다. 스스로의 의지를 지닌 듯 사방으로 내뿜어지는 광휘 속으로 천천히 들어갔다. 이윽고 검이 스스로 움직인다. 새하얀 빛을 뿌리며 검이 너울너울 춤을 춘다.

검이 지나간 자리는 새로운 푸르름이 자리한다.

이니안의 소드 블레이드의 빛깔이 맑디맑으며 푸르른 청광.

카르발 황자의 검이 만들어내는 광휘의 빛을 이니안의 검이 지나며 푸른 빛으로 지운다. 두 기운이 부딪친다.

콰쾅!

두 사람의 격돌 이후 처음으로 폭음이 터졌다.

우지끈.

문이 부서지는 소리도 함께 들리며 카르발 황자가 내동댕이쳐졌다.

이니안의 승리였다.

이니안은 호흡을 고르며 자신의 손에 돌아온 검을 내려다보았다. 검신이 없었다.

거대한 두 기운의 격돌에 오리하르콘으로 만든 검신이 완전히 사라져 버린 것이다. 만약 그 검이 보통의 검이었다면 처참히 나동그라지는 것은 이니안 자신이었을 것이다.

손잡이만 남은 검을 보던 이니안은 머리가 환해지는 느낌을 받았다.

마령이라 이름 붙인 그의 심공에 이제는 천령이 자리한 것이다.

깨달은 이후 처음 전력으로 펼친 검. 그것은 천명에 따른 열 번째 검 천령이 맞았던 것이다.

이니안은 검의 손잡이를 검집에 걸쳐 놓고는 천천히 카르발 황자를 향해 다가갔다. 공교롭게도 카르발 황자가 문을 부수고 내동댕이쳐진 곳은 포르시아가 있는 방이었다.

격렬한 부딪침 속에 두 사람의 위치가 바뀌어 카르발 황자가 포르시아가 있는 방을 등지게 된 상태에서 마지막의 격돌이 있었던 것이다.

"우욱."

카르발 황자는 신음을 흘리면서 자리에서 일어났다. 온몸이 비틀거렸다.

"내, 내가 지다니……."

카르발 황자는 믿을 수 없다는 눈으로 이니안을 쳐다보았다. 이니안은 담담한 눈으로 자신을 바라보며 천천히 걸어오고 있었다.

카르발 황자의 옷은 곳곳이 찢어져 있었으며 그곳에서는 피가 흘러나왔다. 외상은 심각한 것은 아니었지만 그의 내부는 이미 망가질 대로 망가져 있었다. 적어도 반년은 요양해야 회복할 수 있는 심각한 상처였다.

"큭큭큭. 말도 안 돼. 이건 말도 안 돼. 내 여자도 뺏기고 힘에서도 지고… 이럴 수는 없어."

카르발 황자는 실성한 사람처럼 중얼거렸다.

제국의 일황자인 그의 자존심이 무참히 짓이겨진 것이다.

이럴 수는 없었다.

자신의 손안에 있던 것을 다른 이에게 빼앗기다니, 있을 수 없는 일이었다.

"나는 제국의 일황자인 카르발 칼 폰트 미오나인이다!"

절규와 같은 외침.

"큭큭. 내가 가질 수 없는 것은 없어. 아니, 내가 가질 수 없는 것은 모든 사람이 가질 수 없다."

카르발 황자의 눈에 광기가 어렸다. 그 광기를 본 순간 이니안은 불길한 기운을 느꼈다. 카르발 황자를 향해 다가가는 그의 발걸음이 빨라졌다.

어디서 그런 기운이 솟아난 것일까? 카르발 황자는 순식간에 포르시아의 곁으로 움직였다. 그리고 보기 흉하게 이가 빠진 검을 치켜들었다.

"크하하하. 죽어! 넌 나의 것이어야만 해!"

광소와 함께 검을 휘두르려는 카르발 황자, 그는 이미 광기에 완벽하게 물든 광인이었다.

"멈춰랏!"

이니안은 재빨리 품 안에 있던 단검을 던졌다.

"훙!"

미쳤지만 그의 실력은 그대로 발휘되었다. 처참한 내상을 입었음에도 그의 검은 유려하게 움직이며 이니안이 던진 단검을 쳐냈다.

그 순간 단검의 숫자가 늘어났다.

케라우가 지니고 있으면 쓸 데가 있을지도 모른다고 한 환마의 크리스.

급한 마음에 품에서 꺼내 던진 단검이 그것이었다.

갑자기 늘어난 환영을 카르발 황자는 어렵지 않게 쳐냈다. 그의 몸을 잠식한 광기가 그를 평소 이상의 힘을 발휘하게 만든 것이다.

카르발 황자는 그렇게 모두 여덟 개의 단검을 쳐냈다.

"큭큭. 그런 잔재주 따위 나에게는 통하지 않는다."

카르발 황자의 검이 다시 포르시아를 노리며 움직였다. 포르시아는 그런 카르발 황자의 검을 피하지 않았다. 두 눈을 뜨고 카르발 황자의 얼굴을 마주 보았다. 그런 그녀의 행동이 카르발 황자를 더욱 분노하게 했다.

"너는… 너는 내 것이란 말이다!"

절규와도 같은 외침과 함께 그의 검이 포르시아의 목으로 떨어진다.

이니안은 천참수의 수법으로 카르발 황자의 검을 막으려 했지만 늦었다. 그의 손이 미치기 전에 카르발 황자의 검이 포르시아의 목을 자를 것만 같았다. 그래도 포르시아는 당당했다.

그녀는 이미 강해져 있었다.

푸욱.

검이 살을 파고드는 소리가 울렸다.

"포르시아!"

이니안이 큰 소리로 외쳤다.

챙강.

검이 땅에 떨어지는 소리가 들린다.

뚝뚝.

바닥에 피가 떨어졌다.

온몸이 부들부들 떨린다.

"어떻게… 어떻게……."

목소리도 부들부들 떨린다.

시선은 바닥에 떨어지는 붉은 피를 향한다.

바닥을 점점이 적시는 붉은 피.

그것은 요사스럽게 빛나고 있었다.

카르발 황자가 비틀거리며 뒤로 물러선다.

그의 왼손은 오른쪽 어깨를 감싸 쥐고 있었다. 그의 오른팔은 축 늘어져 있었다. 그의 오른쪽 어깨 위로 삐죽이 솟아 있는 물건. 단검의 손잡이 같아 보였다.

환마의 아홉 번째 크리스.

허공에서 불현듯 나타나 뚝 떨어지는 포르시아의 목숨을 위험하게 만들었던 그 크리스.

그것이 카르발 황자의 어깨에 박혀 있었다.

"어떻게 이런 일이……! 크윽."

카르발 황자가 분하다는 듯 외쳤다.

어깨에서 흘러나온 피는 팔을 타고 흐르다가 손가락 끝에서 점점이 떨어져 바닥을 적신다.

"후우."

이니안은 안도의 한숨을 쉬며 포르시아의 앞을 막았다.

포르시아는 넓은 이니안의 등에 기댔다.

"무서웠어요, 오빠."

살짝 떨리는 목소리로 포르시아가 작게 속삭였다.

카르발 황자가 놓친 검이 처량하게 바닥에서 뒹굴고 있다.

"환마의 크리스라… 케라우 녀석에게 고마워해야 하나?"

이니안은 작게 중얼거리며 카르발 황자를 향해 다가갔다.

"네 녀석에게 실망했다. 설마 사랑한다고 하던 여인을 스스로 죽이려

할 줄이야……."

이니안의 두 눈이 분노로 빛났다.

퍽.

강력한 일격이 카르발 황자의 배에 꽂혔다.

"커억."

카르발 황자는 바닥에 쓰러졌다. 충격으로 인해 기절한 것이다. 제국의 황자라고는 생각할 수 없는 처량한 몰골이다.

이니안은 그의 목숨을 빼앗지는 않았다. 그래도 제국의 황자였기에 그 목숨을 빼앗는다는 것은 자칫 대륙을 전쟁의 소용돌이로 끌고 들어갈지도 모르는 일이기 때문이다.

"가자."

이니안이 포르시아를 향해 돌아서며 말했다.

"네."

포르시아는 고개를 끄덕이며 대답했다. 그녀의 두 눈에서는 눈물이 흘러내렸다.

[잘됐어요, 이니안 오빠. 저도 이제 안심하고 떠날 수 있을 것 같네요.]

"응?"

그때 이니안의 귀에 불현듯 들리는 목소리.

그리고 이니안은 볼 수 있었다. 마령천참공을 최대한으로 운용하고 있었기에 여전히 그의 눈에는 마이너스 마나가 전해지고 있었다. 그랬기에 볼 수 있었다. 기쁨 가득한 얼굴로 환하게 웃으며 그를 향해 손을 흔들며 하늘 위로 천천히 올라가고 있는 아름다운 여인의 모습을.

"쉐이나……."

이니안은 추억에 젖은 목소리로 중얼거렸다.

[네, 오빠. 항상 걱정이었어요. 오빠를 아니까. 제가 없으면 어떻게 될

지 알 것 같아서 항상 걱정하며 곁에 있었어요. 하지만 이제는 안심하고 떠날 수 있을 것 같네요. 오빠, 행복하세요.]

그리고 쉐이나는 사라졌다.

이니안의 눈에서도 눈물이 흘러내렸다.

"그랬구나. 늘 내 곁에 있었구나. 그래서 그곳에 없었던 거구나."

이니안은 슬픈 목소리로 중얼거렸다.

허공에 대고 중얼거리는 이니안의 모습에 포르시아는 아무 말도 하지 않았다. 그냥 바라보았다, 때가 되면 말해줄 것을 믿기에.

Chapter 9

제 이름은 꽃이에요

밝은 햇살이 내리쬔다.

길리안 산맥은 그 악명과는 달리 한적하기만 했다. 길리안 산맥을 넘는 길의 한 곳에 말 한 마리와 늑대 한 마리가 걷고 있다.

말의 등에 탄 이는 케라우 혼자였고, 케이로스의 등에는 이니안과 포르시아가 함께 타고 있었다.

포르시아는 행복한 얼굴로 이니안의 품에 안겨 있었다.

지금 생각해도 얼굴이 발갛게 물들었다.

그날 황자궁에서 이니안이 포르시아의 곁에서 작게 속삭였었다.

"네가 사라지고 나서 난 깨달았어… 난 네가 없으면 안 된다는 걸. 예전에 누군가가 나에게 말해줬어. 이런 감정을 '사랑'이라고 부른다고… 아무래도 난 너를……."

"네?"

"사… 사… 사랑해."

어울리지 않는 장소였다. 어울리지 않는 분위기였다.

힘겨운 싸움 끝에 온몸이 만신창이가 되어서는 얼굴이 새빨개져서 그 말을 하는 이니안의 모습이란 모르는 사람이 보면 절로 웃음이 나올지도 몰랐다.

아니, 포르시아도 웃었다. 아주 환하게 웃었다.

자신이 꼭 하려던 말을 이니안이 먼저 해주었기에 포르시아는 기쁘게 웃었다.

어울리지 않는 어색한 고백에 대한 웃음 따위는 없었다. 그저 행복이 가득한 웃음이 있을 뿐이다.

그때 얼굴이 새빨개진 이니안이 어쩔 줄 몰라 하며 포르시아를 힐끗힐 끗 쳐다보았다. 포르시아는 그것이 무엇을 뜻하는지 알 수 있었다. 다시 포르시아의 눈에서 눈물이 흘러내렸다.

포르시아는 천천히 입을 열었다.

"저도요. 사랑해요."

그녀의 입에서 그 말이 나오는 순간 이니안은 세상을 다 얻은 듯한 웃음을 터뜨리며 포르시아를 안았다.

그리고 쓰러져 있는 카르발 황자를 뒤로하고 황자궁을 벗어났다.

다시 카일로니아로 가는 길은 포르시아의 강력한 주장에 의해 길리안 산맥을 넘기로 했다.

이제는 마법으로 이동을 해도 되련만 이니안과 함께 여유로운 여행을 하고 싶다는 이유로 도보행을 고집했다. 물론 이니안은 기쁘게 승낙했다.

단지 옆에서 같이 가고 있는 케라우만 툴툴거리고 있을 뿐이다.

"쳇! 좋을 때다, 좋을 때야."

케이로스의 등에서 서로 사랑의 말을 속삭이더니 이니안이 생각났다는 듯 케라우를 돌아보았다.

"아, 그래, 네가 나를 따라다닌 것 말이야, 왜였지?"

"그거야 원래의 나로 돌아가기 위해서였지. 네놈은 분명히 나에게 그 실마리를 준다고 약속했었다."

이제는 포르시아도 케라우가 뱀파이어인 것을 알고 있었다. 자신을 납치할 때의 모습이나 그리고 로즈였을 때 보았던 케라우의 그 기괴했던 모습이 케라우가 뱀파이어라는 것을 알게 해준 것이다.

포르시아도 흥미있다는 듯 이니안과 케라우를 번갈아 바라보았다.

"그래, 그랬지. 자, 받아."

이니안은 품에서 금화 하나를 꺼내 케라우에게 던졌다. 케라우는 가볍게 금화를 잡아챘다.

"뭐야, 이건?"

케라우가 어이없다는 얼굴로 이니안을 바라보았다.

"네가 원래대로 돌아갈 실마리."

"뭐?"

케라우가 약간 화가 난 듯했다. 자신에게는 절실한 문제를 가지고 이니안이 장난을 치는 듯 느껴졌기 때문이다.

"끝까지 들어. 일단 그 금화를 손바닥을 펼쳐서 그 위에 올려봐."

"자."

케라우는 일단 화를 가라앉히고 이니안이 시키는 대로 했다.

"좋아. 그럼 그 금화를 뒤집어봐. 어때?"

"어떻긴, 뒷면이 나왔지."

"그럼 다시 뒤집어봐. 어때?"

"장난쳐? 그럼 당연히 앞면이지."

"그렇지? 그게 실마리야."

"이니안!"

케라우는 정말로 화가 난 듯했다. 누구나 다 아는 그런 사실로 자신을 놀리고 있다고 생각했기 때문이다. 이것은 대여섯 살짜리 꼬마도 다 알고 있는 사실이다.

"머리 좀 굴려봐라. 처음에 앞면이던 동전을 한 번 뒤집으면 뒷면이 나와. 그걸 또 한 번 뒤집으면 다시 앞면이 나온다고."

"그게 뭐 어쨌다는 거야! 네놈, 남의 절박한 사정을 가지고 장난을 치냐? 지금! 동전을 한 번 뒤집고, 또 한 번 뒤집으면 당연히……."

거기까지 말한 케라우가 입을 다물었다. 무언가 머리를 스쳐 지나간 생각이 있었기 때문이다.

"잠깐… 그러니까 지금… 한 번 뒤집은 걸 다시 뒤집으면 다시… 설마?"

그제야 이니안이 씨익 웃으며 고개를 끄덕였다.

"그래, 그 설마다."

"허허. 허허허허."

케라우가 허탈한 웃음을 터뜨렸다.

"이렇게 허탈할 수가. 설마 같은 저주를 두 번 당하면 원래대로 돌아간다니… 그런 어이없는……."

"어이가 없지만 사실이야. 드래곤도 보증했고 말이야. 나도 좀 어이가 없었지만 말이지. 훗. 우리 집에 가면 이리아 누나가 그 저주를 사용할 수 있을 거야. 누나에게 부탁해 줄게."

"아아, 아니다. 됐어. 당분간은 이렇게 지내도록 하지."

"응? 그게 무슨 말이야?"

"뭐, 낮이라는 세계도 한 번 살아보니 제법 재미있더라고. 바실러스 녀석의 지하 감옥에서는 괴롭기만 했는데 말이지. 뭐, 방법을 알았으니 되돌아가고 싶을 때는 얼마든지 되돌아갈 수 있으니까 말이야. 움화화화화홧!"

케라우는 말 위에서 기분 좋게 웃음을 터뜨렸다.

"쳇."

이니안은 그 모습에 재미없다는 듯 혀를 찼다.

"쿡쿡."

그 모습이 재미있는지 포르시아가 낮게 웃었다.

"아, 오빠."

그때 생각났다는 듯 포르시아가 이니안을 불렀다.

"응?"

"그때, 쉐이나라고 부른 사람, 누구예요?"

이니안은 그날 이후 삼 일이나 지났지만 그때의 일에 대해서는 설명을 해주지 않았다. 그래서 결국 포르시아가 궁금함을 참지 못하고 물은 것이다.

"그, 그게……."

그 물음에 이니안은 눈에 띄게 당황했다. 그러자 포르시아는 더욱 궁금해졌다.

"누구예요? 말해줘요."

포르시아의 초롱초롱한 눈망울에 이니안은 결국 한숨을 쉰 후 입을 열었다.

자신과 쉐이나에 대한 이야기가 천천히 그의 입에서 흘러나왔다.

"그렇게 쉐이나는 죽었어… 그리고 전에 갔던 그 별장이 그때 그곳이야."

이니안은 이야기를 끝냈다.

포르시아는 눈물을 흘렸다. 자신이 알지 못하고 있던 이니안의 아픔 때문에, 그리고 자신보다 먼저 이니안을 사랑했던 쉐이나의 슬픈 죽음 때문에.

이니안의 눈에도 슬픔이 물들었다.

이제는 추억으로 변해 버린 쉐이나의 흔적. 그 이야기를 하는 동안 가슴 깊은 곳의 아픔이 다시 한 번 꿈틀한 것이다.

두 사람은 말이 없었다.

그저 케이로스가 앞으로 발을 내딛는 데 몸을 맡기고 있을 뿐이었다.

그렇게 얼마나 시간이 흘렀을까?

포르시아의 입이 열렸다.

"오빠."

"응?"

"제 이름의 뜻을 아세요?"

"글쎄."

"제 고향인 메이지아 공작령에 가면요, 노란 들꽃이 있어요. 봄이면 산에 들에 곳곳에 흐드러지게 피는 노란 꽃이에요. 어디서나 흔하게 볼 수 있는 꽃이지만 무척이나 예쁘죠. 제 이름은 꽃이에요. 바로 그 꽃이요. 그 꽃의 이름이 포르시아죠. 후훗."

"그래?"

"네. 그리고 제국에서는 꽃마다 꽃말이라는 걸 붙여놓는다는 것을 알고 있어요?"

"처음 들어."

이니안의 대답에 포르시아는 미소를 지었다.

"포르시아도 고유한 꽃말을 가지고 있어요. 제 부모님이 그 꽃말 때문에 제 이름을 그렇게 지었는지는 모르겠지만요. 그 꽃말은 '나의 사랑은 당신보다 깊습니다' 예요. 나는 절대 오빠보다 먼저 떠나지 않을 거예요. 왜냐면 저는 포르시아니까. 저의 사랑이 더 깊으니까요."

이니안은 아무 말이 없었다. 그저 뒤에서 포르시아를 꼭 끌어안을 뿐이다.

"고마워."

그 한마디면 충분했다. 포르시아는 세상을 다 얻은 듯한 행복을 만끽했다.

"그럼 길을 바꾸도록 할까?"

"네? 어디로요? 카일로니아로 가야 하는 거 아니에요?"

"포르시아가 보고 싶어졌어, 그 노란 예쁜 꽃."

"네? 그건 봄에 펴요. 지금은 늦여름이고요."

"괜찮아. 봄까지 그곳에 있지 뭐. 어차피 장인어른이 되실 분이 계신 곳 아냐? 그곳에 가서 인사도 드리고 포르시아가 필 때까지 꾹 눌러앉아 있지 뭐. 하하하."

"오… 오빠."

이니안의 말에 포르시아는 눈물을 찔끔 흘렸다.

다섯 살 때쯤 헤어지고 다시 만나지 못한 부모님이다. 이제는 그녀의 기억 속에서 그 얼굴마저 희미해지려 했다.

하지만 그녀를 향해 지어 보이던 그 따뜻한 미소만은 똑똑히 기억했다.

"자, 그럼 케이로스, 부탁한다."

이니안의 지시에 케이로스는 나가던 방향을 바꿨다.

"쳇."

옆에서 케라우의 투덜거림이 들렸으나 이니안은 개의치 않았다.

그렇게 한 마리의 말과 한 마리의 늑대는 길리안 산맥을 타고 남서쪽으로 이동했다. 메이지가 공작령은 길리안 산맥과 뉴레이안 산맥이 만나는 곳에 면해 있었다.

　숲 속에서 불어오는 싱그러운 바람이 두 사람의 뺨을 간질이고 지나간다.

　휘이익, 휘이익.

　이니안의 입에서 휘파람 소리가 나오기 시작했다. 바람이 지나간 그 자리를 이니안의 푸른 휘파람 소리가 뒤쫓아갔다.

　포르시아는 이니안이 품을 파고들며 기분 좋은 미소를 지었다. 두 눈을 감고 이니안이 만들어주는 휘파람 소리에 빠져들었다.

〈가디언 소드 끝〉

외전

이니안의 일기

펄럭. 펄럭.

일기장이 세차게 넘어간다.

일기장을 넘기는 네이라의 손길이 분주하다. 그리고 그녀의 두 눈이 분노로 빛나고 있었다.

"이게 뭐야? 뭐? 오빠 좋아해요? 웃기고 있네. 흥."

재빨리 일기를 읽고는 서둘러 다음 장으로 넘기는 네이라는 어처구니 없다는 표정으로 일기를 읽어갔다.

"네, 네이라, 좀 천천히 넘겨. 난 아직 다 못 읽었단 말이야."

"오빠는 좀 가만히 있어. 이거 지금 심각하단 말이야. 아빠한테 딴 여자가 있는지도 모르는데 지금 천천히 읽게 생겼어?"

네이라는 짜증스러운 목소리로 말하면서 일기장을 또 넘겼다.

"웃겨. 이 쉐이나라는 애, 공부 가르쳐 준다고 집으로 불러서는 고백을 해? 아주 순진한 척해 가지고는? 그리고 아빠는 또 뭐야, 그렇다고 헬

렐레 해서는 나도 좋아하는 것 같아? 좋아하면 좋아하는 거지, 좋아하는 것 같아는 또 뭐야? 흥. 엄마는 이걸 아나 몰라."

"네, 네이라, 일단 좀 진정해."

동생의 돌변한 모습에 아이덴이 놀라서는 더듬거리며 말했다. 하지만 아이덴의 목소리는 네이라의 귀에 들리지 않았다. 그녀는 모든 정신을 이니안의 일기에 집중한 상태다.

"호오~ 그래? 그래도 덕분에 아빠가 시험은 잘 쳤단 말이지. 아주 여우야, 여우."

눈을 파랗게 빛내며 네이라의 손이 다시 일기장을 넘긴다.

이게 뭘까? 이런 게 사랑이라는 감정실까? 이제는 쉐이나가 보이지 않으면 불안하다. 그리고 쉐이나를 보고 있노라면 항상 가슴이 두근거린다. 어떨 때는 마주 보고 있는 것도 힘들 때가 있다.

"하아, 점점?"

일기장에 적힌 한 구절에서 네이라는 어이없다는 얼굴로 고개를 저었다.

이미 그녀의 얼굴은 홍분할 대로 홍분해 새빨갛게 물들어 있었다.

"이걸 아빠한테 가지고 가서 따져, 말어?"

"네이라, 이건 네가 이럴 게 아니잖아. 화를 내도 엄마가 화를 내야지."

"오빠는 가만히 있으라고 했지?"

네이라의 말에서 살기까지 느껴지자 아이덴은 얼른 입을 닫았다.

맹세코 아이덴은 자신의 여동생의 이런 무서운 모습을 본 적이 단 한 번도 없었다. 아버지나 어머니의 모습을 보더라도 네이라의 성격은 이해가 가지 않았다. 두 분 모두 저런 불같은 성미는 없었던 것이다.

'잠깐만, 그러고 보니……'

아이덴은 불현듯 머리를 스쳐 지나가는 흑발 미녀의 모습에 숨을 멈췄다.

'로레인 고모. 그래, 로레인 고모야!'

아이덴은 동생에게서 고모의 모습을 보고야 말았다.

'할아버지, 할머니에게서 로레인 고모의 성격이 아버지한테는 숨어 있다가 네이라에게서 드러난 거야.'

아이덴은 두려웠다. 자신의 동생이 커서 로레인 고모처럼 되지 않을까 두려운 것이다. 하지만 그것은 훗날의 일이다. 일단 지금 폭주하고 있는 동생을 말려야 했다.

아이덴은 재빨리 다시 네이라에게로 시선을 돌렸다.

그런데 이상했다.

일기장을 바삐 넘기던 네이라의 손길이 둔해져 있었던 것이다. 네이라는 읽은 부분을 읽고 또 읽는 듯 일기장에서 시선을 떼지 않았다. 그리고 일기장을 넘기지도 않았다.

"왜 그래?"

아이덴의 물음에도 네이라는 대답하지 않았다. 아이덴도 일기장에 시선을 가져갔다.

불타오른다.

검에 맺힌 청광의 오러가 지옥의 겁화가 되어 타오른다.

서걱.

사람의 허리를 양단한 검은 마치 아무 일이 없었다는 듯 푸른 빛을 뿌리고 있다.

손에 전해진 감촉.

사람을 죽였다.

바로 오늘.

태어나서 첫 살인을 했다.

하지만 처음이 어려웠을 뿐 그 이후는 쉬웠다.

지금까지 나의 검에 베어 목숨을 잃은 자가 몇일까?

셀 수 없다.

나는 무수히 검을 휘둘렀고 무수한 사람들이 죽어갔다.

하지만 아직 끝이 아니다.

숨이 턱 끝까지 차 오른다.

검을 쥔 손에서 힘이 빠져나간다.

하지만 아니다.

난 계속해서 검을 휘두른다. 검이 사람의 몸을 가르는 감촉이 손끝을 타고 와 머리까지 울린다.

젠장.

그래도 나는 계속해서 검을 휘두른다.

"헉헉헉."

점점 숨이 가빠온다. 하지만 멈출 수는 없다. 빨리 가야 한다.

세 놈이 앞을 막아서며 튀어나온다.

"멈춰라! 네 이놈!"

셋 중 대장인 듯 보이는 복면의 사내가 고함을 지르며 달려든다. 적이 보이는 순간 몸이 반응한다.

"비켜! 난 바빠!"

천천히 움직인다 싶은 검은 어느 순간 빛살로 화해 세 명을 동시에 쓸고 지나간다. 나는 세 명을 돌아보지도 않고 다시 달린다.
내 체력이 부족함을 지금처럼 원망한 적은 없었다. 젠장.

"저 방이다."

얼마나 달렸을까? 드디어 목적지에 도착했다. 저 방문만 열면
된다. 저곳에 그 아이가 있다.

쾅!

단번에 날린 검기가 요란한 소리를 내며 문을 박살 냈다.

"쉐이나!"

난 방 안으로 들어서자마자 그 아이를 찾았다.

저기 있다.

내 두 눈에 그 어여쁜 모습이 선명히 들어온다.

푸욱.

그때 섬뜩한 소리가 귀에 울린다.

절대로 들려서는 안 되는 소리다.

살을 뚫고 뼈를 헤집으며 심장을 가르는 그 소리.

눈이 붉게 물들었다.

온몸이 덜덜 떨린다.

피가 거꾸로 솟는다.

나를 향해 항상 기분 좋은 미소를 보여주던 저 붉은 입술.

입가에 입술보다 더 붉은 핏줄기가 서서히 흘러내린다.

"오빠……."

평소와 다름없는 미소였지만 왜 이다지도 처연하게 보이는 걸까?

온몸의 마나가 소용돌이치며 두 다리로 몰려간다.

가지고 있는 모든 힘을 끌어내 달린다.

쉐이나 앞에 도달한 것은 순식간이다.

검을 든 손을 뻗는다.

쉐이나의 뒤에서 그녀를 찌른 녀석의 목을 꿰뚫는 검.

그 순간 쉐이나의 두 눈이 사르르 감긴다.

항상 나를 바라봐 주던 에메랄드빛의 눈동자가 사라져 간다.

검을 놓고 양손을 뻗어 쓰러지려는 그녀를 조심스레 안았다.

그리고 조심스러운 동작으로 등에 박힌 검을 뽑는다.

가슴에 뻥 뚫린 구멍.

그곳에서 분수처럼 쏟아져 나오는 선혈.

얼굴에 무엇인가 묻었다.

따뜻한 온기를 가지고 천천히 흘러내리는 그것을 손으로 스윽 닦아냈다.

붉은 피다.

쉐이나를 안아 든 내 몸이 부들부들 떨린다.

온몸에서 피어오르는 오러가 격하게 불타오른다.

눈에서 초점이 사라진다.

분노는 내 몸의 오러를 더욱 광포하게 만든다.

나의 오러는 사방을 부수어 버리는 광풍으로 화한다.

"쉐이나!"

목이 찢어지는 듯한 절규가 입에서 터져 나왔다.

난‥

악마가 되었다.

아이텐은 도무지 무슨 말인지 알 수가 없었다. 네이라 때문에 중간 부분을 모두 건너뛰었기에 내용이 연결되지 않는 것이다. 아빠가 시험 공부를 하러 쉐이나라는 동급생의 집에 간다고 되어 있는 부분 이후로는 아이덴은 일기를 전혀 읽지 못한 것이다.

"네이라."

일기의 내용에 대해 물으려고 아이덴은 동생을 쳐다보았다.

또르르륵.

네이라의 눈에서 눈물 방울이 굴러 떨어진다.

그 모습에 아이덴은 깜짝 놀랐다.

"왜, 왜 그래? 네이라."

아이덴은 당황했다. 사랑스러운 여동생이 갑자기 눈물을 흘리자 어찌해야 할 바를 몰랐던 것이다.

"너무 슬프다, 오빠. 이 쉐이나라는 아줌마, 너무 불쌍해. 그리고 지금까지 내가 화냈던 게 너무 미안해."

네이라는 울먹울먹한 소리로 말했다.

"왜 그래?"

"아빠랑 쉐이나라는 아줌마랑 서로 사랑하는 사이였대. 그리고 여름방학 때 같이 미에른 후작 가의 별장으로 휴양차 갔대. 친구들이랑 말이야. 그런데 괴한들이 습격을 한 거야. 그리고 아빠가 보는 앞에서 그 쉐이나라는 아줌마가 죽었어."

아이덴은 아무 말도 하지 않았다. 그저 동생의 슬퍼하는 눈을 바라보고 있을 뿐이었다.

"이 부분 너무 슬퍼. 아빠가 일기에 절규하고 있는 것 같아. 아빠가 얼마나 슬퍼하는지 느낄 수 있어서 더 슬퍼."

아이덴은 아무 말도 하지 않았다. 그저 동생에게 다가가 동생의 어깨를 꼭 끌어안아 주었다.

"아앙!"

네이라는 아이덴의 품으로 파고들어 울음을 터뜨렸다.

네이라는 일곱 살이다.

"이 방에서 뭐 하고 있니?"

그때 방문이 열리는 소리와 함께 두 아이의 엄마의 목소리가 들렸다.

"하아, 뭘 이렇게 어질렀니? 이 방은 아빠가 어릴 때 쓰던 방이니까 깨끗이 하라고 했지?"

너저분하게 어질러져 있는 방의 모습에 포르시아의 목소리가 약간 높아졌다.

"아, 저기, 엄마. 그게……."

갑자기 나타난 엄마의 모습에 아이덴이 당황했다.

"응?"

몸을 돌려 자신의 두 아이의 모습을 보던 포르시아의 안색이 변했다. 예쁘디예쁜 딸 네이라가 아이덴의 품에서 울고 있는 것이다.

"아이덴, 너, 설마 동생을……."

"아, 아니에요, 엄마!"

아이덴은 놀라서 부인했다. 아이덴의 당황해하는 모습에 포르시아는 고개를 끄덕였다. 평소 아이덴이 동생을 얼마나 끔찍이 아끼는지 잘 알고 있었다.

"응?"

포르시아의 시선이 아이덴의 뒤에 펼쳐진 노트로 향했다. 익숙한 글씨가 쓰여진 노트다. 멀어서 무어라 써 있는지는 알아볼 수는 없었지만 몇몇 글자는 읽을 수 있었다.

"난 악마가 되었다?"

포르시아는 중얼거리며 그 문장을 읽었다. 익숙한 문장이다. 가슴에 아로새겨진 문장이었다. 그제야 포르시아는 두 아이가 이 방에서 무엇을 하고 있었는지 알 수 있었다.

"너희들!"

포르시아의 목소리에 두 아이는 찔끔했다.

"아빠 어릴 때 방에서 아빠 일기를 읽다니, 뭐 하는 거니!"

"힉."

두 아이는 모두 몸을 움츠렸다.

"후우… 그리고 하필이면 거기까지 읽을 것은 뭐니?"

포르시아도 일기의 내용을 알고 있는 듯했다. 그녀는 안타까운 표정으로 아이들을 보았다.

"엄마!"

네이라가 냉큼 그때를 놓치지 않고 포르시아의 품에 안겼다.

"슬퍼요, 너무 슬퍼요. 엉엉."

포르시아의 가슴을 적시며 네이라가 펑펑 울었다.

"그래, 그래. 우리 네이라, 착하지? 그래, 아빠의 일기는 참 슬퍼. 엄마도 그 부분을 읽고는 무척이나 울었단다. 예전에 아빠에게 그 이야기를 듣긴 했지만 이야기로 듣는 거랑 그때의 심정이 고스란히 녹아 있는 일기랑은 다르더구나. 무척이나 슬펐지. 너희들은 하필이면 그 부분을 읽었니."

포르시아는 네이라의 등을 쓰다듬으며 달랬다. 마음 착한 자신의 딸이 너무나 슬프게 울었다.

"저… 엄마도 아빠 일기 몰래 읽은 거예요?"

무언가를 눈치 챈 아이덴이 은근하게 포르시아에게 물었다. 아이덴은 지금 일기의 슬픈 내용보다는 아빠의 일기를 몰래 훔쳐본 일로 혼나는 것이 더 중요한 것이다.

"응?"

아들의 물음에 포르시아는 당황했다.

네이라를 달래느라 그만 자신도 이니안의 일기를 몰래 읽은 것을 아이들에게 말해 버린 것이다.

"그, 그게……."

열 살배기 아들의 물음에 포르시아는 제대로 대답하지 못했다.

"헤헤."

그 모습에 아이덴이 배시시 웃었다.

"그럼 엄마랑 우리랑 공범이네요?"

반짝이는 눈으로 포르시아를 올려다보는 아이덴. 그 눈빛이 말하는 바는 뻔했다.

"너!"

포르시아는 눈을 부라렸다. 그 모습에 아이덴은 순간 움찔했다.

"후우……."

하지만 이내 포르시아는 한숨을 내쉬었다.

"그래, 이 엄마도 공범이구나."

그 말에 아이덴도 포르시아의 품에 안겨들었다.

"엄마."

아이덴의 얼굴에는 웃음이 가득했다.

"으음. 그럼 이왕 이렇게 공범이 된 것, 같이 끝까지 읽어볼까? 네이라, 이 부분은 슬프지만 뒤에는 즐거운 부분도 많단다. 아빠는 보기와는 다르게 굉장히 성실하게 일기를 쓰시거든. 사실 엄마도 많이 놀랐단다."

"으음. 그렇구나."

퉁퉁 부은 눈으로 아빠의 일기에 시선을 가져가며 고개를 끄덕였다.

자리에 앉아서 두 아이를 안은 포르시아가 이니안의 일기장을 넘겼다.

"그런데 엄마, 아빠가 원래 그렇게 눈치가 없어요?"

네이라의 물음에 포르시아가 웃음 짓는다.

"그래, 무척이나 눈치가 없지. 오죽하면 엄마가 훔쳐보는지도 모르고 아직도 여기에 일기를 적겠니."

"헤에? 정말요?"

"그럼. 이 일기장에 삼 일 전 일기까지 적혀 있단다. 사실 엄마도 오늘 아침에 봤거든. 호호호."

이니안의 어린 시절의 방에서 가족의 웃음소리가 피어난다.

안녕하세요. 이렇게 제 두 번째 글 '가디언 소드'도 완결입니다.

두 번째 완결이라 그런 걸까요? 케이 때와는 조금 다른 느낌이네요. 딱 스무 권째의 책을 끝내는 것이라 그 기분이 남다릅니다.

사실 6권 원고는 8월이 끝나기 전에 보내준다고 출판사에 호언장담을 하고 왔는데 지금이 9월 4일 0시 20분이네요. ^^;;

이거 다음에 출판사 가면 혼나는 거 아닌가 모르겠습니다. 가디언 소드 1권에서 5권까지 작업해 주신 편집자 분들께 죄송해서 어쩌해야 할지… 뭐, 지은 죄가 있으니 죗값을 치러야 할까요? ^^;;

완결 원고는 세 번째네요.

쓴 글은 케이와 가디언 소드, 두 개지만 말이지요. 사실 케이 1부 완결 때는 2부 출간에 대한 계획이 전혀 없었기에 첫 글을 완결한다는 심정으로 썼었습니다. 그러다가 8권 원고 넘기고 며칠 있다가 2부 진행이 결정되어서 후기는 '1부를 완결하며'로 나갔던 것이고요.

뭐, 세 번째 완결 원고입니다만 확실히 힘듭니다.

완결권의 내용은 이미 다 정리가 되어 8월 10일부터 쓰기 시작했죠. 내용은 머리에 들어 있는데 그걸 글로 만들어내는 작업이 어쩜 그리 힘들든지 말입니다.

가디언 소드가 6권으로 완결되어 사실은 많이 아쉽습니다. 7권을 예정으로 쓰기 시작했던 것이라 급하게 완결하면서 생각보다 쓰고 싶었던 것을 많이 못 써서요.

개인 사정에 의해 한 권을 줄여서 완결을 하게 되어 재미있게 봐주신 독자분들께도 죄송스러운 마음이 드네요. 하지만… 학생이란 상당히 바쁘더군요. ^^;

재미있게 보셨는지 모르겠습니다. 급하게 끝내느라 6권의 내용이 많이 엉성해 보이기도 하고… 그래서 두려움이 앞서네요.

특히나 6권의 외전에는 아쉬움이 많이 남네요. 이니안과 쉐이나에 관한 이야기를 더 쓰고 싶었는데 시간이 없는 관계로 5권까지 독자 분들께서 기대를 잔뜩 하시게 만들고는 후닥딱 끝내 버렸습니다. 그래서 더욱 죄송합니다. (_)

이번에도 역시나 케이 때처럼 캐릭터들을 잘 살리지 못한 것 같아 아쉽네요. 아직은 이게 제 한계인가 봅니다. 하지만 앞으로 더욱 발전된 모습 보여드리도록 하겠습니다.

그리고 여주인공 포르시아의 이름에 대한 이야기입니다.

포르시아라는 꽃, 무엇인지 짐작하신 분 있나요? 포르시아는 실제로 존재하는 꽃입니다. 우리에게도 아주 익숙한 꽃이지요.

바로 개나리입니다.

영어로 'Forsythia' 입니다. 사실 발음은 포르시아가 아닙니다. 발음 기호를 보니 훨씬 어려운 발음인 것을 제가 임의대로 포르시아라고 써버렸네요. 여튼 개나리의 꽃말을 보는 순간 그만 여주인공의 이름으로 정해 버렸네요.

마지막을 좀 어거지식으로 끝낸 것 같아 못내 씁쓸하기도 하네요.

그래도 어쨌든 6권으로 가디언 소드가 끝났습니다.

그 사실만으로 시원섭섭합니다. 어쨌든 또 하나의 이야기를 이 손으로 끝냈다는 성취감만은 가슴을 뿌듯하게 해줍니다. ^^

제가 여러분들께 보여 드릴 다음 이야기는 어떤 것이 될지 아직은 모르겠

습니다. 일단은 바쁜 생활을 하고 있어서요. 다시 한 번 말씀드립니다만, 학생은 제법 바쁘더군요. ^^;

그럼 그동안 가디언 소드를 재미있게 봐주신 독자 분들께 감사의 말을 전하며 후기를 마치도록 하겠습니다.

마지막으로 가디언 소드가 나오기까지 도움을 주신 모든 분들께 감사드립니다.

청어람 출판사의 서경석 사장님, 제 담당이신 김민정 대리님, 가디언 소드 표지를 예쁘게 만들어주신 김상옥 대리님, 1권에서 5권까지 편집 작업 해주신 이재권 대리님, 서지현 씨(6권도 두 분이서 해주시려나요? ^^;), 그리고 청어람 출판사의 모든 직원 여러분, 정말 감사드립니다.

출판사에서 글 쓰는 동안 즐겁게 지낼 수 있게 해주신 진용 형님, 초우 형, 신호 형, 일묘 형, 일륜 형, 운영 형, 성수 형, 광수 형, 명운 형, 돈형 형, 백준 형, 성재, 태훈이에게도 감사의 말을 전합니다.

제가 글을 쓰는 데 항상 힘이 되어주는 연무지회, 누벨바그 가족 여러분께도 감사드립니다.

마지막으로 저의 글을 재미있게 읽어주시는 독자 여러분께 고개 숙여 감사드립니다.

청어람 판타지의 재도약!!

혁신과 참신함으로 무장한
새로운 판타지 전문 브랜드의 탄생!

「알바트로스」
Albatros

판타지계의 커다란 근간을 이뤄온 청어람 판타지 소설!
새로운 브랜드 「알바트로스」라는 커다란 날개를 달고
거대한 웅비를 시작합니다.

알바트로스는 판타지의, 판타지를 위한 개척자이자 도전자로 존재하겠습니다.

알바트로스는 형식적이고 나태해진 판타지계의 구습을 벗어나겠습니다.

알바트로스는 판타지계의 도약을 위한 든든한 날개 역할을 묵묵히 수행합니다.

알바트로스는 변화와 혁신을 통해 새롭게 태어날 환상 공간입니다.

알바트로스는 판타지를 아끼고 사랑하는 이들을 향한 청어람의 굳은 약속입니다.

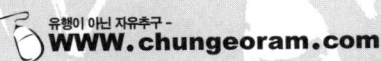

유행이 아닌 자유추구 -
WWW.chungeoram.com

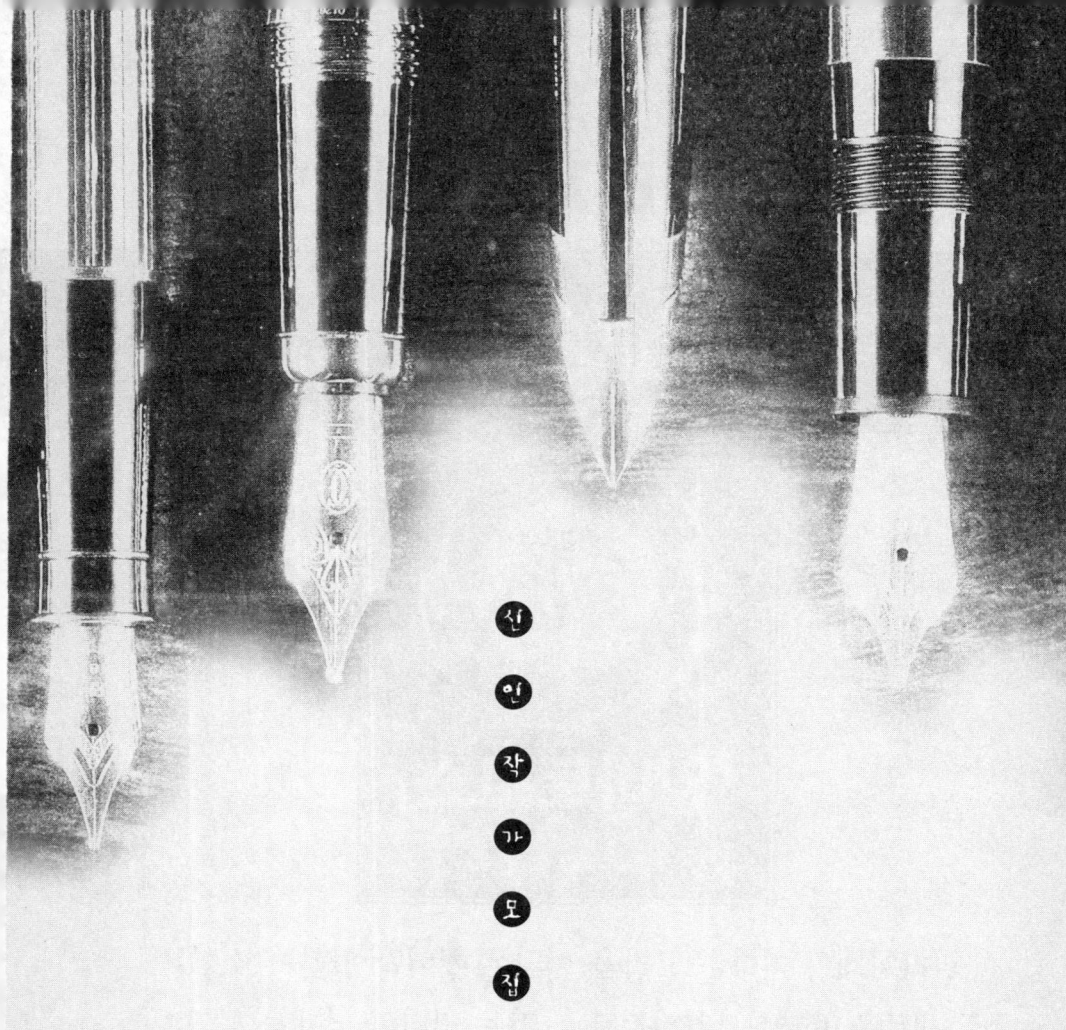